青史演义

故事

尹湛纳希◎著
勃·兴安◎改编
照日格图◎译

内蒙古出版集团　内蒙古人民出版社

图书在版编目（CIP）数据

青史演义故事 / 尹湛纳希著；勃·兴安改编；照日格图译.
-呼和浩特：内蒙古人民出版社，2014.7

ISBN 978-7-204-12999-7

Ⅰ. ①青… Ⅱ. ①尹… ②勃… ③照… Ⅲ. ①蒙古族
-民间故事-作品集-中国 Ⅳ. ①I277.3

中国版本图书馆 CIP 数据核字（2014）第 154176 号

青史演义故事

作　　者　尹湛纳希
改　　编　勃·兴安
翻　　译　照日格图
责任编辑　董立群
封面题字　马继武
封面绘图　马东源
封面设计　柴津津
内文插图　包庆格乐
责任校对　杜慧婧
出版发行　内蒙古出版集团　内蒙古人民出版社
地　　址　呼和浩特市新城区新华大街祥泰大厦
印　　刷　内蒙古爱信达教育印务有限责任公司
开　　本　710×1000　1/16
印　　张　16.75
字　　数　260 千
版　　次　2014 年 8 月第 1 版
印　　次　2014 年 8 月第 1 次印刷
印　　数　1-3000 册
书　　号　ISBN 978-7-204-12999-7/I·2559
定　　价　39.80 元

如出现印装质量问题，请与我社联系。联系电话：（0471）4971562　4971659

译本序

谈及蒙古族的近代文学,尹湛纳希和《青史演义》(全名为《大元盛世青史演义》)是两个不可绕开的名字。蒙古族用文字撰写的史书中,有两部巨著,一部为《蒙古秘史》,另一部便是《青史演义》。学术界公认《青史演义》是蒙古族文学史上第一部长篇小说,也是尹湛纳希用毕生精力书写的一部作品,是他无可争议的代表作。

尹湛纳希(1837—1892)是蒙古族历史上伟大的文学家和思想家。乳名哈斯朝鲁,汉名宝瑛,字润亭,号衡山[①]。道光十七年(1837)生于内蒙古卓索图盟土默特右旗(今辽宁省北票市)一个贵族家庭。其父旺钦巴拉是该旗协理,文学才华出众,历史知识也较为丰富。《青史演义》中的前8章由旺钦巴拉撰写。尹湛纳希的大哥古拉兰萨、五哥贡纳楚克、六哥崇威丹忠皆是诗人。生长于这样的书香家庭,尹湛纳希从小开始学习写诗、作画,童年生活非常安逸。这一时期,他饱读《三国演义》《水浒传》《红楼梦》和四书五经等汉族古典作品。20岁他开始阅读蒙古族历史,为续写《青史演义》打下了基础。

30岁之后,尹湛纳希着手续写父亲写了8章的《青史演义》,用时28

① 《蒙古学百科全书·文学卷》"尹湛纳希"词条中称宝衡山为尹湛纳希汉名,宝瑛为扎拉嘎先生的提法。

年，才完成这部120章（至今未找到后51章）的历史题材巨著。起初，《青史演义》以手抄本在民间流行。1938年，特睦格图的“蒙文书社”在北京油印《青史演义》前30章；1939年布和克什克创办的“蒙古文学会”在开鲁以石印出版了附有序言、简介的69章，共13册。1979年，内蒙古人民出版社以此为蓝本，出版了上中下三册的《青史演义》。之后，辽宁民族出版社、内蒙古科技出版社也相继出版《青史演义》，这部鸿篇巨著在以蒙古族为主的读者中广为流传。

12—13世纪，蒙古人在成吉思汗的带领下，经过艰苦的斗争，建立了统一的蒙古帝国，并开始逐鹿中原，奋力西征。《青史演义》以这一历史事件为基础，用文学形式书写这一时期的人和事。文中的勃特国，是历史上蒙古帝国的前身。书中，成吉思汗统率的勃特国由小到大，从弱到强，完成了一次次历史性蜕变。他们相继战胜赫利特国、乃蛮国等大小的国家和部落，为蒙古高原的统一竭尽全力。《青史演义》情节紧凑、跌宕起伏，大小的战争场面引人入胜。这些战争场面，继承蒙古族史诗的优秀传统，又巧妙地运用汉文演义小说的经验，被作者描绘得有声有色。

《青史演义》不仅塑造了铁木真这一历史人物的形象，同时也塑造了毛浩来、扎勒玛、布古尔吉、布古拉尔等英雄形象。书中的铁木真英勇、仁爱、智谋过人。铁木真的大臣们忠诚、英勇、为国舍己。这些热血男儿，让人心生敬佩，呼唤隐藏于我们内心深处的英雄情结。这样一部鸿篇巨著，亦描写阿拉坦沙嘎与索隆高娃二人的儿女情长，文笔细腻，轻声柔语，为小说注入了别样的清新。

学者勃·兴安（却日勒扎布）改编的《青史演义故事》，取自《青史演义》1—48章内容，打乱原著小说的章回，以事件为线索，重新编排，自拟标题，极力照顾少年儿童的阅读兴趣和阅读方式。《青史演义故事》从多达百万字的《青史演义》中选取了43个具有代表性的故事，读者依然能从中读到《青史演义》原著的风采，是一本较好的名著普及读本。

如此重要的名著，让译者诚惶诚恐。好在黑勒、丁师浩两位前辈早在1985年就汉译出版了《青史演义》原著，给译者制定了难以攀越的高标准和难得的学习机会。为保持汉文作品的统一性，我在翻译过程中沿用了黑勒、丁师浩两位老师翻译《青史演义》时所用的人名、地名、部落名称和韵文。众所周知，《青史演义》中部分人名和地名可以从《蒙古秘史》等相关文献中查阅，但亦有不少人物为作者塑造，无法查证。为保持全文的统一性，我采用蒙古文音译。如文中的扎勒玛，在《蒙古秘史》中的写法为“者勒篾”，而如“也速该”这样约定俗成的人名，我又沿用了《蒙古秘史》中的拼写方法。

文学翻译研究者王宏印在《文学翻译批评概论》一书中把文学翻译分为妙译、佳译和拙译三个类别，每一个类别又分成上、中、下三个档次。妙译的上档，珠联璧合、奇才妙文、难以模仿者；中档，韵味悠长、文笔灵动、读之难忘者；下档，摇曳多姿、生动自然、略有小疵者；佳译的上档，译笔流畅、妙合原文、贴切达意者；中档，体貌具备、变通有术、技巧毕现者；下档，突出一点、不拘一格、难成体统者；拙译的上档，屈从己意、样态未合、唯有小趣者；中档，仅存大意、随意赋形、原貌几失者；下档，原作不署、版权未名、疑是伪作者。这样一看，译者更是内心不安。好在，翻译过程虽然持续了将近一年，能力亦有限，但逐字逐句，皆是认真对待的结果。至于好坏，只能由读者来评判。

翻译《青史演义》过程中，我荣幸地升级为父亲，女儿阿尔姗娜的降临为我的生活增添了几分乐趣，也时刻提醒我履行为人之父的责任。想一想，翻译一部作品如同养育一个孩子，其过程极其艰辛，也充满了快乐。如今这部作品就要呈现在您的面前，还望各位读者多多指正，不吝赐教。

照日格图

2014年2月10日

目　录

铁木真诞生

壬午岁(1162年)春,孛特国国君也速该巴特尔[1]坐在军营前高冈上的狮皮帐里,看着自己的十万大军操练,赫利特国王赫王(金朝所封,故叫赫王)陶高利勒来跪拜,说道:“我的叔父居勒想杀害我夺取王位,掠夺了我所有的臣仆,望英勇的也速该巴特尔带兵前去,为我报仇雪恨!”也速该巴特尔虽然深知是赫王蛮横残暴,杀害自家兄弟才被叔父打败,落到如此境地,但又念父亲巴尔登也曾庇护过赫王的父亲拜鲁,便亲自率一万精兵,在嘎拉贡山大败居勒,收复赫利特国,战利品也尽数交给赫王陶高利勒,让他在那里执政。

也速该巴特尔率兵回国时,突然有一人飞马来报:“在大王出征之时塔塔尔部侵犯我西部居勒亨部,将财产、牲畜、女人孩子掠夺一空。”也速该巴特尔听后大吃一惊,迅速回国增加兵力,去征讨塔塔尔部。

此时也速该巴特尔的夫人,敖拉胡努特部的窝格伦正有身孕。当初怀孕时,窝格伦夜里正在酣睡,突然有一道金光从帐篷的顶窗射了进来。照得包内顿时白光灿烂,又像银水般闪闪发光。她定睛一看,有一个骑着白马的人,身穿银甲,身长九尺,长有五绺胡须,月亮般的脸颊,星辰似

[1] 巴特尔:蒙古语,英雄。文中也速该为人名,巴特尔为尊称,下同。除标为“原注”的,本书注释均为译者所加。

的眼睛，手持银杆长矛，俨然白色天神。他直奔窝格伦夫人的榻前，将她轻轻爱抚。窝格伦夫人惊醒，原来是一个梦，从此怀上了铁木真。

也速该巴特尔出征塔塔尔部时正值四月，草原上草色青青，山上百花斗艳，百鸟齐鸣。一天，窝格伦夫人带着几个侍女信步来到斡难河边的特力贡宝勒德格山下欣赏春日景色。正当她兴致勃勃地欣赏美景时突然腹痛难忍，想到自己有身孕，计算时日，正是到了分娩的时候。窝格伦夫人从腹痛情况断定自己已无暇回去，匆忙找了一处僻背的地方，诞下了铁木真。此时从特力贡宝勒德格山上射出几道白光，像彩虹般挂在天空。斡难河水从此也变得清澈见底，连河里的鱼儿都清晰可辨。孩子诞生的时间是壬午岁四月十六日午时。那年窝格伦夫人十九岁，也速该巴特尔二十五岁。

窝格伦夫人在白草坪上生下她的长子，苦于没有利器可以割断脐带，就用白草扎住它，用山上的两块刀石砸断了孩子的脐带。窝格伦夫人见到此景潸然泪下，泪水落在脐带和刀石上。她祝福道：

唉，我那生在山上的骨肉，
我那掉在草地上的宝贝，
祝你的后代像白草那样众多，
愿皇族就像岩石那样牢固。

孩子生下之后用这座山的宝鲁尔泉水洗涤了他身上的血污，人们才看清孩子的手里握着羊踝骨一般大小的凝血。正当大家惊奇于此时，侍女弄来了用红毡搭棚的车，让窝格伦夫人和孩子坐车回家。路上碰到乌利扬罕部的风水先生扎尔其古岱。这扎尔其古岱正抱着他三岁的儿子扎勒玛去巴拉古浩热，看到冲天的白光，赶到这边来，正巧遇到了窝格伦夫人。他看了看车上的婴儿，叫道："原来真龙天子在这里啊！"他跟随窝格伦夫人来到巴拉古浩热，说："这可不是一般的孩子，不能像凡人那样让他躺在床上和地上，一定要悬在不落尘土的空中喂养才是。"窝格伦夫人问如何才能在空中喂养，扎尔其古岱略加思索，说道："这也不难。到野外采一些柳枝，先用粗一点的在火上烤一烤做成架子，再用细一点

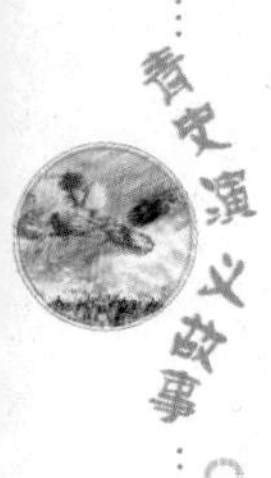

的编成坐垫，然后选好看一点的编成周围的花环。闷热的夏天把孩子装在里面，然后挂在阴凉的地方；严寒的冬天就把孩子取出来抱在怀里喂奶。有洪福的孩子，把他放在这里抚养才是。这个东西就叫‘乌鲁盖[①]’吧！”

人们按照扎尔其古岱所言做了“乌鲁盖”，三天之后把孩子从被窝抱出来，用九种泉水沐浴其身，在神圣的乌鲁盖山放上九种色气的马奶。扎尔其古岱用九种泉水和九种黄油弹洒，并祝福道：

你躺在无比神圣的乌鲁盖里，
愿你天子的后代威震天下；
你躺在柳枝编成的乌鲁盖里，
愿你圣主的后代一尘不染；
你躺在美玉般的乌鲁盖里，
愿王子成为圣主安抚众民；
你躺在至高无上的乌鲁盖里，
愿你成为天子使百姓快乐。

也速该巴特尔大败塔塔尔部，活捉其首领塔尔木，路上又俘虏特默沁部，回家正赶上长子满月。也速该巴特尔定睛一瞧，那孩子的身体就像白玉一样发光，黄油一样丰润，头大脸方，仪表非凡，心里有说不出的高兴，说道：“就在这个孩子生下的时候，我打败了自己的敌人，孩子出生时手里握着凝血，看来日后定会功德无边。这也正应了大败塔塔尔，俘虏特默沁的天意。”说罢给孩子起名铁木真。

---

① 乌鲁盖：蒙古语，即摇篮。

母亲的教诲

光阴荏苒，岁月如梭，铁木真很快就长到了九岁，且有了四个弟弟和一个妹妹。四个弟弟分别名为：比勒古岱、哈斯尔、敖伊图敖其格、乌仁嘎楚格。一个妹妹叫图努玛拉塔娅。

一天，也速该巴特尔狩猎归来，看到儿子铁木真带着一群孩子在长满松树的土堆上玩耍。铁木真骑着柳条马，孩子们举着柳条华盖正在给他娶亲。也速该觉得孩子到了娶亲的年龄，便与窝格伦夫人商量。窝格伦夫人的娘家敖拉胡努特部美女多，也速该巴特尔让铁木真骑上马，直奔那里而去。

路过洪格尔特部落时其首领太斯钦带着他的两个儿子阿吉尼莫尔根和胡达尔嘎巴特尔来见也速该巴特尔。下马问好之后太斯钦问道："大英雄这是要去哪里啊？"

"我想给孩子娶亲，正要去他母亲的娘家敖拉胡努特部。"也速该巴特尔答道。太斯钦抬头看铁木真，只见他：脸庞宛如十五的月亮，龙眼像水晶一样明亮，双眉像丹凤一样俊俏，鼻子像山丘一样突起，嘴唇像乌格优宝勒格德格山一样厚实，方脸长腰，耳大胸宽，十步以外神光闪烁，胸中有治国的天才。

太斯钦连忙笑道："昨夜我梦见一只雪白海东青嘴里衔着红日飞来，

落在我家帐篷的天窗上。早起算卦,便知有王族皇室的贵人莅临我家,我特意来此迎接。去我家里坐坐吧!"

也速该巴特尔跟随太斯钦来到他们家,进门便听到琴声。太斯钦向里屋喊了一声:"布尔特格勒金!"琴声停止,姑娘应了一声,走了出来。也速该巴特尔看到那姑娘:面庞像朝霞一样艳丽,眼睛像凤凰的眼睛一样晶亮,一双浓眉像蓝天一样清秀,鼻子像白玉石那样浑润,嘴唇像翡翠一样生辉,两眼炯炯有神,双颊闪闪发光,细细的腰,高高的个儿,如同仙女下凡,仔细一瞧,确有掌管三宫六院的洪福。据说生下这个姑娘时红光把帐篷照得通红,因此得名布尔特格勒金。

也速该巴特尔和太斯钦对坐而饮。太斯钦说:"我们自古以来都是把美丽的姑娘许配给忠诚厚道的宝尔吉格德部。不知这姑娘能不能配得上你儿子?"也速该巴特尔还想询问儿子的意见,有些犹豫不决。铁木真却看上了布尔特格勒金:"父王,我看这事可以答应。"也速该巴特尔非常高兴,觉得这是天赐良缘,应允了婚事。他拿出自带的胡尔扎[1]给太斯钦敬酒,并用双九的礼数拿出十八匹好马作为彩礼。他们祭了火,铁木真跪拜太斯钦,认作岳父。第二天,也速该巴特尔想把儿子带回去,太斯钦说道:"你把孩子留在这里吧,我教他一些本事。"也速该巴特尔便把儿子留在其岳父那里独自回家。

路过塔塔尔部时那些溃败逃散的塔塔尔人迎了上来。他们说为了感谢不杀之恩,希望能设宴款待也速该巴特尔。也速该巴特尔并不知道这是他们设下的奸计,喝下酒之后才知道自己中了计,挥刀砍死了五个人当中的四个,仓皇骑上马,回到自己的家园巴拉古浩热。随从连忙把他扶进帐内。窝格伦夫人看后大吃一惊,忙问缘由。也速该巴特尔说道:

我路过塔塔尔部落,
他们请我赴宴饮酒,

---

① 胡尔扎:蒙古语,二次回锅奶酒。

哪知酒里下了毒药，
如今害了我的性命。

说完他又说："我把儿子铁木真留在洪格尔特部的太斯钦家里。现在我胸口疼得像刀割一样，快把我儿子叫回来！"

窝格伦夫人连忙命蒙格利克去洪格尔特部。

听到噩耗后铁木真连夜赶来，但此时也速该巴特尔早已去世，是年他只有三十三岁，窝格伦夫人二十七岁。

铁木真看到父亲已去世，顿时双眼发黑，晕了过去。窝格伦将他叫醒，与四个弟弟见面。

勃特国举国上下重礼送葬，万分悲痛。也速该巴特尔去世后铁木真和他的四个弟弟都很年幼，管辖内的好多部落开始投靠强大的岱其古德部。铁木真的侍臣胡拉金也私下叛逃。策勒吉部的乌尼、温都尔兄弟二人，哥哥率领部落里的所有人叛逃。弟弟劝他也无济于事，便自己留了下来。后又一个名叫乌能的人也带着亲属留在铁木真身边。铁木真非常高兴，把他们的名字改为温都尔斯钦、乌能图如。叛离的人越来越多，刚刚十三岁的铁木真调集兵马，由窝格伦夫人坐镇，起兵讨伐叛逃的人们，勃特国这才稍稍安定了一些。

铁木真兄弟几人日渐长大，狩猎时也常闹别扭。窝格伦夫人担心于此，一天把孩子们都叫到身边来，从父亲用过的撒袋里抽出五支箭来，说道："你们兄弟五个人把五支箭合在一起，把它们折断！"说着递给他们，可谁也没能折断。然后又叫每个人各自分折一支，他们很容易就折断了。窝格伦夫人说道："孩子们，你们想一想，同样都是箭，可是合起来就折不断，分开来很容易就被折断。你们兄弟五人就像这五支箭，如果齐心合力，就不容易被别人打败；如果你们常闹别扭，兄弟不和，就像一支箭，很容易被人打败。难道你们没有看到你们的父亲吃了单枪匹马的苦吗？希望你们能够让我放心！"说着不禁潸然泪下。铁木真听后感到自己之前的所做所为很不对，懊悔至极，带着四个弟弟一起跪在妈妈面前，悲切地安慰妈妈，说："日后我一定会包容弟弟们的一切过失。"

陶尔根希拉之恩

这一年铁木真已十六岁。他想起杀害父亲的仇人敖日古拉还没有除掉,心里非常窝火。

一天,铁木真悄悄取出父亲留下的那把宝剑,骑上自己的赭黄马,瞒着弟弟和随从们,纵马飞驰,奔向塔塔尔部。到了扎赉特部德勒格图巴彦[①]的家乡附近,见一个脸色黝黑,生着一双星眼的男孩,坐在高高的土冈上,手里拿着一根铁棒,放牧着几千只牛羊。铁木真走近一看,那男孩身材高大,约莫十二三岁。

“喂,你这孩子知不知道塔塔尔部的人在哪儿扎营啊?”铁木真大声问道。

那男孩心中十分不满,瞪了他一眼,说道:“你是何等人? 竟然如此口出狂言?”

铁木真暗暗佩服此人的勇气,但又故意说:“我就是天下无敌的额尔和巴特尔。”说着伸出了大拇指。那男孩把铁棍插在土里,高声说道:“既然这样,那好,你下马,咱俩摔跤比比看,如果真如你说的那样你把我摔倒了,那我便告诉你塔塔尔部的下落。”铁木真跳下马去,把宝剑放在一

① 巴彦:蒙古语,富人。

旁，与他摔跤。铁木真看他动作敏捷，心中有些慌，想到：如果不抓紧时间摔他，说不定就会遭他暗算。想到此，铁木真退后几步，纵身一跃，抱住他，使劲儿一扳，男孩的腿像是被鬼神打了一下，突然发软，噗通一声整个人被摔在地上。

铁木真放手，向后退了几步，说："好了，我说到做到！现在你告诉我塔塔尔部的下落吧。"

那男孩大声说道："我有生以来还没被人摔倒过呢！今天竟败在你这大力士手下。你一定不是凡人，快告诉我你的真实姓名吧！"

铁木真告诉他自己的真实姓名。男孩上前跪拜道："都说大富大贵的宝尔吉格德的铁木真是真龙天子，看来此话不假！我愿意当你的马弁，助你成就大业。我是扎赉特部德勒格图巴彦前妻的长子毛浩来，家中还有一个同父异母的弟弟，名叫点仓。"铁木真赶紧将他扶起来，问塔塔尔部的下落。

"离这儿不远的东北方向有一个叫萨如拉塔拉的平原。一个名叫敖日古拉的塔塔尔人和本部落的人闹翻，独自一家搬到那里住下了。"毛浩来说。

"我找的正是这贼，你在这里等我，我去去就来。"说着铁木真翻身上马，腰里挎着宝剑，奔向萨如拉塔拉平原。此时敖日古拉刚好出去狩猎，家里只剩下妻子老幼。铁木真想到自己的父亲被他们杀害，怒不可遏，砍死了敖日古拉的两个妻子，两个孩子和一个丫环，将他们的首级一字摆放在桌上，又去找人。周围再没有其他人，铁木真才骑马返回。

毛浩来依然手拿铁棒在原地等着铁木真。毛浩来说道："我已回家向父亲说了咱俩的事。"

铁木真非常开心，问他为何没有骑马。

毛浩来说："好汉没有盔甲，照样能够打败敌人。有志气的人光着脊梁，也能够成就大事。好马不在鞍子，美人不在衣着。从娘肚子里生下时我们就赤身裸体，今天遇见明主，我还骑什么马！"铁木真听后非常高兴，要与他共骑一匹马。

"我既然长着两条腿，怎能在主人面前失礼！"毛浩来说道。铁木真和他一路叙谈，步行了两里地。毛浩来劝了六七次，让铁木真上马，均被拒绝。最后毛浩来抓住缰绳跪在路边，大声邀请，铁木真这才上马。毛浩来走在前面，铁木真骑着马来到巴拉古浩热，设宴款待毛浩来。

没过几天，一天早上突然锣鼓齐鸣，一支人马包围了巴拉古浩热，高声呼喊："把铁木真交出来！"

那天，敖日古拉回家后看到妻儿的首级，便知是也速该巴特尔的儿子铁木真所为。他恨之入骨，便向岱其古德部首领其勒格尔布和、塔哈尔诉苦，并请求他们派兵支援。其勒格尔布和等人说道："从前也速该巴特尔任意欺侮我们，那年也速该巴特尔的妻子窝格伦夫人也曾起兵征讨早已投奔我们的那些臣仆，这笔账我们还没算清楚呢！如今老子的仇要跟他的儿子报！"说罢给了敖日古拉一千名强壮的士兵。

铁木真穿上盔甲，叫上布呼比勒古岱、哈布图哈斯尔[①]两个弟弟和洪格坦部的蒙格利克，扎赉特部的毛浩来，率领五百卫兵迎了出去。敖日古拉看到铁木真大声骂道："千刀万剐的铁木真，你为何杀害我的老婆和孩子？从前我要了你父亲一条命，今天也要你的母亲纳命受死！"听得铁木真勃然大怒，拍打着赭黄马飞奔去战敖日古拉。铁木真的弟弟布呼比勒古岱等四名小将也一齐拥向前去。双方混战一场，一来铁木真人少寡不敌众，二来岱其古德部的人马都是精选的强壮军人，勃特国的军马渐渐抵挡不住，只是守护军营勉强招架。惟有铁木真直奔敖日古拉跟前，与他拼命相斗。敖日古拉哪里是铁木真的对手，连忙拨转马头，落荒而逃。铁木真咬牙切齿紧紧追去，不料坐骑被岱其古德人绊倒。埋伏在杂草丛中的伏兵用钩子把铁木真钩住，便五花大绑地捆了起来。岱其古德部的其勒格尔布和、塔哈尔等人鸣金收兵，给铁木真戴上脚镣，得胜回营。

敖日古拉祈求迅速斩首铁木真。寄居在那里的苏尔登人陶尔根希拉急忙走出来劝道："千万不可立马杀掉。勃特国的铁木真虽然落在了我们手里，但勃特国是一个相传二十几代的大国，加上铁木真还有弟弟

---

① 比勒古岱、哈斯尔是他们二人的简称。

和臣僚们，更有几万名会文会武的臣民和亲舅之族。这次我们出其不意赢了，如果杀掉铁木真，定会引发更大的战争。不如将他的弟弟和臣僚全部捉来之后再杀不迟。这样可以避免战争。”其勒格尔布和、塔哈尔觉得此话有道理，便命军士严加看管铁木真，将他监押起来。

岱其古德人征服了仇敌，举酒设宴庆祝。那天晚上看管铁木真的两个军士也喝得酩酊大醉。他们回到牢里，趁着酒劲不让铁木真睡觉，百般辱骂，直气得他怒发冲冠。铁木真猜到夜里敖日古拉会来到牢里将他杀害，便大叫一声：“老天爷呀！”双手用力一撑，手铐被他撑断。两脚使劲一蹬，脚镣也被蹬断了。铁木真用手铐砸碎一个军士的脑袋，往外逃跑。另一个军士大喊：“别让犯人跑了！”说着冲上来。铁木真抬起右脚将他踢倒，自己逃出来，跳进水里，只露出头。

岱其古德部的人闻声赶来，发现铁木真早已逃跑，几百个军士便四处寻找。

陶尔根希拉来到水边，看到水里露出的脑袋。他断定此人便是铁木

真，说道："你快起来回自己的国家，搜寻你的兵马已经过去了，我绝不会去向毒蛇告密，只是日后不要把我忘掉。记住啊，我的名字叫陶尔根希拉。"说完策马而去。铁木真从水里出来之后想到自己无法逃出军士们的搜寻，便一路跟随，来到陶尔根希拉家里。陶尔根希拉看到铁木真，不免十分惊慌，皱着眉头说道："唉呀，刚才我叫你赶快回国，为什么偏偏到我家来了？要是被他们发觉，我一家老小也很难活命！"陶尔根希拉的长子楚伦对父亲说道："俗话说，家雀也有落身之地，你为何叫宝尔吉格德的后代，真正的天子铁木真离开我家回去？"说着连忙换下铁木真身上湿漉漉的衣服，用斧头砸断他脖子上的枷锁，又招呼他喝茶吃饭，让他住在家里。

第二天早上，外面突然喧闹成一团。敖日古拉带着三四十个军汉，手持兵器来搜寻铁木真。陶尔根希拉惊慌失措，他让铁木真躺在一辆车上，上面盖了厚厚的羊毛。不一会儿，敖日古拉来到他们家，到处搜索无果，想要翻看车上的羊毛。陶尔根希拉的儿子楚伦早就不满敖日古拉来他们家里到处搜寻，便拿着板斧来到敖日古拉身边喊道："我们偷了你们家的什么东西？你竟敢如此放肆！天气这么炎热，你会把人藏在一车羊毛下面吗？你这样狼心狗肺，才让人杀掉了妻儿，如果你搜不出来，就别想活着出去！"

敖日古拉顿时惊慌失措，说道："我也是奉你们主公的命令来搜的。不然与我有何相干？"说着到别家搜寻去了。

楚伦连忙翻开羊毛把铁木真请出来，给他换了一身干净的衣服，备了一匹好马给他，宰了一只肥羊做路上吃的干粮。

陶尔根希拉擦着额头上的汗珠，说道："真是吓死我了！现在你赶快回国吧！听说勃特国已派兵攻打岱其古德部了！"刚一说完，楚伦接着说道："我今天有幸遇到了明主，我要和你一起出发！"说着骑上自己的花斑骏马，连夜跟铁木真赶路。

路上遇见了装作病人打探铁木真消息的毛浩来。三人相遇非常高兴，马上传令前部人马回兵，三人一同来到巴拉古浩热。铁木真母子二人相见，抱头痛哭。

迁居布尔罕嘎拉顿山

铁木真见过母亲之后与弟弟们相见，唯独不见比勒古岱、哈斯尔两个弟弟，忙问缘由。蒙格利克回答道："岱其古德人一撤兵，他们二人便率兵追赶，路上被盗贼偷走了圣主的八匹骏马。听到您已归来的消息，他们让军士们先回，带着几个护兵分头去找那八匹骏马。"

铁木真担心两个弟弟，便叫来蒙格利克、毛浩来、楚伦等人，吩咐道："你们操练士兵以防岱其古德人。我并非心疼那几匹马，看重的是兄弟间的情谊。我亲自去把那几匹马找来，再商议其他事宜。"说完带着几名护兵追随比勒古岱、哈斯尔而去。

到了八匹骏马被盗的地方，铁木真站在兄弟二人分手的地方，将随从分作两路，吩咐他们细细寻找，最后再回到这里相会。

铁木真想找一个投宿的地方，便顺着草丛向前走去，来到阿尔鲁特部的一户人家门口，只见门前聚集着几千匹马。向里面望去，有一个约莫十五六岁模样的男孩，手里拿着刀子在剔牛肉。他白脸紫发、猿背罴颈。铁木真心想那八匹骏马兴许在这马群里面。他正在仔细观察时，那男孩看见他，非常生气，拿起马刀，骑上马飞奔而来，高声喊道："你是什么人？竟敢如此偷看我家的马群？到底想干什么？"

“我家丢了几匹马，想看看是不是在你们家的马群里。”铁木真不慌不忙地笑道。

“你姓甚名谁？哪个部落人？丢了几匹马？”男孩问道。

“我是勃特国宝尔吉格德家族的铁木真。我丢了心爱的八匹骏马。朋友，你可听到过它们的下落？”铁木真问。

男孩听说是铁木真，脸上洋溢出喜悦，说道：“别说是下落了，我都亲眼看见过。”又说：“等等，我问你几句话。人们都说你的力气是上天所赐，奇大无比。你能拉得满多大的弓，搬得动多重的石头？”

铁木真知他是一名好汉，便笑道：“治理众民只靠仁义和才能，绝不依赖武力。你把你剔牛的刀子给我，我给你细细讲来。”男孩把剔刀顺手递给铁木真。铁木真接过来一看，刀刃锋利，没有发钝的地方，便敲打着刀面说：“治理天下的道理和你剔牛的道理是一样的。不会剔牛的人不知道牛的骨节在什么地方，所以他看见的牛是一头整牛。但会剔牛的人知道牛的每一个骨节，他看见的牛并不是整牛，而是被剔开的牛头、牛蹄、牛胸、牛腿。他一动手，剔刀便顺着骨缝下去，既不费力，刀刃也不会变钝。这是为什么呢？因为牛的每一个骨节都有缝隙，刀刃又十分锐利，它顺着骨缝下去，不就很容易地剔开了吗？所以会剔牛的人剔十头牛只用一把刀，而不会剔牛的人，换十把刀也剔不完一头牛，就必须用斧子来砍，这岂不是费力又不合理？治理天下也跟剔牛一样。天下的道理跟牛的骨缝相似，治理天下的才略跟刀刃相仿。因此，要想取信于天下，就只能依靠信义和才能，而不能完全凭武力。俗话不是说‘相信胯骨的使用一人，相信智慧的使用万人’吗？你为什么不求真才实学而只凭像牛一般的力气呢？”说完把剔刀扔在地上。

听了铁木真的一席话，男孩大惊失色，从心眼儿里佩服他，连忙翻身下马，跪在铁木真面前说道：“我是阿尔鲁特部拉胡巴彦的儿子布古尔吉。今年十五岁。愿跟随你服犬马之劳！”铁木真赶紧将他扶起。

“昨日黄昏时分，有五个骑马的彪形大汉牵着八匹骏马路过这里，一路向西走去。”布古尔吉说话时看到铁木真的坐骑已有些疲惫，便给他换乘一匹火焰金驹，自己骑上一匹追风快马，说道：“只有连夜追赶，才能追

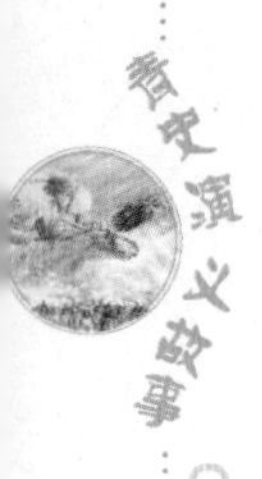

得上他们。”说完二人即刻上路。

整整追了一宿，终于追到盗贼们的营地，抬头一看，院子里果然拴着铁木真的八匹骏马。此时几个盗贼正在屋内酣睡。铁木真说道：“朋友，你在这里等我一会儿，我进去把马赶出来。”布古尔吉一听此话，赶忙说道：“我认您是一位明主才一路跟来，关键时刻我怎么能临阵逃脱，袖手旁观呢？”说着砍断圈马的绳索，把马赶出来。那五个盗贼闻声惊醒，一个盗贼从屋里跑了出来。布古尔吉手持马刀拦住他，对铁木真高声说道：“明主，您赶快把马赶走！”铁木真一听此话，将自己的八匹骏马赶了出来。盗贼们见事情不妙，三个跑去围住布古尔吉，两个去追赶铁木真。布古尔吉一声雷吼，把一个盗贼砍下马来。铁木真看到两个盗贼追来，早已准备好弓箭，等他们渐渐走近时拉满弓弦，反身射去。那个盗贼脑门上吃了一箭，滚下马来。后面追来的盗贼吓得半死，急忙勒转马头仓皇而逃。铁木真回马追赶，又取出一箭射去，正好穿透他的腰部。另外两个盗贼见到这般情景，吓得手脚发软，心慌意乱，不知所措。布古尔吉

趁机举起刀大声一呼,又把一个盗贼的脑袋砍了下来。剩下的一个盗贼吓得魂飞魄散,又见铁木真举长矛从背后刺来,慌忙躲过布古尔吉的马刀,拼死拼活地催马逃去。布古尔吉见盗贼落荒而逃,便拍马追赶,铁木真大声喊道:“朋友,马已经找到了,别追他们了!”二人赶着八匹骏马和盗贼的四匹上等好马,回拉胡巴彦家去。

拉胡巴彦见到儿子回来非常高兴,又问一同来的铁木真是谁。布古尔吉把铁木真的身世告诉父亲。拉胡巴彦听了三分高兴七分不快,安顿好铁木真睡下之后对儿子说:“宝尔吉格德部虽然举世闻名,但有众多的敌人。铁木真虽然承受天命,仍有很多磨难等待着他。应该慎交这样的朋友。”

“纵有众多的仇人,人家还是皇室王族!纵有千难万险,人家毕竟是龙子龙孙,交个朋友看看就知道了。”布古尔吉说。

第二天早晨,铁木真想把八匹骏马分一半给布古尔吉。布古尔吉连忙推辞道:“我把您看成是我命里的圣主才为您效力,我把您当作是无意相遇的明主才伴着您奔波。我父亲饲养的马群我一辈子也享受不尽,还要您的马做什么?”铁木真说道:“找到这八匹骏马全凭朋友的帮助。我怎能独自享用?还是让我们平分使用为好。”二人你推我让,争辩不休。拉胡巴彦咧嘴大笑,留下了其中的四匹马,铁木真这才踏上回家的路。铁木真到了与弟弟们相约的地点,弟弟们早已到齐,在此安营扎寨等着他。铁木真握住布古尔吉的手难舍难分,布古尔吉说:“高贵的圣主,您别再送我。我布古尔吉已经从内心里归附了您。不久,我就前来拜见您!”铁木真这才依依不舍地回家。

此时的岱其古德部落仗着地广、国大、人多,常来侵犯,叫人不得安宁。铁木真非常着急,想带着全家族的人一战到底。他与四个弟弟、蒙格利克、温都尔斯钦、乌能图如、毛浩来、楚伦等人商议,其他人都同意复仇。毛浩来却说:“不可。常言说‘弯弓射岩要爱惜箭头,举枪斗敌要爱惜民力’。大鹏能够翱翔在天空,全仗它那有力的翅膀。此时是明主养精蓄锐之时,并不是和强敌死拼的时候。”铁木真听后非常赞同,向窝格伦夫人禀报。夫人也同意毛浩来的说法,她说:“你的祖父以前就住过布

尔罕嘎拉顿山,那时他可以以山为城,扎寨防守。如今想要躲避祸乱,便可迁到那里休养几年,把兵力练好。”

铁木真听从母亲的旨意,迁到布尔罕嘎拉顿山,在山前狮子口方圆二十里的平台安营住了下来。巴拉古浩热的全部臣民也都迁来守住四间山口。山里水草丰美,勃特国军民很快就养得人强马壮,铁木真的势力从此复苏,威震四方,远近大小的部落纷纷前来归附,勃特国从此强大了起来。

喜宴上的乱子

戊戌年(1178),铁木真已年满十七岁。窝格伦夫人想到也速该巴特尔与洪格尔特部的太斯钦订下了婚约,便叫来蒙格利克、楚伦二人,准备带着九种彩礼去见太斯钦,商量办喜事的日子。二人带着随从沿着克鲁伦河来到洪格尔特部,见了太斯钦,献上彩礼。太斯钦设宴招待,高兴地说道:"听说岱其古德部起兵攻打你们,我正要派兵支援,后又听说你们的国主已经班师,我们就没有去。想来上天不会叫我的女婿铁木真灭国亡族。"说完就跟两位使者说定了娶亲的日子。

那时楚伦的父亲陶尔根希拉已与岱其古德部闹翻,出来自己住。铁木真派人把他请来,又给他的两个小儿子其木拜、特木尔安排了住处,让陶尔根希拉作赴宴的首席安答①。临近喜日,铁木真领着各位大臣来到洪格尔特部迎接布尔特格勒金居森夫人。

赫利特国的赫王陶高利勒听说勃特国的铁木真恢复元气强盛了起来,自己主动跑来道喜庆贺。乌利扬罕部的扎尔其古岱也带着自己的儿子扎勒玛来道喜,进帐拜见窝格伦夫人,说道:"从前幼主在特力贡宝勒德格诞生时,我给他做了一个乌鲁盖,当时我把我三岁的孩子带来交给

① 安答:蒙古语,义兄,义弟,盟友,友伴。

夫人,可当时夫人觉得他还太小。如今他已长至二十岁,掌握了几国语言,又习武,掌握了配制火药的道理。我今天把他领来,让他给幼主备鞍拾镫,牵缰执鞭。请求夫人发慈悲,将他收下。"窝格伦听他说完抬头一看,只见扎勒玛长得魁梧,个高腰细,脸白如玉,唇红似火,双眉浓黑,两眼炯炯有神,不愧是一代朝臣。她高兴地说道:"那时候孩子还小,只恐顾不过来,如今他已长大成人,你想把他交给我的儿子扶持朝政,我们母子从心眼里感到高兴。"说着将扎勒玛留在了身边。

探马飞报,说接亲的人马快要到来。扎尔其古岱和扎勒玛父子带着铁木真的两个小弟弟敖伊图敖其格、乌仁嘎楚格去接第一程;第二程由窝格伦夫人的两个弟弟敖拉胡努特部的乌尔鲁克诺彦①、利德尔斯钦带着铁木真的两个大弟弟布呼比勒古岱、哈布图哈斯尔负责;赫利特的赫王和其他部落的首领带着酒和术斯②作第三程迎接太斯钦为首的九位亲家,把他们请进宏伟敞亮的虎皮帐里设宴洗尘。然后酒祭火神,叩拜窝格伦夫人。胡琴、马头琴、横笛、笛箫一起鸣奏,香烟缭绕,人人穿着盛装,好不热闹。

婚礼上,铁木真觉得赫王是父亲的朋友,加上又是第一个来庆贺的客人,就把自己的貂皮长袍选了一件给赫王,叫他坐在首席。赫王非常高兴,说道:

为了报答这件紫色的貂皮袍子,
我要帮你创建国家;
为了酬谢这件紫色的貂皮袍子,
我要助你统一江山。

原来窝格伦母亲传令严禁自己的臣民饮酒,因此宴席上没有摆出酒来。当时苏尔登部的陶尔根希拉看见喜事办得不大红火,说道:

在这丰盛的宴席上,

---

① 诺彦:蒙古语,官员,老爷。

② 术斯:蒙古语,招待贵宾或归时行聘用的整羊。

虽有世间最好的食物，
但缺少一种琼浆玉液，
不免显得有些单调，
损伤了高贵的盛宴。

话音刚落，扎赉特部的毛浩来接着说道：

酒会使人忘记诺言，
酒会使人态度傲慢，
不需要喝什么酒啦，
还是谈点有益的事情。

话音刚落，女真国的朝莫尔更、阿尔鲁特部的布古尔吉、乌利扬罕部的扎勒玛、巴苏德部的吉尔古嘎岱、卫拉特的哈尔海如、惠森布古拉尔、希热呼图克等人纷纷抛出自己的观点，争论不休。只见一个端盘子的孤儿站在门外，不停地冷笑。铁木真见了，将他叫到身边，问道："你这孩子为何站在那里冷笑呢？"那孤儿奏道：

我要是一个成年的大人，
会把自己的想法说出来；
我要是一个朝廷的大臣，
会把自己的主意讲出来。

铁木真说道："但说无妨。孩子，你有话就尽管讲出来吧。"那孤儿拜谢铁木真，然后尽量分说酒的益与害，他说：

饮得多了就会闹病，
饮得适度就是良药；
喜日喝点就是幸福，
喝得过量就是糊涂；
天天喝它就是毒药，
经常节制就是聪明；

吉日喝它就是快乐，
酩酊大醉就会丢人。

铁木真听了高兴地赞道："孩子，你说的话很有道理。酒这个东西饮得适量就会使人快乐，如果喝上了瘾就会伤身害命。饮酒虽然一时快乐，但喝醉了害处极大！"说着问那孩子的籍贯、姓名，那孩子连忙跪下，说道："小人是巴雅古德的孤儿，今年十三岁，名叫苏奇。"铁木真听了非常高兴，赏给他衣冠，给他改名为乌优图斯钦。因他从小精通畏吾儿文字，铁木真就命他担任专门记载起居的官员，赐给他写字用的朱砂、毛笔。

铁木真起身来到母亲的大帐，向母亲请求赏酒。母亲见儿子娶了一个好媳妇，感到格外高兴，依准铁木真的请求，传命专管茶酒的家臣希呼尔，叫他把各种各样的撒尔胡德①、阿尔扎②、胡尔扎用车送到宴席上。

大家正在豪饮，巴苏德部的吉尔古嘎岱突然一边喊一边跪在地上，说道："早先我和岱其古德人一起把君王的血红马从脖子上射死，君王也明明知道是我干的，可今天为何如此宽待我？"

"身为仇敌而来看我，这是好汉的作为。这样的好汉我从来把他看做兄弟，从心眼里器重他。哪儿还能记得过去的仇呢？"铁木真微笑着说道。

吉尔古嘎岱听了十分感动，哭着说道："你真是我命里的君王！"说完表示要归附。吉日古嘎岱曾用箭射死铁木真的血红马，依然不怕旧仇，像箭一样前来投奔，铁木真就把他的名字改为哲别，任命他为指挥使。

第二天，仍是酒如海洋，肉似小山，众人又开始开怀畅饮，十分热闹。拉海德部盗贼的后裔斯钦布和原来有两个母亲，她们也来参加宴会。长母是原配，次母伊布海年龄刚二十几岁，模样长得俊俏，喝起酒来又是海量。分酒的家臣给了伊布海两桶，见到长母知她不会喝酒就只给了一桶，长母便心里嫉妒，怒气冲冲地从窝格伦夫人身边跑了出来，把分酒的

① 撒尔胡德：蒙古语，美酒。

② 阿尔扎：蒙古语，头次回锅奶酒。

人找来责问道:“你为什么和伊布海私通,另眼相看我?”说着把分酒的家臣希呼尔打了一顿,又把伊布海揪住痛打了一顿,气冲冲地回去了。希呼尔连忙向铁木真禀报,铁木真微笑一下,说道:“无知的女人何足挂齿!”说完再没有计较。

第三天,斯钦布和的马童宝来又偷了布和比勒古岱马鞍上的豹皮肚带,被当场抓住。比勒古岱叫他跪下,训斥几句,恰巧被斯钦布和看见。他恼羞成怒,大骂比勒古岱。比勒古岱说道:“我的哥哥把你们当成贵宾,叫你们坐在主宴席上招待你们,你们为什么还这样不要脸?昨天你的两个母亲打架,破坏了我们的宴席,今天你的马童喝醉了酒,偷我家的豹皮肚带,世上还有比这更不要脸的东西吗?”斯钦布和听了大怒,借着酒劲挥刀砍去,比勒古岱一闪,脊背被砍中,鲜血直流。比勒古岱的士兵看见,齐声呼喊,一拥而上,用马奶酒的捣子,吃肉的刀子,木头棒子,头上的铁盔打将起来。这时斯钦布和也挥动大刀闹腾。比勒古岱向士兵喊道:“住手!你们怎么敢如此大胆,破坏哥哥的喜宴?我的伤势并不太重。”这时强盗后裔拉海德部的人都手持兵器冲了过来,顿时双方混战一场。铁木真听说弟弟的脊背受了伤,便暴跳如雷,拍案喊道:“快去把胆大的奴才斯钦布和给我砍倒抓来!”话音刚落,毛浩来、布古尔吉、布古拉尔、楚伦等人一起动手,拿着兵器跑了出去。斯钦布和见势不妙,挥动着他的大刀,骑着马,带着他的随从,直奔自己部落——名为萨钦乌苏的地方。

这时乌利扬罕部的扎勒玛腋下一边夹着一个女人走了过来。铁木真一看,一个是斯钦布和的次母伊布海,一个是斯钦布和的长母胡尔琴。铁木真马上传令,将她们二人关押起来。即使这样也无法消去内心的愤怒,他问道:“谁去把作乱的奴才斯钦布和抓来?”话音刚落,人群中走出一个人来,正是苏尔登的陶尔根希拉之子楚伦。楚伦说道:“小臣愿意去把斯钦布和抓来!”说完领兵五百,准备鸣鼓出发。

这时比勒古岱忽然听见调集军马的鼓声,连忙让左右扶着自己走进宫帐,劝哥哥说:“哥哥,你是要在这世界上成就大事的人,怎能为了我的区区小事动兵宣战呢?如果总是向着自己人,恐怕大家心中难以服你

啊！况且我的伤势并不严重，不至于死。哥哥应该停止发兵才是！"听了比勒古岱一席话，帐内的人们无不赞叹。铁木真的怒气也消去了许多，赶忙叫人鸣金收兵，不再追讨斯钦布和。

那时三天的喜宴已经结束，以九九礼品回敬太斯钦等九九亲家，对其余各部落的宾客也都一一回了重礼，欢送来宾们返程。太斯钦看到席间铁木真三番五次地夸奖布古拉尔，已知铁木真十分喜欢他，就连忙把布古拉尔叫到他身旁，亲自斟酒给他，让他拜谢铁木真，还嘱咐他日后好好侍奉铁木真。铁木真听了十分高兴，便亲手向太斯钦敬酒致谢，也给布拉古尔斟了一杯，并把自己骑的马连同鞍辔赏给他。布古拉尔十分感动，连忙跪下叩拜，从此留在铁木真身边。

阿尔鲁特部布古尔吉来道别，铁木真握住他的手说道："你可是有言在先啊，此时不留下来陪我，又将去哪里啊？"

"我出来赴宴时父亲不在家。我回去禀报事情的缘由，再带着家人来归附您，好在您的鞍前马后效力终生！"布古尔吉说。铁木真只得同意，布古尔吉施礼相别。

毛浩来论战

勃特国休养生息刚刚强盛起来，赫王陶高利勒的哥哥伊乐古哈尔与麦勒吉部陶都等人勾结，趁机攻打赫利特部，赫王兵败，妻离子散。铁木真分给弟弟哈斯尔、比勒古岱二人五千人马，让族叔赛音布和罕的部将萨仁布尔格、赛音德木图带兵一起攻打麦勒吉部的陶都，亲自帮助赫王收复了他分散的臣民。

萨冒部的君主陶迪萨拉为了向铁木真复仇，向岱其古德部和塔塔尔部借援军。陶迪萨拉要报什么仇？原来几年前偷盗铁木真八匹骏马的盗贼正是陶迪萨拉的独生子巴嘎尔登和他的同伙。铁木真与布古尔吉赶走马群时巴嘎尔登追出去，死在布古尔吉的马刀下。从此，陶迪萨拉与铁木真结下了深仇大恨，苦于没有机会报仇。如今他看出岱其古德部与塔塔尔部非常不满铁木真帮赫王收复丢失的疆土和分散的臣民，便来向岱其古德部借兵。这与岱其古德部君主其勒格尔布和、塔哈尔等人的想法不谋而合。但他们又畏惧铁木真手下的大将和毛浩来超人的智慧，想着增加兵力攻打铁木真。这时敖日古拉大喜，说道："听说塔塔尔部君主朝如布已死，其手下莫格金色格尔、莫格金斯古勒兄弟二人中的哥哥莫格金色格尔统领了塔塔尔部。我素来与他交情深厚，请给我十几个侍卫，我去向塔塔尔部借一万人马来。我们可联合起来，用三万兵马消灭

宝尔吉格德部。"其勒格尔布和、塔哈尔等人大喜,给敖日古拉十几名侍卫,让他去了塔塔尔部。敖日古拉途经洪格尔特部,太斯钦猜出其意,惊恐万分,派长子阿吉尼莫日更给铁木真送信。阿吉尼莫日更很快到了勃特国,将敖日古拉去塔塔尔部借兵的事一五一十地禀报给铁木真。铁木真感激不尽,设宴款待。

夜里,铁木真挑灯饮茶,想破敌之策时毛浩来求见。铁木真面露喜色,说道:"看你匆匆而来,一定有要事禀报,慢慢讲来!"

"听说岱其古德、萨冒、塔塔尔三个部落要领三万兵马来攻打我们。明主是想战还是想躲?"毛浩来问。

"兵来将挡,水来土掩。哪儿有躲避的道理。"

"我们勃特国,加上那些老弱病残,兵力也不足两万。岱其古德、塔塔尔、萨冒三部都曾与我们结下了深仇大恨,岱其古德部兵强马壮,锐气十足。"毛浩来说道。铁木真不等毛浩来说完,问道:"爱卿如有破敌之策,速速说来!"

“锣鼓铜钹远则可以吓唬敌人,近则可以向自己的人传达命令,让他们听见将令;再如旌旗幡盖,远则可以震慑敌人,近则可以给自己的人马作为标记,不致因人多而不知进退。这一应物品不妨准备得充足一些。”铁木真没想到马倌出身的毛浩来有如此智慧,万分惊喜,又问他用兵之计。毛浩来说:“根据当时的情况临时调兵,现在不可泄露。”铁木真十分赞同,连夜带着布尔特格勒金居森夫人和妇女们,准备套索、毡子、皮子以及各种锦缎的旗幡宝盖,乌利扬罕部的扎勒玛跑前跑后,准备了几车锣鼓铜钹。

第二天清晨,铁木真亲自筛选一万三千精兵,分成十三组,让布呼比勒古岱、哈布图哈斯尔、乌仁嘎楚格、敖伊图敖其格、陶尔根希拉、朝莫日更、希热呼图克、哈尔海如、扎勒玛、布古拉尔、哲别、楚伦、蒙格利克等人各带一队人马。铁木真让毛浩来留在高冈上的虎皮帐内,拿出祖先传下来的金封典章和嵌珠箭头交给他,封他为统领全军的军师。

毛浩来让小个儿的士兵手持勾枪和火把,矮胖的士兵手持弓弩,身强力壮的士兵手举旗幡,英俊魁梧的士兵手持锣鼓铜钹来到克鲁伦河边操练。三天后,其勒格尔布和等人领三个部落的三万大军,驻扎在河的对岸。铁木真骑着马上高冈眺望,看到三个部落的大军士气逼人,便下令让自己的军队退后二十五里扎营。陶尔根希拉、朝莫日更二人不服毛浩来突然晋升,到他帐内说道:“敌军三万,我军不及其一半,明主为什么还要退后二十五里扎营?军师知道其中的奥妙吗?”

毛浩来笑道:“这是我主的深谋远虑,不可现在揣测,各位到时候就知道了。”陶尔根希拉等人只能悻悻而回。

毛浩来把布古拉尔叫到身边说:“你带一千兵马连夜渡河到对岸埋伏。明日申时如果岱其古德兵败,渡河过半时你迎上去,奋力拼杀,夺取他们的马匹和盔甲。”布古拉尔率兵而去。

毛浩来又将楚伦、哲别二人叫到身边,吩咐道:“你二人带着自己的两千士兵星夜渡河,埋伏在离此处三十里地的塔尔巴克沙漠的两边。如果三部联军败兵,明日日落时分那里是必经之地。你们不要急着拦截他们,也不要恋战。等他们的人马经过一半时再出来拦截。”二人领命而

去。陶尔根希拉、朝莫日更二人本来就担心自己的兵力不足，看到又派出了三千军马很是不解，到毛浩来帐内质问。毛浩来笑道：“我自有妙计，两位兄长且宽心，看我如何破敌。”二人冷笑而去。

第二天，三部联军看到铁木真已退兵扎寨，心中非常得意。敖日古拉、陶迪萨拉二人冲在前，其勒格尔布和、塔哈尔、莫格金色格尔等人率兵渡河到勃特国军营前布阵。三部联军从辰时骂到午时，铁木真的大军依然按兵不动。铁木真催促几次之后毛浩来才让自己的人马吃饱喝足，到未时布令，让大军列阵。此时三部联军早已人困马乏，他们冲上来时毛浩来击木传命，只见大军万弩齐发，敌军中箭死伤的人非常之多。

勃特国的大军依然纹丝不动。岱其古德部兵马连连攻击三次之后，毛浩来登上宽辋大车，正式传令，开始进攻。他自己也跳下车，来到营中擂动大鼓。四面八方锣鼓齐鸣，铁木真的人马以一敌十。三部联军大败，自相踩踏至死的不计其数。铁木真在军前看到幼时背弃自己而去的胡拉金，顿时火冒三丈，拍马杀去。胡拉金惊慌失措，连忙策马逃跑。哈布图哈斯尔、布呼比勒古岱二人从两面夹击，三部联军弃甲而逃。哈尔海如遇见莫格金色格尔，用狼牙棒击中他的右肩，莫格金色格尔险些摔下马来，抱着鞍鞒拼命逃跑。希热呼图克刚要命令大军追赶，毛浩来大喊：“且慢！”跳下马去仔细研究岱其古德大军马蹄印和车印，又上宽辋大车，看其军旗和军队走过之处扬起的尘土，说道：“现在可以追杀了！”他指挥大军紧随其后，杀将过去。士兵追杀的气势如洪水下山，三部联军横尸遍野。三部联军渡克鲁伦河至一半，布拉古尔的一千伏兵杀出来，鲜血染红了克鲁伦河。

铁木真追胡拉金到河边，胡拉金已渡河去。铁木真看到朝莫日更骑马而来，就指着胡拉金说：“迅速射死那个人！”朝莫日更拉满弓射出去，胡拉金肩膀中箭，翻下马来。布古拉尔的人马将他捆得结结实实。此时，岱其古德部的军队已死伤过半。三部联军拼命逃亡，天色近黄昏，塔哈尔、其勒格尔布和后悔莫及，说道：“听信这陶迪萨拉的谗言，险些让我们的部落灭亡！”此时突然锣鼓齐鸣，哲别、楚伦二人从两边喊杀过来，三部联军吓得魂不附体，军中大乱。楚伦人马大喊：“投降者可饶其性命！”

三部联军中约有九千人放下武器投降。敖日古拉带塔哈尔逃走，莫格金色格尔、其勒格尔布和二人也趁乱逃跑。

陶迪萨拉方才听到塔哈尔、其勒格尔布和的对话，不敢跟着他们走，向别处逃去。他逃到一个深沟旁，大喘一气，刚要拾掇一下马鞍，便看到三个骑马之人。借着朦朦胧胧的月光，陶迪萨拉看到走在前面的是一位高个儿壮汉。他身后有一大串车马，像是搬家迁徙之人。那壮汉到陶迪萨拉跟前问道："你是什么人？为何如此连夜匆忙？"陶迪萨拉以为他是路人，想借他们的帐篷住一宿，便一五一十地说出了自己的遭遇。话还没有说完，那个彪形大汉便大喝一声，抓住陶迪萨拉的衣带将他举起来，捆了个结实。原来此人不是别人，正是阿尔鲁特部的布古尔吉。那年，布古尔吉回去之后娶了名叫高娃的妻子，又生下一子，留下儿子给父母尽孝，自己带着妻子来投奔铁木真，恰巧路遇陶迪萨拉。

第二天，布古尔吉带陶迪萨拉来见铁木真，正赶上铁木真宣判胡拉金的罪过，将他交给蒙格利克，拖出帐外。铁木真大赞布古尔吉，宣判陶迪萨拉的罪行，与胡拉金一并砍头，将首级悬挂在旗杆上示众。

在庆功宴上，陶尔根希拉、朝莫日更、希热呼图克、扎勒玛等人问毛浩来为何下令后退安营，为何不让擂鼓鸣锣，为何不让趁势追击。毛浩来说道："诸位好好想一想，如果一个有牛劲的鲁莽汉子跟一个足智多谋的硬汉摔跤，那鲁莽的汉子就一定吃亏。那么，我主看到敌军势力旺盛，就用退兵之策表示我军软弱，让敌人麻痹，以便获胜。不管什么人，只要他骄傲起来就会失去警觉，没有不吃亏的，这是克敌制胜的第一个良策。拿士气来说，早晨的士气最旺盛，中午的士气有点低落，等到傍晚士气就衰竭下来。士兵吃饱喝足就会士气旺盛。因此，我是等他们的士气衰竭之时让我们的人马吃饱喝足，再叫他们打仗，这是克敌制胜的又一个良策。另外，交战时最重要的是把士气鼓起来。鼓声初响士气大振，一拥而上；鼓声再响士气松弛；等到第三响，士气就消耗殆尽。敌军攻打我阵，掩杀三次，锐气就耗尽了。可是我军头一回鼓声响起，士气盎然。用我军盎然的士气对付敌军耗尽的士气，是我克敌制胜的第三个良策。我军初胜之后本应该挥军追杀，然而没有追杀，是因为岱其古德部是一个大部落，轻视他们容易吃亏，如果路上有敌人的伏兵，我军就会失利。我看了他们的马蹄印和车印，若有伏兵，敌军的马蹄印和车印就会显得不乱。但我看到他们的马蹄印和车印杂乱无章。再看军旗和军队过后扬起的尘土，就知道他们身后没有伏兵，便挥军追杀，大获全胜。这个叫以逸待劳、以少胜多。”各位大臣非常佩服军师毛浩来的足智多谋，每一个人都心服口服。

报父仇

铁木真大败三部联军之后，巴尔虎的乌云格瓦、塔尔更的胡尔查拜利、喜勒德特的钦达嘎斯钦、固尔鲁特的扎木哈等为首的十多个部落前来归降。不到一年时间，铁木真的实力大增。

珠赉部的伊如格尔也想归附铁木真，只是不知铁木真心地如何，差人约定在达拉嘎德一同狩猎。铁木真带着布古尔吉、布古拉尔、扎勒玛、哲别、朝莫日更、希热呼图克等六位大臣，领三百名精兵去达拉嘎德。他们走了三天，抵达达拉嘎德，此时伊如格尔已到此地住了三宿。伊如格尔拜见铁木真，一同打了几天猎。那时正值冬季，铁木真看到珠赉部的人衣着单薄，差布古拉尔运来二十驼驮[①]的皮衣。这一年勃特国的羊群繁殖甚多，布古拉尔多带了十驼驮，共三十驼驮的皮衣，分给伊如格尔的四百名随从。珠赉部的人欢天喜地，笑声响彻山野。

一天，他们狩猎到达一个狭长、原始的山谷内。伊如格尔看到一只老虎，大叫了一声，老虎一跃，直奔他来。伊如格尔连忙调转马头，老虎却来势汹汹，进攻速度惊人，眼看就要咬住伊如格尔的马尾。铁木真看到此景非常着急，从山坡上策马而下，一箭射穿了老虎的前胸。珠赉部

① 驼驮：一只骆驼所能够承载的重量，本书中常以此为计量单位。

的随从们高喊是他们君主所射杀，将老虎抬去，伊如格尔不但不作解释，脸上还洋溢出了傲慢的表情。铁木真的六位大臣非常生气，想要去夺老虎，铁木真摇头阻止，还在他们部的随从面前大加赞赏伊如格尔的本领。布古尔吉等人意会铁木真，还将猎物送到珠赉部。为期十天的狩猎结束，铁木真带着人马即将返回时伊如格尔跪在路边，说道："岱其古德部与我们本是兄弟部落，可他们经常掠夺我们的牲畜和财产。铁木真您并不欺侮我们，当今的天下之主我看非您莫属。回去之后，我将带着自己的全部属民来归附您。"铁木真好言安慰，就此告别。

铁木真从那里出发，又走了一天一夜，到了一处狭长、险要的山谷里。突然锣鼓齐鸣，黑色雕旗晃动，从山谷中走出来二三百伏兵，将铁木真君臣围在中间。布古尔吉策马向前，大声问道："龙主在此，你们是何人？竟敢如此放肆？"

"你们有名就报上名来，我们这些没有名的，要的是你们的命！"敌军首领喊道。

"没有名字？难道你们是狐狸兔子不成？"布古尔吉怒道。

"我们就没有什么名字，我们的名字就叫捕鱼的，猎兔的。"

话没说完，希热呼图克说道："你能问出什么好话！那不是塔塔尔部的莫格金色格尔吗？"说着挥斧砍去。布古尔吉一听是塔塔尔，举着刀风驰电掣般砍去。扎勒玛、哲别二人手举长矛，希热呼图克举着长柄巨斧砍去。

此时铁木真的身体稍显疲惫，由朝莫日更、布古拉尔二人护驾。莫格金色格尔看到铁木真便下令放箭，敌人的箭如蝗虫，呼啸而来。布古拉尔跳下马去，取下鞍鞯，骑在马上为铁木真挡箭。朝莫日更躲避箭雨时布古尔吉向前冲，回身喊道："喂，朝莫日更，你就是这样为主效力的吗？看你那胆小如鼠的样子！"朝莫日更羞愧难当，拔出箭射敌人，箭无虚发。塔塔尔部的人看到这边已开始还击，便增加兵力射击。一支箭正好射中布古拉尔的头部，他摔下马去。幸好没有射中要害，布古拉尔站起来，拄着大刀摇摇晃晃地走起来。布古尔吉看到，回身喊道："布古拉尔，你有双手，怎么吃了别人的箭头？像被打掉了犄角的羊羔一样，人家一箭就把你撂倒了？为主效力你就这样无能？”布古拉尔咬紧牙关，拔掉头上的箭，骑上他的花斑马，紧紧握住他的鞍鞯，纹丝不动地为铁木真挡箭。

朝莫日更的箭已射完，改用军士们的箭。铁木真看到后从自己的撒袋里取出一支镶有金星的赤色箭头递给他。铁木真骑着白马，手指着正与希热呼图克交战的敖日古拉说：“射死那个人！”朝莫日更领命，一箭射穿了敖日古拉的脖子，希热呼图克用他的长杆巨斧砍断他的右臂，将其活捉。扎勒玛看到塔塔尔部的士兵一个劲儿向黑雕大旗所指的方向拼杀，就连忙把铁木真的华盖移到别处。扎勒玛策马杀上平台，将挥旗发号的人劈成两半，将黑雕大旗倒插在地上。塔塔尔部的士兵方寸大乱。哲别去寻莫格金色格尔，他惊慌万分，捡起敖日古拉被砍断的右手，逃窜而去。

铁木真说道：“我看敌军已被消灭了六成，士气早已荡然无存。看样子也没有什么伏兵。”这正合六位大臣的心意，他们一起追杀，追到查吉图的查干塔拉，如老虎冲进羊群，肆意拼杀了一阵。塔塔尔部的人马早已人困马乏，逃不出去，又被杀了百余人。莫格金色格尔不敢回自己的部落，向金国方向逃去。

铁木真收了战利品，走了不到二十里，从柳树丛里又窜出一队人马。朝莫日更惊叫一声，众人仔细一看，带头的两位将军正是毛浩来、楚伦二人。原来毛浩来、陶尔根希拉感觉此地可疑，领兵马前来迎接。这样，君臣一同来到布尔罕嘎拉顿山。铁木真下马，带着众臣步行到父亲的墓前进行祭奠。害死父亲的仇人敖日古拉被绑在祭桌前，铁木真跪下，在金碗里斟满酒，把敖日古拉的肉一块一块割下来祭奠父亲。

铁木真报了杀父的大仇，这才笑逐颜开。

他回到宫内，只见院门上悬挂着一个虎皮撒袋，上面系着用五色绸缎包裹的弓箭。

众臣前来拜见，说道：“明主在外打败敌人报了深仇，家里生了儿子有了继承人。”

铁木真说道：“有了儿子不算什么，各位大臣为国出力比什么都重

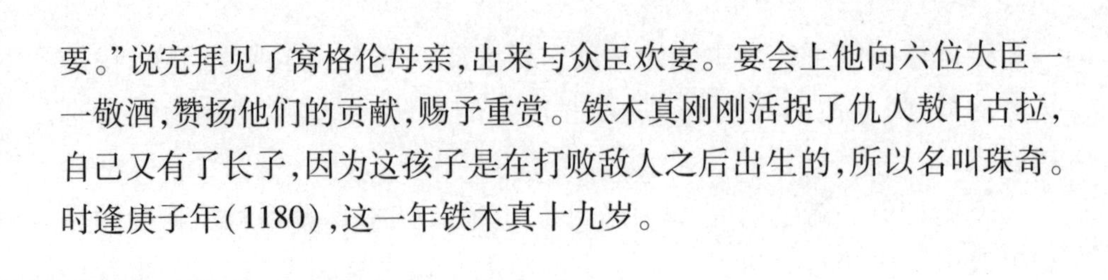

要。"说完拜见了窝格伦母亲,出来与众臣欢宴。宴会上他向六位大臣一一敬酒,赞扬他们的贡献,赐予重赏。铁木真刚刚活捉了仇人敖日古拉,自己又有了长子,因为这孩子是在打败敌人之后出生的,所以名叫珠奇。时逢庚子年(1180),这一年铁木真十九岁。

四杰救主

塔塔尔部君主莫格金色格尔、莫格金斯古勒兄弟二人逃出来，直奔金国而去。到了金国境内，正遇宋孝宗赵昚向金世宗完颜雍赠送庆贺生日的重礼——几十车金银财宝。莫格金兄弟二人贪心大发，一声呐喊，几百人蜂拥而上，杀了宋朝使臣赵忠，席卷了所有的金银财宝。此时巧遇金国左丞相完颜寿奉主之命率兵到北界巡逻。莫格金斯古勒看情况不妙，便伪装成商人混进了金国。莫格金色格尔贪恋钱财，勒转马头，往回逃去。

勃特国境外的探马得知这一消息，飞马报给军师毛浩来。毛浩来认为这是消灭塔塔尔部的良机，便向铁木真禀报，带着一万人马出发，征讨塔塔尔部。勃特国大军沿斡难河北上，看到兵败的莫格金色格尔正往金国逃去。勃特国大军迎上去，两军摆开阵势。铁木真走到阵前，指着莫格金色格尔问道："我们两个部落向来无仇，不想你这小人无事挑衅，今又落到了我手里。"莫格金色格尔并无言语，直奔铁木真杀过来。哲别、楚伦二人连忙出去迎战。不到十个回合，金国左丞相完颜寿也已赶到。莫格金色格尔恐慌万分，手脚开始僵硬，楚伦将其挑下马去，哲别策马上去，砍下其首级。铁木真看到自己的两位将军已胜，用马鞭向毛浩来示意，毛浩来便挥动大旗，带大军掩杀过去。塔塔尔部的人马左右逢敌，惊恐万分,纷纷丢下兵器盔甲投降。金国看到勃特国军力强盛,不敢过来平分战利品。完颜寿向前,在马背上向铁木真躬身施礼,铁木真回礼。铁木真命毛浩来拿着莫格金色格尔首级交给完颜寿,说道:“这莫格金色格尔是你国的罪人,请您带回。塔塔尔部原来在我的境内,理应属于我。”完颜寿点头称是,带着莫格金色格尔的首级回国。

铁木真回国时乃蛮国率兵侵犯西北边境。乃蛮国的宝来自封为“太阳罕”,把哥哥宝鲁封为“乃蛮王”。近来宝鲁经常侵犯勃特国。此时乃蛮国正处于鼎盛时期,铁木真欲命钦达嘎斯钦去会拉海德部首领斯钦布和,希望他可以出兵接应。铁木真问钦达嘎斯钦道:“斯钦布和虽为了救赎他的母亲与妻子归附于我,却别有所想。第一次给他发号施令他便没有来。你贪杯,脾气暴躁,会不会误事?”

“我和斯钦布和素来关系不错。国家大事我怎能当儿戏?我若去,就彻底戒酒!”钦达嘎斯钦说。铁木真便派他去找斯钦布和。

钦达嘎斯钦带着几个护卫来到拉海德部。斯钦布和一听便知是铁木真派来的使臣,将他请进屋内,说道:“酒友来了,赶快备酒席!”

“我已彻底戒酒,我有事要和你谈。”钦达嘎斯钦说。

“以前每次都和先生彻夜欢醉。多年相见,哪儿有不喝之理?纵然你已戒酒,今日也应该一醉方休!”说完又大声说道:“兄弟相逢,我们今天只可叙旧,不谈国事!”说着在钦达嘎斯钦面前放了满满一碗酒。钦达嘎斯钦素来嗜酒,看到碗中的琼浆玉液很是动心,若不喝酒又无法与斯钦布和深谈,便喝干了面前的那碗酒。不久,二人都已有醉意。钦达嘎斯钦几次提及铁木真派他来的事,都被斯钦布和搪塞了过去。钦达嘎斯钦看到斯钦布和两眼通红,便觉得此时不说就为时已晚,刚说两句,斯钦布和便喝道:“不是说过不谈国事吗?如果你再敢放肆,说奉迎勃特国的话,我就煮你的肉当下酒菜!”刚才不让说话,钦达嘎斯钦就有些生气,听到斯钦布和这样口出狂言,蛮横无礼,便感到无法忍受,说道:“你为何如此蛮横无理?你忘了我主对你母亲和妻子的不杀之恩吗?”

斯钦布和将银杯狠狠摔在桌上,喝道:“虽然我母亲和妻子曾落在你们手里,但你们也没敢动她们一根毫毛,我可不想跟你们一样,给别人当奴才!”二人越说越凶,斯钦布和突然一跃而起,说道:“将这老贼推出去斩了,把肉煮了拿来!”斯钦布和的左右把钦达嘎斯钦捆得结结实实,推了出去。

此时正值掌灯时分,斯钦布和大醉,枕着桌子睡了。他的大臣宝利看不惯他如此蛮横无理,将钦达嘎斯钦领到一间偏僻的屋内,说道:“我主蛮横无理,我看早晚会成为铁木真的俘虏。我现在就将你放了,日后你能保我们全家人的性命吗?”钦达嘎斯钦满口答应。

钦达嘎斯钦马不停蹄地回国,将近几日的所见所闻禀报给铁木真。铁木真怒道:“这斯钦布和果然蛮横无理。之前他的老婆们曾打过我的家臣希呼尔,又砍伤了我弟弟比勒古岱,如今又说要将钦达嘎斯钦煮着吃,杀了他的随从,此人怎能饶其性命!”说完擂动战鼓,点视人马。

铁木真亲自领着布古尔吉、布古拉尔、楚伦、扎勒玛,携一万精兵为右路大军,命军师毛浩来带着朝莫日更、希热呼图克、哈尔海如、哲别,带一万精兵为左路大军,两路大军一并出发。

天降大雪。铁木真人马到达拉海德部边界,安营扎寨。斯钦布和料定铁木真会领兵前来,给弟弟斯钦代昭拨五千兵马,让他去西路护卫,自己带着七千兵马来护卫东路。毛浩来率领的右路大军在离斯钦代昭大营五里以外的地方安营扎寨。

第二天,两队摆开阵势,毛浩来大声骂道:“你这忘恩负义的贼人,天兵天将已到,为何还不下马送死?”斯钦代昭并不言语,挥军杀来。毛浩来铁棒一指,大军迎上去,两军人马混战在一起。哲别迎战斯钦代昭,已有些招架不住,毛浩来策马前来,铁棒犹如火龙一般。斯钦代昭招架不住,右臂挨了一棒,手中的大刀落地,只得拼命逃跑。此时雪越下越大,已分不清东南西北,分不清平原和山峦。斯钦代昭独自向南逃去,回到自己的军营一看,军营早已被勃特国人马占领,到处飘扬着勃特国的军旗。希热呼图克、哈尔海如等人从军营内杀了过来。斯钦代昭惊恐万分,调转马头逃命。拉海德部多半败军皆已投降,毛浩来大擂军鼓,马不停蹄地向斯钦布和所在的右路军营杀过去。

铁木真领兵与斯钦布和对阵。斯钦布和抬头一看,铁木真身高九尺,肩宽四庹,白玉般的脸庞犹如朝霞,星辰似的眼睛犹如闪电,卧蚕似的眉毛描画难成,雄狮般的喊声令人发颤。他身穿金甲,手持蛇尾钢枪,腰悬金丝神弓,骑着赭黄金驹,气魄犹如天神。斯钦布和不敢前来交战,只在阵内叫骂。布古拉尔、楚伦愤怒之极,杀将过去,在敌军中寻找斯钦布和。斯钦布和只战两三个回合,便调转马头逃跑。布古拉尔、楚伦二人追上前去,勃特大军也杀了过来。此时大风呼啸、雪花纷飞,几步之外看不见人影。斯钦布和趁乱纵马一跃,便不知去向。二将还未找到他,大军已杀了过来。布古拉尔大喊:“此处可疑,大军不要再向前!”但大军已杀来,无法停止。突然,震天动地一声巨响,走在前面的人马都掉进了陷坑内。原来这个陷坑是斯钦布和早先就准备好的,长三十丈,宽二丈,上面铺了茅草,加之此时下雪,已与平地一样。看到铁木真大军已落入陷坑,斯钦布和带着伏兵回头杀来,两军混战在一起。

毛浩来过来一看,拉海德部军队射杀陷坑内的勃特国大军,箭如雨

下。勃特国人马大乱，君臣早已无暇顾及彼此。布古尔吉策马到军中查看，并无铁木真，又向南去，看到布古拉尔正与几百名拉海德部人马厮杀。布古尔吉大声问道："尊兄，可曾看见明主？"布古拉尔边战边说："明主大概在那边的士兵群里。"布古尔吉纵马飞驰，杀出一条血路，看到铁木真已落入陷坑，他的赭黄金驹正在为铁木真挡箭。布古尔吉连忙跳下陷坑，将铁木真扶出陷坑，赭黄金驹也跳了出来。布古尔吉扶铁木真上马，扎勒玛也已赶到。二人扶铁木真回营，发现军营早已被拉海德军队洗劫一空。他们只能找来宽辋大车，弹落上面的雪，让铁木真躺下。

铁木真箭伤淤血，疼痛难忍。扎勒玛用嘴吮吸出伤口的淤血，布古尔吉撕下衣襟给铁木真包扎了伤口。铁木真说前日吃了牛肉，今又失血过多，感到口渴。扎勒玛带着长矛翻身上马，去寻找牛奶和奶酪。

斯钦布和大败，弃营逃跑。扎勒玛跑进营内，找出一坛奶酪，给铁木真喝下。毛浩来大胜，看天色已晚，便鸣金收兵，来寻铁木真。

虽然风力已小，雪依然在下。那宽辋大车是一辆无篷的敞车，毛浩来、布古尔吉、布古拉尔、哲别四人撑开一块毡子，四人各执一角，盖在铁木真身上挡雪，让铁木真在车上安静地睡了一夜。

大雪已停，天气更加寒冷。毛浩来说道："行军打仗，贵在神速，如果不趁势追击，来年他们又会卷土重来！"此时铁木真的伤势已轻，同意毛浩来的建议，给他一万八千人马，追击斯钦布和。铁木真带着两千护兵在萨钦乌苏河的北岸安营扎寨，等候毛浩来胜利归来。

毛浩来带兵追赶，看到斯钦布和大军已在塔来图平原安营扎寨。毛浩来擂鼓迎战，将他们围了三层。斯钦布和兵败，当夜喝了很多闷酒，大醉之后指责宝利带兵不力，要将其斩首。继母伊布海劝说一番，才免他一死，重打四十大板。宝利愤恨之极，试问军士，每一个人都怨声载道。他与十几位亲族之人商议，拿着兵器走进斯钦布和帐内。斯钦布和此时正在酣睡，听到外面的响动刚要坐起来，宝利向前一步，砍下了他的首级。毛浩来领兵杀进营来，宝利连忙跪拜投降。毛浩来带着宝利面见铁木真。铁木真叫士兵砸烂斯钦布和首级，说宝利是杀君的不义之人，严惩。

勃特国大军凯旋。此时太阳金灿灿地照耀着雪地,漫山柳林里挂着雪花。举目望去,山川如玉雕一般,叫人看了不胜欢喜。铁木真的伤势很快痊愈,众士兵带着战利品笑逐颜开,打着马镫,唱着歌谣,在茫茫的雪原上纵情驰骋。

路过莫尔格德部,其首领芒努克图带着本部人马归附。铁木真重赏他们。他回到宝尔罕嘎拉顿山,布尔特格勒金夫人又产下一子。正巧此时在雪原上打败敌人,又见孩子面庞白净,取名察汗台。时逢壬寅年(1182),是年铁木真二十一岁。

扎木哈的挑拨

赫王的长子伊拉固刚刚被金国封为新公。这新公伊拉固生性傲慢,飞扬跋扈。他看到铁木真收服了莫尔格德部,心生嫉妒,带着他的人马侵入莫尔格德左翼的陶图更部。该部左翼君王芒努克图一边抵御敌人,一边向铁木真禀报此事。此时铁木真正在犒赏毛浩来、楚伦、布古尔吉、布古拉尔四员大将。他们四人最先归附,加上军功卓越,有万夫不当之勇。铁木真在内四室四周修起四个大院,命人插上蓝、红、黄、黑四面大旗,拨给四万兵马,封他们四人为四个胡鲁格(大将军)。听说伊拉固领兵征讨莫尔格德,铁木真与四员大将商议,突然有一人走出来,主张出兵与赫王交战。铁木真举目一看,此人长腿短腰,黄脸蓝须,生性暴戾,两眼显露着内心的狡猾。他有狼一样的眼神,刚一来,就想推崇铁木真为皇帝。他是固尔鲁特部敖登其尔之子扎木哈。铁木真问其出兵的理由,他说道:"赫王虽然与我们先主有过交情,但只是因为先主帮助他抚平了其叔父的叛乱。后来我们受岱其古德部凌辱,受塔塔尔部欺侮时他们无动于衷。那年您迎娶居森夫人时他们穿着您赏赐的紫色貂袍,坐在贵宾席位。此后您多次出征,他们却没有一次帮助过您。您却将他的弟弟伊勒古哈尔一家接来,分给他们家园,帮着收复了他们的臣民。现如今明知道莫尔格德部已归附我们,还来侵犯,这不等

于侵犯我们的国土吗？我们不讨伐这种见危不救，只贪享受的无耻之徒，还等待何时？”

铁木真说：“归附我们的是莫尔格德部的左翼，而非右翼。世界也不是只属于你一个人的！你怎能说攻打莫尔格德就是坏事呢？如若靠仁义去征服，会像春天的花朵一样永久开放；如果靠兵力去征服，就会像血和水一样，永远是两个颜色。”扎木哈还想争辩，看到铁木真已生气，说道：

恩主请勿发怒，
日久天长就会知道。
让我去依山扎寨，
使放牧人平安度日；
让我去傍水下营，
独自养活自己！

铁木真还在气头上，说道：“无需多言，多多检点！”

铁木真回到自己白色的宫帐，向母亲窝格伦夫人说起此事，布尔特格勒金夫人听见了，说道：“扎木哈此话含着背叛之心。看着吧，不久他就会成为你的敌人！”

“我虽怀疑，但无罪之人我怎能惩办？无过之人我怎能训斥？作为一个男子汉，决不能做出这样的事情！”铁木真说。

扎木哈刚来之时想推举铁木真当皇帝，曾被铁木真训斥过一回。从那次他心中积下了怨气。如今看到铁木真只看重他的四员大将，便知自己的话不会再有分量。他恼羞成怒，回到自己的部落之后准备了半个月，带着自己的人马逃窜而去。

近两年赫利特君王大发横财，十分得意。他的长子伊拉固野心勃勃，与自己的小叔翻脸，想将其杀害。小叔伊勒古哈尔大动肝火，背叛他们，去依附乃蛮国的太阳罕宝来，哭诉自己的苦衷。太阳罕此时大有统领北方的野心，便领着大军，来到赫利特国边境。赫王父子迎战，兵败于乃蛮统帅曲薛吾率领的大军，弄得片甲不留，父子二人也因战分离。太阳罕宝来掠夺了赫利特国的一切,交给伊勒古哈尔统辖,并要求他每年交纳贡物,这才收兵回国。

赫王逃出去之后一路上饥饿难忍,砍了驼峰喝驼血充饥,他的妻室儿女一路上挤羊奶喝,终于到了铁木真那里。铁木真并不数落他的不是,还给了他人马和牲畜,让他与哈斯尔一起在嘎拉固图山生活。新公伊拉固逃出去之后,去了契丹国,请求援军。

固尔鲁特部的扎木哈从勃特国叛逃之后,不惜拿出大量的财物、牲畜,联络各个部落,招兵买马。哈达亨、萨尔吉古德、阿卡里克、岱其古德、卫拉特、固尔勒斯、固尔鲁特、萨勒吉岱、萨木尔罕等九个部落的首领商议,在乌尔根河和哈木隆河之间大草原的阿古苏古岱聚会,推举扎木哈为帝,即刻起兵征讨勃特国。铁木真率三万精兵迎战,又命赫王派援兵。此时伊拉固已从契丹国借来了五千人马,加之铁木真给赫王的兵马,共一万人。铁木真用四万大军将扎木哈包围在阿古苏古岱。

扎木哈知道如果发生正面冲突他就会失利,便召集各部首领商议对策。卫拉特首领胡达嘎那布和出班说道:“我看那赫王有龙凤之态,却胆小如鼠,是见利忘义之小人。请明主拨给我皮衣、名马、黄金和上好的绸缎。我星夜去他的军营分析利弊,让他们撤兵。这样,敌人就不敢与我们交战了。”扎木哈听信他的话,给了他皮袍四件、名马四匹、上好的绸缎四匹、黄金一百两。

胡达嘎那布和连夜赶到赫王的军营,递上扎木哈的礼品,说道:“勃特和赫利特都是大国。两个大国联合起来攻打我们小国,我们已危在旦夕。与他人交战有利可图才是,若我们亡国了,你们有什么利益可图?”

赫王说道:“勃特国和我们是兄弟关系。他们的敌人就是我们的敌人。我可没想过什么利益。”

胡达嘎那布和说:“虽说你们和勃特国素有深交,但我们与你们有什么深仇大恨?为何要帮那强盛的国家,灭我们这些无辜的国家?消灭我们,对大王没有任何好处。如若撤军,我们每年可向你们如数纳贡。无利且当他人的奴隶,难道比这个还好吗?请大王三思!”赫王已不再言语。

伊拉固从旁边大声说道:“这勃特国实在欺人太甚,胡达嘎那布和言之有理!”

赫王下了决心,收下礼物,并向胡达嘎那布和发誓,以病为由,撤了自己的人马。

第二天,毛浩来知道赫王已撤兵,愤怒之极,想要追杀。铁木真说:“不行。他的劣迹还未完全显露出来,如果现在就追杀,就是我们的不是了。再说,扎木哈如此挑拨,是想让我们互相残杀。明知他的奸计,为何还要中计?我们追杀赫王时如果敌人从后面追杀,我军必乱。我可不能做这样愚蠢的事。”说完鸣金回兵,扎木哈也就解围了。

马鞍上的缘分

赫王在都胡楞河畔安营扎寨,叫来儿子伊拉固和大臣帕拉古岱,商议向乃蛮国报仇事宜。女儿索隆高娃从后帐内出来问安。索隆高娃今年十五岁,像月亮一样美丽,像花朵一样艳丽,像彩虹一样夺目,像白玉一样纯洁。她从小聪颖,智慧过人,精通武艺,常随哥哥一起狩猎。她的生母过世已久,现在继母纳仁托娅在照料她。听父亲说要征战乃蛮国,索隆高娃说道:“乃蛮是大国,哥哥生性鲁莽,怕是要失利。我带着女兵充当后卫吧!”

“孩子,你尚且年幼,父王我于心不忍啊!”赫王说。

伊拉固说道:“妹妹去了一定有助于我们!”说完给帕拉古岱三千人马充当前哨,自己率领六千兵马作中路,给索隆高娃一千人马让其断后,去征乃蛮国。

乃蛮国太阳罕宝来手下聚集了两个部落的三万精兵。他的长子叫阿拉坦沙嘎,小儿子名叫蒙根托利,还生有一女,名叫哈斯托娅,个个生得如珠似玉。阿拉坦沙嘎今年十五岁,脸若太阳,眼若星辰,眉若山峦,唇若朱砂。自幼便出众,长大之后更是如虎添翼。他用矛如神,射箭如风。如今听到探马飞报,跟父亲说:“伊拉固竟如此大胆,来侵犯我们。我领两千人马,在他们还未安营扎寨之时大战一次,削削他们的锐气!”

太阳罕说道:“不可如此鲁莽,我自有妙计!”说着给左翼将军敏干丹两千人马,让他在离杭盖山三十里处的地方埋伏,听到炮声就出来迎战;给右翼将军莫德勒图两千兵士,让他带兵埋伏在大沟北边的柳林,以炮为号,迎击伊拉固的中路军;给儿子阿拉坦沙嘎三千兵马,让他埋伏在大沟南边的丘陵里,伊拉固兵败后断其后;亲自带着大军,与元帅曲薛吾、胡拉苏布其二人留守后方国土。

赫利特大军走到杭盖山大营前,前哨帕拉古岱安营扎寨后举目望着乃蛮国大营。却见大营沟深墙高,用编针竖起高高的围墙,城门紧闭。伊拉固随后赶到,大声叫骂,乃蛮国依然不出来迎战。他只能挖土填沟,士兵带着盾牌破坏他们的围墙。军营内突然军鼓齐鸣,箭如雨下。伊拉固大军死伤无数。稍等片刻,再攻击,营内再次射箭如雨。加之伊拉固大军远道而来,疲惫不堪,只得休息。

晚上,太阳罕亲领人马,传命解下马铃,让士兵口里衔木,与大将军胡拉苏布其、元帅曲薛吾悄悄出发,突然杀进敌营。赫利特人正在酣睡,伊拉固惊醒,连忙穿甲骑马。乃蛮大军以排山倒海之势压进军营。赫利特大军忙中出乱,乃蛮大军杀人如切瓜。

伊拉固大败逃走。突然从山沟的树林里杀出一队人马,火光冲天,喊声雷动。莫德勒图从右边杀来,伊拉固匆忙迎战。敏干丹从左边杀来,帕拉古岱拍马迎战。此时太阳罕也已带兵到达。伊拉固知自己难以取胜,便虚晃一枪,连忙逃去。走了不到十里,从一座土冈下面一声号响,杀出一员小将。前哨帕拉古岱欺其年少,举刀砍去,小将长矛轻轻一挑,就把帕拉古岱的左大腿穿透,痛得他险些掉下马去。伊拉固策马去迎战,帕拉古岱这才艰难逃命。原来此人正是太阳罕的长子阿拉坦沙嘎。

阿拉坦沙嘎与敌军交战到天亮,看到后卫竟是一名如花似玉的女子,带着二三十名女军飞马而来。此时正是二月时光,春寒料峭。那员女将头戴嵌有宝珠、插着翎毛的貂皮帽子,后面飘着一双长长的彩带,身着金环盔甲,外披绣花蟒袍,腰系火红的貂皮围巾,一对绣花的丝带飘在膝前,面如新开的莲花,身似春天的翠柳,一双脉脉含情的眼睛闪闪发光,朱砂般的嘴唇含着白玉般的牙齿,手持长柄偃月大刀,脚登镶有翡翠的战靴,果然令人心醉。

阿拉坦沙嘎看到她收拢长矛,面带笑容问道:"你是什么人?"那员女将抬头看了一眼眼前的小将。只见他眉毛清秀如同青山,眼睛明亮犹如泉水,红唇皓齿,身高腰细,身穿银甲,头插翎毛,一举一动格外舒服,让人心生愉悦。索隆高娃操着清脆的声音反问:"你是何人?问我干什么?"

"我是太阳罕的神枪大将,其长子阿拉坦沙嘎。"小将答道。

"我是赫利特国君赫王的独生女儿,神射手索隆高娃!"女将说。

阿拉坦沙嘎暗暗想:这女子如此美丽,我可舍不得杀她,好好羞她一番,放她走就是。

"我想你父亲手下一定没有战将,才让女儿出来迎战,是要选丈夫不成?"

索隆高娃一听此话,竖起双眉,说道:"我看你父亲作为一国之君,为何放出一条小狗在此狂吠?"

阿拉坦沙嘎心生怒气,举枪刺来,索隆高娃举刀迎战。金童玉女大战二十回合,仍不分上下。阿拉坦沙嘎看到索隆高娃用刀如神,风雨不透,心中暗暗惊喜。他想试探她的智慧,虚晃一枪,调转马头逃跑。索隆高娃飞马追来,听到弓弦一响,伸手去抓,原来是一支没有箭头的秃箭,羽毛上用朱砂画了七颗小星。索隆高娃见此情景,心中一动,微微笑了一下,把这支秃箭装进自己的撒袋里。她伸手从蟒缎荷包里取出一个绣球,拉满弓,向阿拉坦沙嘎射去。阿拉坦沙嘎以为她要放箭,正要抬头望去,绣球打中他手持长矛的右肘,手中的长矛险些掉下来。他拿起绣球一看,上面盖着金色玺印。阿拉坦沙嘎激动万分,勒马站住,凝神望着索隆高娃,越看越好看。他手下的一名偏将说:"我看这位小姐还未出嫁,如果两国喜结连理,不比相互残杀好吗?"

此话正中索隆高娃之意,她夺路逃跑,阿拉坦沙嘎横路拦截,说道:"小姐应该留下一个信物!"

索隆高娃看了一眼阿拉坦沙嘎,说道:"你不是留下了我的绣球吗?

以此当信物！”

阿拉坦沙嘎从背后望去，心中无限欢喜，索隆高娃也频频回头相望。阿拉坦沙嘎策马前去，说道：“我阿拉坦沙嘎非你莫娶。如有食言，如同这支箭！”说完取一支箭折断，将一半送给索隆高娃。索隆高娃知他心诚，便鼻子发酸，热泪盈眶，说道：“郎君的箭装在我撒袋里，箭头不烂，我的心也永恒不变！”说完掩面而去。阿拉坦沙嘎长叹一声，见索隆高娃远去不见，这才悻悻回营。

伊拉固大败，大军只剩七千余人，且一小半都已身负重伤。他连忙回到都胡楞河边的营寨。赫王见了又气又急，叫苦不迭。

巧骗曲薛吾

伊拉固大败，回都呼楞河边的营寨里，面见父亲。正当赫王又急又气之时，乃蛮国的太阳罕趁势派人带兵追杀了过来。赫王惊恐万分，不知所措。

伊拉固说道："事到如今，只能向扎木哈借援军了。"

索隆高娃说："不成。扎木哈表面上答应归附我们，是因他在敖古苏古岱被困，走投无路之下做出的选择，并非出自真心。不如去找勃特国请求援兵，给我们解围。"

正当兄妹二人争执不休时探马来报："乃蛮人马正在加紧攻营！"

赫王叫来大将帕拉古岱，吩咐道："你突出重围，先去乌尔根河边向扎木哈求援兵，如若不成，就去宝尔罕嘎拉顿山，向铁木真借兵。"

索隆高娃说道："不行。如果这样，一来延误时日，二来误事。依我看，哥哥和帕拉古岱一起出去，分两路走为好。"

"父亲年事已高，你又年幼，我们于心不安啊！"伊拉固说。

"不必担心这个，如果你们能突出重围，我自有退敌妙计！"索隆高娃说完来到木栅边，架起高木爬上去，对乃蛮国元帅曲薛吾说道："我们两国昨日无怨，今日无仇。你为何围攻我们？我父亲年事已高，见不得杀戮。你们如果现在撤兵，给我们五天时间，我们就收拾家当归附你们！"

曲薛吾听着此话有理,就说道:“小姑娘你可不要骗我。如果是真的,倒显得你聪颖过人。如果在这五天内你要什么花招,我一定带兵踏平你们的营寨,杀掉你们父女,知道了吗?”说完鸣金收兵,退三里扎寨。

是夜,伊拉固、帕拉古岱二人悄悄跑出去,分两路借援军。伊拉固面见扎木哈,说借兵一事,扎木哈只说一句“等我消息”,便让他去客舍休息。扎木哈召集众臣商量此事。固尔勒斯的钦丹查干丞相说道:“当援兵还在路上时,如果赫利特兵败于乃蛮部,那我们就会与乃蛮国结下仇恨。如果不给借兵的情况下赫利特取胜,就会说我们违背盟约,定会来攻打我们。听说他们也向勃特国借兵去了。我们不如等候消息,派出探马看看勃特国的决定再定夺不迟。”扎木哈同意,便跟伊拉固说好听的软话,拖延时日。

帕拉古岱星夜赶路,于第二天中午见到了铁木真。他说道:“乃蛮部的人骄横无礼,在都呼楞河边将我们围了个水泄不通。我们已危在旦夕。望明主派您的四员大将,领兵马前去,救我们一命!”

铁木真说道:“你主曾多次失信,理应不给你们解围。但我们自父辈有深交,不能遗忘!”说着给四员大将一万人马,派他们去给赫王解围。

毛浩来在路上跟其他三员大将说:“俗话说,‘与其扬奶止沸,不如釜底抽薪’。趁其不备是用兵之道。曲薛吾领大军出来,乃蛮国内已空。我们佯称要攻打乃蛮国,他一定会带兵回去,路过长贵山。我们在那里埋下伏兵,定会大获全胜,还能收获他们的车马。你们看如何?”楚伦、布古尔吉、布古拉尔三人一致同意。楚伦、布古拉尔二人领两千人马去长贵山埋伏。毛浩来领两千人马去乃蛮国,布古尔吉领两千人马与帕拉古岱一起去都呼楞河边。

此时刚刚到第四天破晓时分。第五天清晨,布古尔吉带兵突袭,曲薛吾才知道自己中计,非常气恼,大喊道:“唉呀!我曲薛吾与辽、宋、金三大国征战多次,从未失利,如今却让赫利特一个小姑娘给骗了!”说完开始布阵,准备战斗。曲薛吾原是辽国大将,被奸臣所害。太阳罕从囚车里将他救出,让他成了自己的手下大将。曲薛吾与布古尔吉所领人马交战了一整天难分胜负。此时探马和儿子曲士礼一同来报,说毛浩来领兵攻打乃蛮国。曲薛吾惊慌失措,又知一时难以胜布古尔吉,便给莫德勒图、敏干丹二人两千人马,埋伏在回军路旁的柳林里,自己领大军回国。

固尔鲁德部的扎木哈听说铁木真已出兵援救,便给了伊拉固一千老弱病残的援军。伊拉固得意忘形,日夜兼程赶到都呼楞河畔,此时乃蛮已撤兵。伊拉固羞愧难当,想要领兵追杀。布古尔吉说道:"这曲薛吾原是辽国大将,是文武双全之人,不会如此轻率,不可追。"伊拉固气愤至极,带着自己的人马和从扎木哈那里借来的老弱病残人马,共一千九百人出发,追击曲薛吾。走了不到三十里,敏干丹、莫得勒图二人带着伏兵杀出来,曲薛吾也领大军回杀过来。伊拉固大败,正不知所措,布古尔吉领自己的人马与索隆高娃一起杀了过来。帕拉古岱看到布古尔吉的援兵已到,劈头劈脑地砍杀敌军,向曲薛吾杀来。曲薛吾冷笑一声,一棍棒便将他打下马去。乃蛮兵士赶来,活捉了帕拉古岱。布古尔吉一刀将莫德勒图砍下马,带着伊拉固杀了过来。曲薛吾知道布古尔吉厉害,便收兵回国。原来布古尔吉料到前方定有伏兵,带着索隆高娃出来解围。一切安排妥当,布古尔吉领兵回国。

乃蛮大军到了长贵山附近,遇到布古拉尔的伏兵,战后大败,丢车失马,赶回国内。抵达边境才发现这里安安静静,没有任何战乱的迹象。原来毛浩来佯称要攻打乃蛮国,一边退了曲薛吾的围兵,一边不用吹灰之力占领了赫利特国失去的土地,将其交还给了赫王。赫利特君王伊勒古哈尔在战乱中被乱军砍死。

曲薛吾晋见太阳罕,请治损兵折将之罪。太阳罕说道:"两军交战,胜败乃常事。不必挂齿!"随后将帕拉古岱推到太阳罕前,他拒不下跪。太阳罕命左右将其推出去斩首。长子阿拉坦沙嘎挪步向前,说道:"斩了这样一个鲁莽的汉子,对我们没有任何好处。父亲还会惹上心胸狭窄的恶名。饶他一命,让他回国,一面言归于好,一面用兵威胁,赫利特国定会年年纳贡!"太阳罕觉得儿子言之有理,释放了帕拉古岱。

阿拉坦沙嘎让帕拉古岱留在他那里养伤,没几日便已痊愈。一天,他叫来帕拉古岱,说道:"我想与你们赫利特国结百年之好,你回去要好

生把此事告诉你们的大王。”说着拿出一块金子和一个封口的五彩荷包，吩咐道：“把这个捎给你们的小姐，只是表达和好之意而已。”帕拉古岱带上礼物，与阿拉坦沙嘎道别，独自回国。

策其尔山之战

固尔鲁特国答应给赫利特国纳贡，一年多来没有付出过任何实际行动。伊拉固去向他们求援兵，他们无故拖延四五日，在铁木真借兵之后才给了老弱病残的一千人马。赫王想起这些，怒从心起，派使臣阿苏利去催贡。阿苏利面见扎木哈，扎木哈笑道："我不是忘恩负义之人，只是近两年我们天灾连连，所以未能纳贡。你回去给赫王好好解释清楚。今年年底，我定会把前几年的贡品都补齐，请等候佳音！"阿苏利回国，将扎木哈的话一一传达给赫王。

送走赫王派来的使臣阿苏利，扎木哈便召集众臣问道："我堂堂大国，怕一个腐朽的阿谀奉迎之徒不成？我怕的是勃特国。若不趁机消灭，我们定会成为他瓮中之鱼。"说完给自己直辖的九个部落和后来归附的都尔勃特、萨楚嘎、托伊三个部落下令，将他们召集在阿力宝勒格泉边，宰白马乌牛，饮血为盟，摆席欢宴，堆肉成山，酒浆成海。

固尔鲁特部一个叫塔海的人在宴会上酩酊大醉，酷热难耐，便脱光了衣服，很是不雅。扎木哈非常生气，将塔海重抽二十大鞭，警示他人。宴会结束后塔海摇摇晃晃回到家，其亲家萨楚尔胡迎上来问他事情的缘由。塔海哆哆嗦嗦地说道："败家的扎木哈说什么要出兵攻打勃特国，无缘无故地抽了我二十大鞭！"说完又痛骂了一顿扎木哈，方才入睡。

萨楚尔胡觉得塔海刚才的话有些蹊跷，便去询问亲家婆，才知扎木哈要攻打勃特国是真，连夜去告诉家主其木德部的乌勒呼巴彦。第二天，天还不亮，乌勒呼巴彦就直奔宝尔罕嘎拉顿山而去，将此事禀报给铁木真。铁木真听后亲自选拔四万兵马，一一布阵。他让赫王带着本部的人马在策其尔山北下营，准备迎战；又命莫尔格德部的芒努克图率本部人马在策其尔山南部埋伏，等固尔鲁特人马向西挺进与波特人马交战时切断他们的退路。布阵完毕，他让毛浩来领前军，让布古尔吉作后卫，自己带着中军来到策其尔山的西面下营。

扎木哈将十二个部落的六万四千人马分为三路，让胡达嘎那布和统领右路军，让钦达嘎查干统领左路，命左右打着黄色大旗、黄龙宝盖和遮日的金幡，自己统领中路军。走了两天，抵达策其尔山东边时突然鼓钹齐鸣，勃特国前军先锋布古拉尔骑着铁青马，手持大刀拦在前面，大声骂道："你这忘恩负义的老贼，今天是来送死的吗？"说完策马而来。扎木哈也气愤之极，举刀迎战。固尔鲁特大军也压了过来。没过几个回合，布古拉尔拖着大刀，败阵逃跑。勃特大军乱成一片，一路上丢下无数的旗幡和矛刀。扎木哈想要追杀，胡达嘎那布和拽着扎木哈坐骑的缰绳，劝道："明主不可追杀。您以为他们真的败下阵来了吗？布古拉尔是百战百胜的大将，是铁木真的四员大将之一，看他们一路上乱七八糟地丢下了旗幡和兵器，实在可疑。前面的林子里鸟儿在一群群地飞着，或许前方有伏兵。"

"我们出征不到十天就抵达这里。他们并不知道我们要来攻打，如何埋下伏兵？一看布古拉尔便知道他是惊慌失措，你为何还如此多疑？"君臣二人争论不休，钦达嘎那查干飞奔而来，大声说道："这次完全可以趁机消灭勃特国，机不可失，时不再来啊！"此话正合扎木哈之意，他从胡达嘎那布和手中夺过缰绳，带着大军飞速追杀了过去。胡达嘎那布和留在后面长叹道："我十二部大军将要毁于一旦啊！"说完无奈地跟了过去。沙拉吉岱、萨木尔罕、陶吉三个部落的君王沙海、萨那图、陶伊玛克三人各引领自己的人马偷偷回去，食言背盟。

扎木哈带着大军追杀到策其尔山的西边，突然一声炮响，地动山摇，正碰上铁木真的中路军。扎木哈想逃跑,已来不及,只得迎战。此时赫利特国和莫尔格德部的大军也杀了过来。固尔鲁特三路大军大呼“有埋伏”,乱成了一团。钦达嘎查干大惊,连忙将扎木哈的黄色大旗和黄龙宝盖放在一边,带扎木哈杀出重围。他们走到山北边时赫王的人马杀了出来,伊拉固、索隆高娃二人左右夹击。伊拉固一枪刺来,扎木哈躲到钦达嘎查干后面,匆忙逃命。索隆高娃从侧面刺来,比勒古岱也刺出去,二人的枪缨缠在一起,扎木哈趁机逃跑,混进人群。钦达嘎查干身负重伤,小肠从身体左侧流了出来。他用左手将小肠放进去,继续战斗。正当他浑身发麻时索隆高娃、比勒古岱二人飞马过来夹击。钦达嘎查干知自己无法突围,抽矛自刎。伊拉固砍下他的首级。

扎木哈逃出去之后,胡达嘎那布和心如刀绞,连忙将扎木哈的黄旗宝盖举在自己周围。毛浩来看到扎木哈的黄旗宝盖再次出现,命士兵重重包围。黄旗周围卫兵众多,一时难以捉到“扎木哈”。毛浩来命士兵放箭,固尔鲁特士兵如秋风扫落叶,纷纷翻下马去,叫苦连天。胡达嘎那布和实在不忍心看到这一切,策马到军前,喊道:“我是固尔鲁特部的大臣胡达嘎那布和,我主早已突出重围,不要因为我一个人杀这么多无辜的士兵。”话音未落,突然飞来一支箭,射进他的左臂,他被射下马去。扎勒玛策马前来将其活捉。固尔鲁特部人马看到黄旗已倒,纷纷跪在路边投降。策其尔山之战,铁木真一举收复了固尔鲁特部的九个小部落。

扎木哈突出重围,直奔乃蛮国。黄昏时分,他渡过一条小河,在一片沙漠中看到一户人家。扎木哈策马赶到那里,屋内走出一位彪形大汉。扎木哈装作赶路人,开口向他借宿。大汉打量了一番扎木哈,问道:“你既然是赶路人,为何身上还带着伤?”

“路上遇到土匪,才变成现在这个样子。”扎木哈回答道。

大汉把扎木哈请进屋内,请他喝酒。扎木哈疼痛难忍,喝了几碗,便躺下休息。那汉子默不作声地坐了许久,站起走出屋外。不一会儿,他回来将扎木哈捆了个结结实实。原来此人是赫利特大将帕拉古岱。他从乃蛮国回去,正巧遇上扎木哈,心中生疑,问他的随从知道了事情真相。他听说赫王的人马明日路过此处,就在这里等候。

铁木真收兵之后伊拉固把钦达嘎查干的首级献上。铁木真重赏赫王和芒努克图,设宴款待众人,散席后让他们各回各国。扎勒玛将胡达嘎那布和推进来。铁木真念他是忠臣,为他松绑。胡达嘎那非常佩服铁木真的明德,伏地归降。

军师毛浩来将一个人推到帐内,让他跪下。此人是扎木哈同父异母的胞弟阿如扎。扎木哈的生父去世后,其母又嫁给名叫宝鲁嘎德的人,生下了阿如扎,因此他就从小跟着扎木哈。那天出兵之前跑来面见毛浩来,毛浩来以为是敌人的奸细,就将他关起来,今天才让他面见铁木真。

"你为何放弃自己的哥哥,来归附我?"铁木真问。

"我和扎木哈同母异父,本不应该这样。可出征那天一头黑白花乳牛用犄角顶撞我哥哥的宫帐,顶折了一只犄角,又跑去顶我哥哥扎木哈。我哥哥一刀将其杀死。我劝他这是违背天命,他不听劝,反而重罚于我。所以我才来归附你。"铁木真开恩,让他统领固尔鲁特部。

赫王满载而归,路上帕拉古岱把扎木哈交给他。回国后,赫王命左右将扎木哈推出去斩首。

扎木哈跪求道:"不是我违背誓言,是我能力有限。我已将这些都明明白白地告诉了使臣阿苏利。"

赫利特国大臣安都问道:"纵然是这样,你明知勃特国有利于我们赫利特国,你为何还要出兵征伐?"

扎木哈说:"我之前已将此事告诉了胡达嘎那布和。勃特国表面上与我们友好,其实有吞并我们的野心。我是想消灭他们,让大王统领北方啊!"扎木哈的这番话正合伊拉固的心,他求父王饶扎木哈一命,让他成了自己的随从。

火攻阿拉格岱山

乃蛮国的曲薛吾正想着向勃特国报仇，突然探马飞报，说勃特国与赫利特国想要联姻，正在加紧准备。策其尔山之战，比勒古岱与索隆高娃同时向扎木哈刺去，二人的枪缨纠缠在了一起。那时比勒古岱看到索隆高娃有闭月羞花之美貌，心里喜欢上她，想娶她为妻。他向母亲窝格伦夫人说起此事，铁木真便派洪格坦部的蒙利克、阿尔嘎松部的胡尔古勒吉二人做媒。赫王征求女儿的意见，索隆高娃说她已心有归属。伊拉固也来插话，说比勒古岱不配娶自己的妹妹。这件事就这样过去了。

曲薛吾上朝向太阳罕奏道："听说勃特国与赫利特国想要联姻。如果这样，他们的势力将会增强，不如早早去攻打。"

太阳罕说道："勃特国的君臣都是一代英雄，若轻易攻打，会给自己带来不可估量的灾难。"太子阿拉坦沙嘎听说两国联姻，心如火焚，上前一步，说道："勃特国早有统领北方的野心，如果不趁早消灭，我们必将遭其攻打。现在秋高气爽，兵强马壮，应该趁机攻打！"谏诤大夫蒙格勒吉、国玺文书达达顿嘎均说不可轻易出兵。

曲薛吾怒道："你们都贪图安乐，根本不为江山社稷着想。谁都知道勃特国大有统领北方的野心和征服南国的心思。如果现在不趁机攻打，

等他们羽翼丰满之时就后悔莫及!”

蒙格勒吉说道:“我看赫王长子伊拉固生性傲慢,不会答应自己的妹妹和勃特人成亲。如果联姻一事失败,两国反目成仇之日近在眼前,我们不如坐山观虎斗,坐收渔利!”

曲薛吾冷笑一声,说:“两位大臣所言没有任何依据。如果他们联姻成功,那该怎么办?如果此次出兵不利,我愿意提头来见!”大将胡拉苏布其也说:“我愿意担保。”太阳罕看他们二人心诚,又见阿拉坦沙嘎心急如焚,便答应了出征要求。

曲薛吾得令,召集国内人马共七万,将其中的五万人分成三路,自己和阿拉坦沙嘎、布和伊德木二人领中路大军,命萨冒、达如玛塔二将率西路大军,命苏如勒和格、敏干丹二将率东路大军,拨给小将伊德尔道布一千人马充当先锋,放炮三声,命三军向勃特国出发。

伊德尔道布带兵抵达阿拉格岱平原时铁木真正在趁秋季四处打猎。伊德尔道布心中大喜,说道:“这是天助我也!”他命人擂鼓吹号,从山下往上攻打。乃蛮部的士兵走到半山腰,铁木真突然开始进攻。乃蛮人马以为铁木真毫无防备,定会逃跑。看到铁木真率领的大军突然压下山来,他们毫无战心,回头往山下跑去。原来铁木真早已探到乃蛮大军要来攻打,一边命陶尔根希拉、毛浩来去领兵前来,一面命人在山下安营扎寨,却佯装一无所知。

第二天,毛浩来领大军前来,在阿拉格岱山脚下安营扎寨。此时,乃蛮部的主力军也已抵达那里,曲薛吾探察地形,在深山下打下埋伏。

布古尔吉、陶尔根希拉等人跟毛浩来商议道:“如果乃蛮大军占领了山中的险要地形,我们攻打他们将会艰难。要不我们抢先一步,先去攻打他们?”

“险要地形只适合守,不适合攻。他们不应死守,趁热打铁才是。如果是攻打,险要地形没有任何用处,不要跟他们争了!”毛浩来说道。

曲薛吾领兵抵达,觉得伊德尔道布损兵折将,损了乃蛮的锐气,要将他推出去斩首示众。阿拉坦沙嘎带众将苦苦哀求,让曲薛吾饶了他的死罪,改为重打四十大板。

第二天，曲薛吾和阿拉坦沙嘎商议道："敌军锐气方盛，不可轻易出战。他们扎寨于树林和枯草中。火攻是最佳方式，但苦于没有风。"

阿拉坦沙嘎说："布和伊德木能够呼风唤雨，才让他跟随大军到这里，把此事交给他办吧！"说完把呼风唤雨之事交给了布和伊德木。曲薛吾又命伊德尔道布给勃特军营送去战书，说乃蛮人已磨刀霍霍，如果不怕掉脑袋明日午时再战。铁木真款待伊德尔，等他回去之后到阿拉格岱山的阿拉格图哈拉峰顶，查看敌方军情。乃蛮军营之外，打柴的几个人围坐在一起休息。其中一人用火石打火点烟卷失了火，大火顿时熊熊燃烧起来。此时正值深秋，草木和树叶已枯萎，全部跟着着火。铁木真突然想到对方可能会用火攻，叫来毛浩前来，让士兵们起营拔寨，挪到湿润的河滩上安营扎寨。曲薛吾看到这些，认定是伊德尔道布泄露了军机，对他严刑拷打。伊德尔道布几次晕厥，却毫无招供之意。曲薛吾将他关进囚车，等凯旋归国时再定夺。

毛浩来兵分三路，给众将讲解战术。完毕后他说："如果谁违令，定要依法论处！"

第二天，天色晦暗，烟雾弥漫。两军对峙之后左翼将军敏干丹、苏如勒和格与铁木真右路军统领扎勒玛相遇。敏干丹对苏如勒和格说道："看他们人马都很弱。如果强攻，可胜此战。如果他们的右路军大败，军中自会大乱，届时不战自败。"苏如勒和格耀武扬威，正要出战，扎勒玛却突然领兵后撤。他们二人刚要向前，看到哈尔海如、钦达嘎斯钦二将带着六百名身着虎皮盔甲，手持盾牌的士兵冲了过来。乃蛮大军战马一见虎甲战士，以为是老虎来了，惊慌而逃，敌营顿时大乱。扎勒玛与敏干丹交战仅几个回合，就将他刺于马下。钦达嘎斯钦一箭射中苏如勒和格的脸部，苏如勒和格仓皇而逃。那时午时刚过，突然刮起东北风，乃蛮右翼将军萨冒、达如玛塔二人挥军冲过来。毛浩来统率精兵从侧面截击，把萨冒军拦腰切断。楚伦、哲别二人跟从布古拉尔从两边夹击，乃蛮人马招架不住，萨冒死于楚伦的矛下，达如玛塔忙慌逃去。

曲薛吾见两路人马一起冲过来，命人擂动大鼓，又命阿拉坦沙嘎出阵，高声搦战。朝莫日更等人知道军师毛浩来早有禁令，不敢轻易出战。

阿拉坦沙嘎频频擂动战鼓，百般辱骂。希热呼图克终于忍不住，不听朝莫日更劝阻，击战鼓，抡舞大锤出战。阿拉坦沙嘎只战了几个回合，天色已大变。阿拉坦沙嘎逃回阵内，希热呼图克上前追杀。突然，乃蛮中路大军的门旗大开，炮声响处震天动地，火矛、火车、火石一齐发出，闪电似的冲将过来。希热呼图克的眉毛胡须都被烧着，勒马逃走。此时勃特大军的门旗已开，无法抵挡。此时狂风大作，飞沙走石，敌兵喊声震天，杀了过来，勃特国军中大乱。顺着风势，燃起熊熊大火，铁木真所领人马无法睁眼，头发被烧，耳朵被烫，盔甲被焚，脸面被烤，慌作一团，顺风逃去。乃蛮部的败兵此时也回杀过来。真是翻江倒海，鬼哭神号。

铁木真站在山顶，见自己的人马得胜，心中暗喜，佩服毛浩来的用兵之计。突然见到敌军营里火焰滚动，借着风势向勃特大军卷去，勃特人马顿时大败。铁木真心急如焚。突然电闪雷鸣，风向逆转，火焰向乃蛮人马烧过去，飞沙走石，混沌一片。铁木真趁机擂动大鼓，亲自带兵下山，冲在最前面。勃特国众多武将见铁木真独自杀去非常惊慌，带着各自的兵马死死交战。毛浩来命军汉吹号，整兵列队，兵分三路杀了过去。两军交战，腥气腾空，哭声震天，尸骨遍野，血流成河。曲薛吾的战马被烧死，自己徒步翻山逃去。

曲薛吾翻过山冈，遇到苏如勒和格所领败兵，找到一匹马骑。阿拉坦沙嘎也领败兵残马前来，与他们汇集一处。大军死伤一小半，敏干丹、萨冒二将被杀。曲薛吾问布和伊达木的下落，有人说道："他看到风向突然逆转，朝乌兰胡木那边的山路逃跑，遇到布古尔吉的伏兵，被杀了！"话音刚落，看到布古尔吉领兵追来，将他们重重包围。曲薛吾大声喊道："不听蒙格勒吉兄长之言，方才有了今天的大祸！"他知自己无法突围，对阿拉坦沙嘎说道："就算我能够突出重围，有何脸面去见明主？请太子将我的首级带给明主，算我言而有信！"说完抽剑自刎。阿拉坦沙嘎大为悲伤，领达如玛塔、苏如勒和格二人，丢下曲薛吾的首级而去。布古尔吉看到乃蛮有如此忠臣，也不忍心加害其他人，闪开一条路放走他们，收拾曲薛吾的尸体，鸣金收兵。

毛浩来此次大获全胜，擂鼓吹箫，凯旋回营。众人看到被烧成灰的树木和草丛，想到铁木真命他们在河滩上安营扎寨，无不佩服其神机妙算。

这时众将汇聚一堂，各献所获。铁木真叫来违抗告示，任意抢占军卒牛羊的远亲阿尔达、达拉吉岱、胡萨古尔三人，训斥道："小时候，我蒙受百般折磨。我把你们当做自己亲族的兄长，让你们与我共掌国事，抵御外侵，可你们胆小如鼠，推举我当勃特国的君王。后来我艰苦征战，你们丝毫不出力。如今我在军中传令，你们作为亲族兄长首先违令。如果我处理不当，还怎么治理其他众多部落？如果我不按军法处置，恐怕众人要说不公！"说完没收了他们抢占的牛羊和财物，平分给众士兵。

都胡楞河畔比射

铁木真在阿拉格岱山大败乃蛮国大军，班师回国，抚恤烈士家属，给活着的人论功行赏。

此时飞马来报，金国世宗皇帝派卫王永济为使臣，商谈两国和好之事。这金国为何要与勃特国和好？原来，宋朝早有向金国复仇之意，如今开始招兵买马。金国皇帝听后大为吃惊，派仆散揆将军为河南地区安抚使，探听宋朝的虚实。另一方面也想安抚北国，消除北患，所以派皇侄卫王永济为使臣，授给他招讨使印玺，赐给他几车彩缎、盔甲以及金银珠宝，佯称以此奖赏过去送来莫格金色格尔首级的功劳，实则听说铁木真已基本统一北国，想要设计，将其纳入自己的领土范畴。于是永济大讲排场，几个月前就派人到勃特国报了信。

永济年幼，不知勃特国兵强马壮，认为北国是粗野的部落，无知无识，便带着招讨使印玺，让随从列队，自己坐在金舆之内，让五百名护卫紧随其后。他们过了张家口，还没走几天，一声炮响，一队人马举着红旗赤幡，身着红色盔甲，摆开一字阵势，拦在路上。卫王永济惊恐万分，忙问是怎么回事。原来勃特国先锋大将军布古尔吉在巡察国境。永济说了来由，布古尔吉收了自己的人马，派扎勒玛、赛汗苏尔塔拉图二人到金国使臣那里，给他们送去美酒和牛羊肉，为他们洗尘。扎勒玛到卫王永济那里说道:“你们虽然占据全天下的一小半,但跟我们勃特国没有任何关系。如果没有国主的命令,我们不能放您入国内。”

永济说道:“我们早就派人报过信了。”

“虽然您的信到了明主那里,但明主的号箭还没到这里呢。”扎勒玛说。

永济只好忍气吞声等了一天。第二天,铁木真带着哈布图哈斯尔、敖伊图敖其格两位弟弟,带着号箭来见卫王永济。铁木真说曲薛吾是乃蛮国的忠臣,将他的尸体送到乃蛮国境内,才领金国使臣入境。大将布古尔吉受军师毛浩来之命,将永济的兵马留在境外,只带着永济的随员入境。

永济非常生气,但也深感无奈,随着哈斯尔、敖其格二人入勃特国境内,走了几天,来到都胡楞河边。永济在迎宾大帐内与铁木真相见,要求铁木真备香案,拜接圣旨。

铁木真微微一笑,说道:“我勃特国自苍天降生的孛儿帖赤那(苍色狼)和他的妻子豁埃马阑勒(白色鹿)到我这里已是二十五个世纪,我们代代为皇,此间没有被汉人和南方的朝廷及大金国降服。如今中原金主为什么要拿我们当他的属国看待呢?我绝不会做让祖先伤心的事情。”说完以接待宾客的礼节招待他。永济非常生气,但铁木真言之有理,再看站在两旁的文武百官,各个神采飞扬,绝无降服之心。永济不敢与其争辩,只能坐在客座说明来由。

铁木真推辞道:“本人无才无德,识浅志短,贵国陛下为何如此器重,送来这般高贵的封册玉玺?本人感激不尽。只是我们北国人自古以来以忠心宽厚为美德,不图虚名,不贪空职,贵国何必这样操心破费?”

永济又说了一遍南国礼仪,把礼乐程式、锦绸品样、珠玉的贵贱说了一遍。铁木真微微一笑,说道:“我们北国的粗野之人,不懂你们这些规矩。我们只知道为君的要讲信用,为臣的要忠心报国。我们追求的是为社稷和部落,所指望的是安国治邦。如果为君的贪图钱财,为臣的行奸欺诈,只求金银财宝,尽管有官印封旨,那些金银财宝又有什么用!”说完没有接受金银财宝,将永济好好招待了一番。

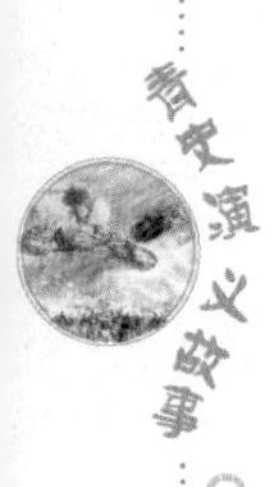

席间,铁木真叫停了乐手们的吹拉弹唱,跟永济说道:“我们北方是粗野之地,没有南方那么多精细的娱乐项目。虽说也有马头琴、四胡之类的乐器,也都很一般,没有特别之处,也无法招待贵国使臣。不如我们以平日里的兵将比武为贵臣助兴。”说着从帐壁上的撒袋里取出一支金箭,命乌优图斯钦传给军师毛浩来。突然,军师的虎皮帐内号声大震,在都胡楞河的四面八方扬起红尘,幡旗蔽日,六万精兵顷刻间聚集在铁木真眼底。永济惊慌失措,面如死灰,手脚发抖,酒杯也掉到了地上。铁木真说道:“贵王不要起疑心。好汉不会依仗本乡欺压远道而来的使臣。我虽粗俗,也没有妇人的小肚鸡肠。我们只为博贵王一乐,别无他心。一来我们可以表达对贵国的敬意,二来是想和众臣商议如何给贵国回礼。”说着召首臣谋官,让他们到狮皮帐内。永济这才放心,回到座位。

大家商议如何给金国回礼,军师毛浩来上前一步,奏道:“我们从未归顺南国,怎么能接受他们的封号?谢退才是!”

陶尔根希拉说:“虽说如此,但如果拒绝了金国,会断了我们日后的交往之路,不如我们退掉封号,接受赏赐的金银财宝。”

铁木真说道:“既然不接受他们的封号,为何还留下他们的金银财宝。这和小人的做法有什么区别?”

军师毛浩来说:“金国为了向宋朝报仇,才来我国安抚我们。我们不能中了他们的圈套,我们退了封号,留下他们的礼物,再送给他们等额数量的金银财宝就是。”铁木真听了非常赞同。他跟金国使臣说道:“我若全盘接受贵国的封号和金银财宝,恐怕大臣们不依。若全部退回去,贵国脸上又不好看,违背你们的好心,我也于心不忍。这该如何是好?”

卫王永济本是来安抚北国的,看他们不上自己的圈套,又怕回去不好复命,听到此话,心中非常高兴,连忙站起来说道:“大元帅真是度量无限,还望高抬贵手!”

铁木真说:“贵国如此垂爱,前日我们才把莫格金色格尔的首级献给了你们。这都是我手下大将们的功劳。因此,把贵国的礼品奖赏给我手下有能耐之人,那样比赏给我要好上万倍!”说完布令道:“三天之后在都胡楞河畔比射头盔,分赏大金国的礼品。”

三日之后，都胡楞河畔辽阔的平原上勃特国兵士们铺天盖地般聚集到一起，远近部落的人们也闻讯赶来。在百步之外立起花杆，花杆上挂着金国送来的金盔，下面系上画有三轮红日的小旗，花杆两旁摆下几千对花鼓、金锣、铜号、唢呐。然后传令射中小旗的人，赏给他银两和彩绸；射中红日的人，赏给他蟒袍、珠宝；射中金盔的人，赏给他盔甲和金玉。勃特国国君铁木真、金国卫王永济对坐在土冈上的狮皮帐内。赛汗苏尔塔拉图、乌优图斯钦二人拿起金杯朝两面一举，军师的虎皮帐内鼓声雷动，威武的将士们身着盔甲，扎好撒袋，骑着马一对对向前，依次弯弓射箭，三分之二射中小旗，三分之一射中红日，军士们兴高采烈地大声喝彩，鼓声震天。他们纷纷获奖，金国将士们无不张口惊讶。

西面红旗丛里第六面飞虎旗下，奔出一员大将，他身穿银色盔甲，腰里扎着罕见的鹿皮围带，肩上飘着狐狸长尾，胯间佩戴红色豹皮撒袋，三绺黑须飘在玉叶似的腮下。他手持长戟，骑着银白色的马上前，大喊一声："射中一面旗不算神射手，看我射中旗、红日和金盔，领取三重大奖！"众人一看，正是六艺齐全的神射手朝莫尔更。只见朝莫尔更把长戟插在鞍鞒，左手拿着神弓，右手搭上神箭，把弓拉得像满月，射箭如星辰，第一箭射中旗子，第二箭射中红日，第三箭射中金盔。国君、平民百姓人人齐声喝彩，拍手称快。

喝彩声还未平息，又有一员大将前来。此人是谁？是伊吉勒吉部首领乌勒吉图的独生子，名叫宝图，今年十八岁。他生得白玉一般，仪表端正，从小喜欢射箭。听说今日勃特国在都胡楞河畔比射金盔，带着他豹筋做的弓弦，雕翎箭的撒袋，骑着白马，从伊勒古那河边特意赶来。宝图取出雕翎箭，搭在黑色的木弓上，伏在马上奔去，第一箭射中了旗，第二箭射中了红日，第三箭射中了金盔。两部几万兵士一起吹响号筒，一起擂动军鼓，呼喊声震天，顿时小兽惊跑，野禽乱飞。

此时，右边红帐面前的金狮旗一挥，又一员大将飞马而出，喊道："在百步之外射中胳膊肘大小的东西怎么算是神射手？且将金银财宝、金盔银甲留在原地。看我如何射中一拃大小的盔缨！"原来此人是铁木真胞弟哈斯尔。哈斯尔身穿金环盔甲，上罩金色蟒袍。铁木真看到弟弟哈斯尔十分高兴,从狮皮撒袋中取出三支凤翎金箭,同铁丝做弦的鹿皮神弓一起递给他。哈斯尔连忙接住,骑着他的枣骝马,用绸缎包好那盔缨,大声说道:“我第一箭射中金盔的左侧,第二箭射中金盔的右侧,最后一箭射中盔缨!”说完左手如托泰山,右手似抱婴儿,弓开像满月,箭去如流星,射中了盔甲的左侧。众士兵齐声呐喊,擂鼓三响。他又取出第二箭搭在弓上,左拳如打南山之虎,右肘如打北海之龙,拉满鹿皮神弓,拉紧凤翎金箭,呼的一声弦响,稳稳射中了金盔的右侧。众士兵喝彩,擂鼓六响。射第三支箭时左掌似握碎金国,右臂如抱住勃特国,拉满铁丝弓,搭上金箭,呼的一声弓弦响,盔缨落地。勃特国九万人马一齐欢腾,擂鼓九响。卫王永济和他的百余名随从害怕之极,面面相觑。永济起身给铁木真敬酒,说道:“元帅手下有如此良将,收复北国应不费吹灰之力!”铁木真回敬道:“这些都是军汉们平常的本事。没有什么可夸奖之处。只是没有什么给贵使臣助兴,才出此下策。贵国是占据中原的大国,听说你们南国百步穿杨和百步穿钱的神射手比比皆是,不如也找来几个兵士,让我们这些粗俗之人开开眼界。”永济听了此话不禁汗颜,说道:“我们的名将都留在皇帝身边。随我而来的只有几个还算可以,却都留在了境外。”铁木真指着帐前那些身穿金银盔甲,腰系丝玉宽带,盔上插着羽翎,后背绕着彩带的十几名将军,说:“这些武将盛气凌人,想必这些对他们来说如同儿戏。”永济连忙说道:“这些只是一般随从,不会这些。”铁木真微微一笑,问道:“是吗? 这些人看似神将,如果没有本领在身,那也只是空壳。难道是嫌我们,才故意不给我们开眼界吗?”永济一次次推辞,铁木真败兴,便让散席。

第二天,铁木真亲自送金国使臣永济回国,这才回到宝尔罕嘎拉顿山。布尔特格勒金夫人又产下一名男婴,已过了三天,到了将他放入乌鲁盖的时候。铁木真看金国刚刚送来礼品,希望自己的江山社稷日益兴旺,便给孩子起名窝阔台,并祝福道:“以后这金国定会败在我三子的手下,希望他一切称心如意!”

一箭定三部

都胡楞河畔比射金盔之日，伊吉勒吉部君主的独生子宝图用三箭射中了旗子、红日和金盔，让铁木真很是赏识，决定把自己唯一的妹妹图努玛拉许配给他。伊吉勒吉部附近有三个部落，分别是萨尔吉古德部、萨楚嘎部、陶吉部。他们心生嫉妒，聚集在女真，商议破勃特国之策。萨楚嘎部的君主萨那图原来被金国封过将军，称自己为将军汗[①]。他跟萨尔吉古德部的君主沙海、陶吉部君主陶伊玛克二人商议道："勃特国国君铁木真收了金国的礼品，名声大震，收服了与他们势均力敌的伊吉勒吉部。如果我们不趁机消灭，早晚会被他们收在手下。"

陶伊玛克说："如果趁他们不备攻打他们，摸黑突袭，一定能成功。"将军汗选三个部落的三万精兵，声称要讨伐位于东南边的扎鲁特国君旺楚格，动身起兵。宝图听到此消息连忙给勃特国送信，领自己部落的五千人马，埋伏在位于女真边境的道尔比山的山谷两边。

勃特国听到此消息，铁木真亲自领大军迎战，命温都尔斯钦带着剩余人马取北路而上，进入女真国境内，夺取他们三个部落的土地家园，男女老少。

---

① 汗：爵位的一种，也称可汗，古代阿尔泰语系中，对鲜卑、柔然、突厥、回纥、蒙古等民族统治者的称号。

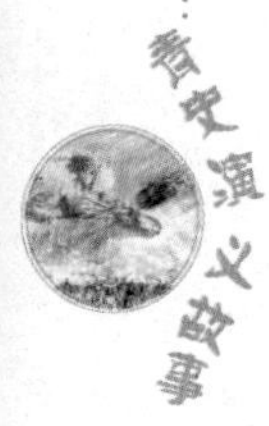

宝图在道尔比山等了三天,三部人马便赶到了。女真大军走到山谷中间,突然从枫树林里响起号声,从山谷两边下来的箭和滚石犹如大雨狂泻,冰雹狂砸。三部人马麻痹大意,顿时乱成一团。将军汗身中数箭,带着前面的人马突出重围,来到道尔比山东边的山谷时沙海已被滚石砸死。将军汗非常恼怒,向东攻击,到达山谷南口时突然炮声震天,勃特大军将他们围了个水泄不通。他知自己已无法逃脱,爬上北边的高处,脱下头盔大声喊道:“听说勃特国君宽厚仁慈,如果这次饶我小命,定会效犬马之劳!”话音未落,宝图从山后面策马出来,一箭将他射下马去,命人活捉。宝图将军把将军汗交给铁木真说道:“明主您去山的东边收服那里的士兵。我与内兄哈斯尔领兵去山的西边与陶伊玛克残军交战。万事都是他们引起的。”铁木真应允,命哈斯尔、比勒古岱带六千精兵协助宝图,又让敖伊图敖其格、乌仁嘎楚格二人带两千兵马作后援。

宝图带着众兵翻过大山。陶伊玛克早已得知消息,带着残兵逃跑。逃出不到二里地,勃特国和伊吉勒吉部追兵赶上来,将他们重重包围。陶伊玛克被逼到都胡楞河北岸一个秃岭上,急得四处投石。宝图跟哈斯尔说:“内兄你先带兵监督围兵。我带着几个骑兵和号炮,悄悄绕到秃岭背风的地方,将他一箭射死。”哈斯尔要与他同去,跟比勒古岱说:“听到号炮后,你到秃岭的西边作战,东边放给他们,让他们下来,我们再冲进去,这样就能大获全胜。”说完同宝图带着四五十名弓箭手,绕岭而去。他们绕到背风处一看,陶伊玛克的士兵正在忙着垒石头。

哈斯尔说:“这里离目标有两百弓之地[1],就算射中也不会伤到人。我有铁丝弦的弓,可惜没有带来。”

“我带来了明主赏赐给我的钢丝弓。是内兄射,还是由我来射?”

“哪个是陶伊玛克?”

“站在白旗下,后面插着五面白旗的就是他。”

哈斯尔拿过宝图的弓,瞄准了几次,说道:“我怕会误射,还是弟弟你来!”说着将弓箭递给宝图。

---

① 两百弓之地:一弓之地为五尺,两百弓之地为一千尺,约 333 米。

宝图说道:“我一定能射中。内兄看我的!”说着拉满弓一射,刚好射中了陶伊玛克的喉咙。白旗一倒,陶吉部人马大乱。哈斯尔、宝图二人鸣号炮,大家站在明处射敌,箭无虚发。陶吉部人马看到围兵从西边杀来,赶忙往东逃跑,奔着河流而去。刚到岭下,一声炮响,敖其格、嘎楚格二人带着援兵前来。陶伊玛克的人马吓得魂不附体,丢下武器,脱下盔甲投降。亲戚五人割下陶伊玛克首级一看,果然是秃头,便将其挂在马镫上回大营。

此时,将军汗的士兵在道尔比山东边混战,已全部向铁木真、毛浩来二人投降。铁木真等人休整两天,正要班师回朝,温都尔斯钦来报,称收服了女真的三个部落。他们又休整一天,第二天鸣炮三声,四万大军一起出发。北国草原辽阔,一路上车辚辚马潇潇,欢歌笑语。

此时布尔特格勒金夫人产下了第四个男婴。孩子出生时电闪雷鸣,加之他的脸庞红如火光,便取名为拖雷。铁木真拜见母亲,细数女婿的功劳。窝格伦夫人非常高兴,说要喜上加喜,操办小女图努玛拉的婚事。

亲戚朋友和君臣欢聚一堂,给女婿宝图穿上盛装,拜过火,拜过窝格伦夫人。二位新人金盅对酒,行施六仪,大宴三天。图努玛拉嫁人时窝格伦夫人握住她的手,说道:“我的女儿,你要维护娘家的声誉,好好尊重婆家的名望。妈妈没有别的话了,你可要好好自重啊!”图努玛拉含泪作别。

索隆高娃秋风中吟唱

赫利特国伊拉固听信扎木哈之言，趁着乃蛮在阿拉格岱山兵败，偷袭了他们的弃营，又偷袭了勃特国的冬营地。索隆高娃听到此消息，想探究其真假，领一群女兵，骑着银灰马，迎着深秋的风，向前碎步颠走。她看到天空上的大雁成对成双地向南飞，草原上的黄羊也一对对地纵情奔跑，突然想起乃蛮国英俊潇洒的阿拉坦沙嘎，左手勒住缰绳，右手把鞭子往肘上一套，绣花飘带顺风一撂，镶玉头饰往后一捋，搭在撒袋上，用清脆委婉的声音吟唱，在摇曳的秋草中漫步向前。此时先锋将军帕拉古岱从东边急匆匆地骑马赶来。索隆高娃忙问缘由。他说："我们从乃蛮部的弃营内捉来了伊德尔道布，今天要将其斩首。"索隆高娃非常吃惊，又想到一计，说道："我问你，之前乃蛮国将你活捉，为何没有杀你？"

"其实他们也打算杀我，是他们的阿拉坦沙嘎公子求情，我才免于一死。"帕拉古岱说。

"既然是这样，今天要斩首乃蛮国的先锋将军伊德尔道布，你这样无动于衷，于心何忍啊？"索隆高娃微微一笑说道。

"我多次求情，他才活到今日。可惜他不说软话，说今天将他释放，明天就会领兵来攻打我们。"

“乃蛮国将你捉去之后没有劝降吗?”

“他们劝降我多次,我都无动于衷,他们才决定将我斩首。”

索隆高娃抿嘴一笑,说道:“那你为何不将心比心呢?”

至此,帕拉古岱已明白索隆高娃的用意,说:“小姐是想叫伊德尔道布回去,报答他们放我回来的恩情啊。那么,请小姐多帮忙,我们好感谢人家的饶命之恩。”说完策马而去。

索隆高娃跟着帕拉古岱慢步走到哥哥伊拉固的帐前,兵士们正在等待他发号施令,将伊德尔道布推出来斩首。索隆高娃匆忙走进帐内见了哥哥,说道:“听说哥哥要斩首乃蛮部先锋伊德尔道布?杀掉这样一个鲁莽之人定会让两军结下深仇大恨。不如放他回国,这样我们在别人面前也有话可说啊!”

“我也想饶他一命。可这人口出恶言,实在恼人,所以我才要杀他。既然妹妹和先锋帕拉古岱说情,我就将他释放了吧。”伊拉固说着传递号箭,饶他不死。伊德尔道布仍然在嘴里念念不停地说:“如果释放我,明日我必带兵来战,还不如死个痛快!”周围的人看了无不抿嘴而笑。帕拉古岱将伊德尔道布拽出营外释放。索隆高娃谢别了哥哥,顺着清澈的泉

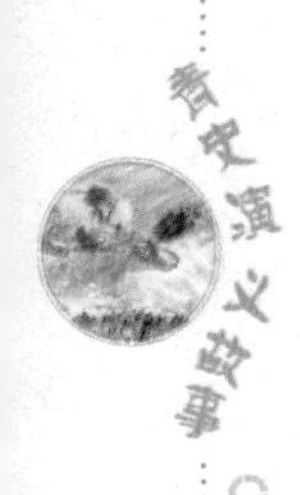

水走去,心里琢磨着送什么给阿拉坦沙嘎当回礼。她策马而行,从撒袋里拿出阿拉坦沙嘎曾经射来的秃箭,爱意萌增,一路吟唱到家中。她将捎来的锦缎荷包递给帕拉古岱的妻子,吩咐道:“乃蛮国放走了你的男人。今天,我劝哥哥放走了乃蛮的伊德尔道布。你将这荷包缝在他的衣襟之内,回去之后还给原主。”帕拉古岱的妻子连忙接过荷包,缝在伊德尔道布的衣襟内,并多次叮嘱,备了一驼驮干粮,让他回国。

伊德尔道布回乃蛮时勃特国是必经之地。他住在勃特国边境的巡房内,把前事说了一遍。兵卒把他抓起来,送到军师毛浩来赈济难民的大营里。毛浩来听他细说之后释放他回国。伊德尔道布走了几天,晋见太阳罕,把事情的前因后果一一报奏,从衣襟内拿出荷包给阿拉坦沙嘎。阿拉坦沙嘎认出那是他送给索隆高娃的荷包,拆开一看,原来里面有一个五色花布包好的血红色小包。拆开小包一看,里面竟用五色丝线做了一副弓弦,上面串着一百零八颗玛瑙珠子。伊德尔道布不知其意,问道:“难道是要小主剃发出家?”

阿拉坦沙嘎长叹一声,答道:“唉呀,她的用意十分深奥,不是平常人所能猜到的。我上次送给她的扳指儿,上面系着五色丝线,其意为索隆高娃[①]想和你生活一辈子。她想与我成为夫妻,但没有这样机会和权力,是让我主动求婚。你说,我舍得让两国相互残杀吗?”说完仰头长叹,流下泪来。伊德尔道布看到他们二人郎才女貌非常般配,也不禁泪流,说道:“我曾多次险些被推出去斩首,也没有这样担心过,看来情事比杀头还难。我当努力让你们在一起!”

阿拉坦沙嘎听后说道:“那些人倒没什么。关键是怎样过父亲这一关。容我们慢慢商议吧。”伊德尔道布是心善之人,真心为他们二人操心。

---

① 索隆高娃,意为“彩虹般美丽”。文中索隆高娃用五色丝线暗喻彩虹,即自己的名字。

孝女洪格尔珠拉

毛浩来释放乃蛮先锋伊德尔道布之后，军营中突然纷纷扬扬传说一个人从男人变成了女儿身。为何有这般怪事呢？在阿拉格岱山大战之后有几千个士兵归降勃特国。军师毛浩来选中了其中几十名孩子留在帐前，随手使唤。释放乃蛮部先锋伊德尔道布时竟有一个叫洪格尔的孩子流下了热泪。毛浩来将他叫到身边，问道："我让你们几个人留在我帐前，给你们吃好的，工作又不累人。你为何见到本国的人就暗中流泪？"再三逼问之下她一一讲述了当年曲薛吾征兵之时女扮男装，替父从军的故事。

此女名叫洪格尔珠拉，父亲叫做陶利，是百户长。他后续一个妻子名叫尼都木勒，生了一个男孩，取名格格热呼，还在襁褓中。洪格尔珠拉生得眉清目秀，脸白唇红，双眉如月，身材苗条，声音洪亮，从小与众不同。家里没有男孩，父亲就教会她骑马射箭、剑术和抛石。后来，她学了两年畏吾儿文，又学了针线活，长到十六岁时已如玉女一般。

一天，她的父亲对其继母说："如今太阳罕要与勃特国宣战。我是军汉，又是个百户长，难逃此次兵役。"

"如今你已年迈，怎能应付这等苦差事。如果破费一些银两，不知能否逃此一劫？"她的继母说。

“如果大家都不去服兵役,那兵士们从哪里来?我们又从哪里弄来那么多银两?”

“你若走了,这一大家子靠谁来养活?”

没过几天,征兵的要他去注册应征。陶利老汉只好跟大家一起报了名,将要在三日之内出发。洪格尔珠拉听到此消息,心想:父母已把我养育成人。我虽是女流之辈,却待我如男儿般心疼。我还没有报答母亲的养育之恩,她已去世。如今年迈的父亲又要从军。我上无兄长,弟弟还幼小。父亲若去从军,我们一家老小靠谁生活?如果父亲不幸战死沙场,那我们一家也就这样完了。我怎能眼睁睁地看着年迈的父亲走上绝路?想到此处不禁泪下。洪格尔珠拉又想:我能不能女扮男装,替父从军?在国家的青史上难道只应留下男人的美名吗?赫王的公主能参战,我为何就不能?我穿上盔甲,看看像不像男人?随后她穿上父亲的盔甲,学着男人的样子来到湖边看自己的倒影。此时父亲正抱着弟弟格格热呼走了出来。

父亲笑道:“女儿你今天为何这般打扮?”

洪格尔珠拉问道:“我可以替父亲从军吗?”

陶利老汉声音颤抖,说:“可惜你是女儿身。你若是男子,我们就没什么可担心的,定会派你去建功立业!”

洪格尔珠拉说:“父母别担心。我心已决,明日替父从军。”

母亲拍拍她的肩膀说:“你是个足不出户的闺女,怎能混迹于千万个男人中间?”

“父母不要声张。有志者,事竟成。我一定不会丢父母的脸面。”

父母看她心意已决,都哭成一团,心中变得忐忑不安。黎明时有人在外面喊:“动身喽!”陶利老汉出去一看,是四五个兵卒。洪格尔珠拉此时已穿戴整齐,戴着撒袋,走出屋来大声说道:“我父亲年事已高。我要替父从军!”说着礼别父母,说一声:“二老请保重!”大步流星地走了出去。二老含泪与女儿作别。

洪格尔珠拉离开父母之后与大军汇合,到了勃特国境内。途中人们看到她耳垂上打着孔,问其原因。她说:“我是独生子,父母宠爱,便在耳垂上穿了孔。”北国有此习俗，所以他们也深信不疑。有的兵士看她异常美丽，细皮嫩肉，故意试探。洪格尔珠拉发觉后常常和衣而睡。解手之时洪格尔珠拉就到马群中去，人们也没有发现她的异常。与勃特国交战之时风向突然一变，来不及逃跑，她便和其他人一起投降。

洪格尔珠拉与其他几十位孩子当了毛浩来的使童，工作清闲，别人就更看不出她是女儿身。那天，她看到本国的人，想起自己的父母和小弟弟，才在军中暗自流泪。

听了洪格尔珠拉的陈述，周围的兵士和佣人都流下了眼泪，毛浩来等大英雄也鼻子一酸，流下了热泪。

军师毛浩来看洪格尔珠拉是个孝女，认她做义女。回到宝尔罕嘎拉顿山，毛浩来向铁木真禀报了洪格尔珠拉一事，布尔特格勒金夫人非常赏识，让她当了自己的随身侍女。布尔特格勒金看她做事认真细致，命人迁来了她父母一家。从此，她们一家子过上了幸福的生活。

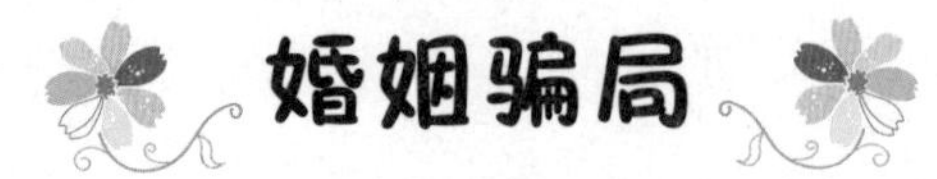

婚姻骗局

上一次，铁木真派洪格坦部的蒙格利克、阿尔嘎松的胡尔古勒吉为媒，给弟弟比勒古岱求婚，想迎娶赫王的女儿索隆高娃。但伊拉固生性傲慢，没有答应这门婚事。过了几个月，伊拉固突然又向父亲提及此事，说应该让妹妹嫁给铁木真的弟弟比勒古岱，再让弟弟图斯呼迎娶铁木真的小女儿斯琴斯其格力克为妻，如果能够结儿女之好，就能够彼此信任。此事正合赫王之意。他虽不知儿子伊拉固为何这么快回心转意，但还是依了他的想法。伊拉固为何回心转意，要与勃特国和好呢？是他听信了扎木哈的挑拨。扎木哈献计说以联姻为名，邀铁木真前来商议，他来时定不会带兵卒。届时可在喜酒中下毒将其害死，如果不成，就在办喜宴的地方挖好陷坑，或者在树林中伏兵，趁机动手。如果铁木真逃跑，就在他回路的山谷中埋下伏兵，拦路杀他。扎木哈还让叮嘱伊拉固，叫他不要将计划泄露给任何人，包括他的父王。伊拉固听后非常高兴，将联姻之事奏报给父亲，赫王并没有察觉，他说："差人去请铁木真吧，路上要小心待客。"伊拉固把帕拉古岱叫到身边，吩咐道："与其终日作战，不如依你们的意思与勃特国联姻。你去请勃特国君来。一则要报答他们的旧恩，二则要两家会面，商定婚娶大事。你将这些好生说给勃特国听，将铁木真请来，不得有误。"帕拉古岱是一个粗心的人，一听此话信以为真,以手加额,第二天便带着随从去了勃特国。他抵达宝尔罕嘎拉顿山之后与护兵一起入宫帐,见了铁木真,将两国联姻之事一一奏报给铁木真听。

铁木真说道:"既然是盟邦相亲,我一定亲自去。"帕拉古岱一听此话,乐得合不拢嘴,收了重赏回国。

大臣陶尔根希拉、军师毛浩来等人听了这个消息,都说赫利特人不怀好意,但铁木真已失口答应。

陶尔根希拉、毛浩来等人劝道:"赫利特人邀您前去不怀好意。明主为何答应他们?"铁木真微微一笑,说:

从前有句俗话:
要想捉住虎罴,
就得给它投食;
要想骑上蛟龙,
就得不惜生命。

毛浩来等人体会铁木真话中之意,暗暗佩服。

到了年底,铁木真派人去赫利特,说好于明年三月二十一立夏之时亲自赴宴结盟。光阴如箭,很快到了第二年春末时分。铁木真唤来陶尔根希拉、毛浩来等商议赴宴之事。陶尔根希拉说必须由他领兵护驾才可以。毛浩来说道:"赴喜宴带兵,定会让人耻笑,不可领兵赴宴。"铁木真听了非常高兴,拧了拧拇指上的扳指儿,用手捋了一下镶玉宝带的飘穗,毛浩来猜透其中用意,悄悄退了出去。毛浩来在军师帐内召集众将,授布古尔吉、布古拉尔、哲别、楚伦、朝莫尔更、希热呼图克等六位将军以号箭,教他们如何对敌。又给温都尔斯钦、乌能图如、哈布图哈斯尔、布呼比勒古岱、扎勒玛、浩尔古勒吉、乌优图斯钦、乌云格瓦、赛汗苏尔塔拉图、特古斯朝克图等人,递给乌能图如、温都尔斯钦二人一支号箭、一把号刀,封二人为铁木真并列之侍卫长,并耳语了几句。封哈布图哈斯尔、布呼比勒古岱为护卫主公的大将军,统领全队人马。递给乌优图斯钦、赛汗苏尔塔拉图二人每人一个犄角碗,叫他们严管铁木真的饮食。让阿尔嘎松的胡尔古勒吉、乌云格瓦二人掌管铁木真所骑的五匹马。递给扎勒玛一个机密兵器——号炮，叫他在关键时刻用此炮射击，不急时充作号炮。军师毛浩来、首臣陶尔根希拉一起统领剩余的将士留守国土。毛浩来命那十位与铁木真一起去赫利特国赴宴的将军穿上盛装，不让在明处佩剑，而是在暗处备好惯用的兵器。他严格控制人数，从铁木真到马夫，不许超过五十人，又命特古斯朝克图当好细作。

第二天，铁木真骑着他的烈性黑马，带着他的众臣出发。到了赫利特国的嘎拉古图湖边，使臣嘎拉布来迎接第一程。随着嘎拉布走，到了嘎查山，伊拉固迎接第二程，敬了白酒。乌优图斯钦上前接住，将一半放在铁木真的金杯，又取出自带的酒把金杯斟满，请铁木真回酒。看到铁木真的回酒，站在旁边的伊拉固闪躲不喝，将金杯弄掉在地上。乌优图斯钦冷笑一声，说：

这是远国客人的回酒，
你却故意把它洒掉。
那我们可敬的主公，
哪儿有心思喝你的酒？

说完将伊拉固的敬酒倒在瓶中继续走。到了克鲁伦河对岸的两国国界，赫王亲自迎接第三程。两国国君都下了马，握手问好。伊拉固代表父亲给铁木真敬酒。赛汗苏尔塔拉图替铁木真回敬，给乌优图斯钦使眼色，乌优图斯钦便上前一步，在铁木真与赫王交杯之前说：

斟满金汁玉液的酒杯，
先把那醇香浓郁的德吉[1]，
献给那山神常在的，
无比神圣的敖包。

---

① 德吉：蒙古族民俗中，食品、饮品的第一杯（碗）为其精华，献给尊贵的客人或长辈，此为德吉。

两国君主均称是，将酒洒在石头上。举起第二杯酒时乌优图斯钦又说：

为了两国之间永不分离，
请求两位爱民的主公，
举起金杯里的玉液琼浆，
洒给神灵常显的神树。

说完他们把酒洒在树上。此时赫王洒酒的树木脱皮，青草变红，岩石裂了缝。伊拉固不知所措，躲躲闪闪。乌云格瓦说：“你看皇帝赐封的新公，他备下的白酒多厉害，它能让青草变红，岩石裂缝。我们已珍存嘎查山的下马酒，看看那酒有多神奇！”说着将酒拿出来滴在石头上，岩石裂缝；滴在树上，树木脱皮；滴在草上，青草变红。赫王看了一眼儿子，伊拉固躲躲闪闪，险些晕倒。乌优图斯钦说：

自家酿制的撒尔胡德[①]，
对本国的人是良药；
远国酿制的阿力海[②]，
对北国的人是毒品。

哈布图哈斯尔此时将自带的酒斟满两碗，递给乌优图斯钦。他说：

拿这烈性的阿力海，
洒祭天上的玉皇，
请众神多多庇护，
友好的两位主公。

说着他们洒祭天地，再斟满两杯，分别递到两位主公手里。铁木真微微一笑，将自己金杯内的酒喝完，让赫王也喝完。赫王饮了一大口，呛

① 撒尔胡德：蒙古语，美酒。
② 阿力海：蒙古语，酒。

了一下。铁木真好言相劝,又喝了三杯,下榻到赫利特国事先备好的帐篷。

第二天,赫王到聚宴帐前,让众人收了兵器,两个君主并排向南而坐,铁木真坐在右侧的客席,赫王坐在左侧的主席,下面坐满了大小亲戚部落的十几桌人,便开始赛马、摔跤、鸣金奏乐、饮酒高歌。赫王将小儿子图斯呼抱来给铁木真磕头,铁木真抬头一看,他虽然年幼,但生得俊朗恬静,十分聪慧。酒菜上齐后,赛汗苏尔塔拉图、乌优图斯钦二人站在铁木真两旁,每一道菜都盛到犄角碗里递给铁木真。伊拉固只能站在一旁干着急。酒去饭来,两个小孩端来盛满胎羔肉汤的大锅,给每人舀一碗。赛汗苏尔塔拉图起疑心,将汤放入犄角碗内一看,那汤顿时滚沸起来。铁木真会意,故意不动筷子。过了一会儿,盛宴散席,赫王命人把盛宴上的美味佳肴分给坐在下面的人们当赏赐。此时,伊拉固的岳父、塔塔尔部的特木勒吉格那诺彦坐在右边前排的位置,他时不时瞪一眼铁木真,想与他争辩。乌优图斯钦看到他也非常生气。赫王没有动他的肉汤,命人送给特木勒吉格那。乌优图斯钦赶在佣人前面,将铁木真的肉汤与赫王的肉汤换了过来。下人过来把下毒的肉汤放在特木勒吉格那那里。因为器皿一样,很难分辨,特木勒吉格那老人独自喝完那一碗肉汤,便七窍流血,倒地而亡。此毒正是特木勒吉格那给也速该巴特尔下过的毒,伊拉固想毒害铁木真,却要了岳父的命。

人们看到这样,立刻乱成了一团。特木勒吉格那的弟弟古尔格勒吉格那和伊拉固立刻鸣号炮,挥号旗,从树林中走出塔塔尔部的三百精兵。莽汉阿尔斯朗手举铁轮,大喊一声:“铁木真休想逃跑!”打了过来,却突然仰面躺在地上。特古斯朝克图、扎勒玛等人将赫王捆得结结实实,哈斯尔、比勒古岱二人让他骑上黑马,夹在中间当盾牌。乌云格瓦、阿尔嘎松的胡尔古勒吉二人让铁木真骑在马上,簇拥着铁木真奔去。莽汉阿尔斯朗的弟弟特木尔扎干领兵追来,同样突然仰面躺倒在地上无法起身。此时,大臣们带着铁木真已逃出很远。伊拉固趁着酒劲带大军前来,拼杀了过去。突然炮声隆隆,哲别、楚伦二人带着一千精兵从沙地的柳树丛中冲出来迎战。扎木哈的哥哥阿树嘎抡起大斧杀了过来。没一会儿他便手脚发麻，动作变得笨拙，大斧落地。哲别、楚伦二人将他从脚上拎起来，砍成两半。楚伦想乘胜追击，朝莫尔更从赫利特人马中冲出来，说道："你们带着我杀的人去哪儿？我看你们二人都瞎了眼了，你看看他的腋下！"他们二人翻开一看，阿树嘎的腋下果然有朝莫尔更的箭。三人笑作一团，砍下阿树嘎的首级给朝莫尔更，继续追击伊拉固。原来莽汉阿尔斯朗、特木尔扎干都是朝莫尔更所射的。三人将伊拉固围在中间，伊拉固匆忙逃命。朝莫尔更抽出一支箭，射断了伊拉固手持兵器的右手中指，伊拉固的大刀落地，抱着鞍鞒，逃进自家军中。

哲别、楚伦二人跟着铁木真来到克鲁伦河畔的嘎查山下，赫利特国的大将嘎拉布带着两千人马横路拦截。温都尔斯钦、乌能图如二人将赫王拎起来，把刀按在他脖子上，喝道："如果伏兵动手，我就杀了你们家的主公！"嘎拉布想把主公抢回来，但知道如果动兵，主公就将性命不保，只能命人马后退。扎勒玛、哲别、朝莫尔更、布呼比勒古岱、哈布图哈斯尔带着一千人马，把赫王当作盾牌，越过嘎查山，再把赫王押在身后。哲别、楚伦二人开路，将他们带到了一处平坦的地方。此时一人赤裸着上身骑在马上，嘴里大喊："放过我们家主公！"飞奔而来。大家定睛一瞧，正是赫利特部的大将帕拉古岱。扎勒玛命人将赫王捆在马背上，充作军前盾牌。

走了不到十里路，伊拉固带兵追来，以嘎拉布迟迟不动手为由，要将他斩首示众。嘎拉布急道："他们以我主为人质，把刀按在他脖子上，我怎能动手？"

伊拉固说道："那你为何不去将主公抢来？再说，如果你不动兵，我主就能保命吗？应该把铁木真杀了。机不可失，时不再来！"说完抑制不住怒气，打了嘎拉布四十大板，让他走在军前。他们追了一天一夜，勃特国大军突然停滞不前。山谷中响起号声，扎木哈领三千伏兵冲了过来。勃特国人马前有扎木哈伏兵，后有伊拉固追兵，左边有克鲁伦河，右边有吉布胡朗山，四面受敌，走投无路。扎勒玛鸣号炮，哲别、楚伦二人将一千人马分成二组，首尾相顾，挡住伊拉固。铁木真领着朝莫尔更等九位大臣，位居中央，左右支援，以寡敌众，渐渐抵挡不住。

在这紧要关头，突然三面响起鼓声和炮声，三组伏兵杀了过来。布古尔吉、布古拉尔断伊拉固之后，打得伊拉固大军首尾不能呼应，乱成一团。希热呼图克领五百精兵从西边的吉布胡朗山谷中杀了过来，扎木哈后军顿时溃散。看到赫利特大军已乱，军师毛浩来带着众将风驰电掣般追杀扎木哈。勃特人看到自己的三路援军，士气大增，赫利特大军不战自败。布呼比勒古岱、哈布图哈斯尔调动铁木真的中路兵马，夹击扎木哈。扎木哈承受不住，向东北方向的嘎查山逃去。哈斯尔一箭射穿了扎木哈的右耳。此时中路军遇见希热呼图克人马，希热呼图克让哲别、楚伦二人迎战伊拉固。伊拉固被困在中间，手掌疼痛难忍，嘎拉布出战，楚伦一刀砍伤其左大腿，他带伤逃跑。

赫利特人马看到自家的大旗已倒，纷纷投降。十位大臣带着铁木真下榻在位于吉布胡朗山上的猎营内。众将追杀残兵，追出三十里后方才鸣金收兵。原来毛浩来让众将各忙其事，送走铁木真之后领大军到赫利特国境来迎接铁木真，这才大败赫利特追兵。

君臣在吉布胡朗山大摆筵席，庆贺胜利。温都尔斯钦、乌能图如二人将赫王捆得结结实实，推进帐内。铁木真说道：“为何叫王叔吃如此苦头？”说着命人解其身上的绳索。赫王流泪道：“我早晚会死在儿子手下，被扎木哈的谗言害死。”铁木真好言安慰，又释放帕拉古岱，让他好生辅佐赫王。

铁木真与赫王在吉布胡朗山上狩猎游玩十日，释放其五百兵卒，令蒙格利克的两个儿子阿鲁哈、苏和护送赫王回国。

此时，伊拉固断定父亲已死于勃特国，说要继王位，报父仇，修书给金国，自称“伊新王”。父亲突然回国，他心生烦闷，无奈将父亲请进宫内叫了一声“父王”，赫王便怒气全消。伊拉固封索隆高娃为“斯尔古楞公主”，封自己为皇太子，封继母为西宫皇后，封小弟为二太子，封岳父古尔格勒吉格那为大太师。封赠完毕，伊拉固宴请阿鲁哈、苏和兄弟二人，又赠厚赏让他们回国。

查伊那草原擒恩胡德之王

光阴荏苒，很快到了庚戌年(1190)初，春暖花开。

扎木哈不断挑拨位于勃特国西北的恩胡德部首领乌仁占固，使他背叛了勃特国。乌仁占固本名占固，因他心灵手巧，人们都叫他乌仁占固。他原本是一个忠厚老实之人，但左翼将军哈尔布尔和、右翼将军希尔古勒巴尔登二人野心勃勃，性格傲慢。原来恩胡德部每年与三个陶尔古德部人一起向勃特国进贡。前年，勃特国平息乃蛮国与女真国叛乱，与伊吉勒吉部联姻时他们二人趁机没有向勃特国纳贡。扎木哈听说此事，先去位于东南的扎鲁特国国君旺楚格那里，挑拨道："不久勃特国便来攻打你们。如果可以，你们与我们联军，一起攻打勃特国吧。你领兵渡过乌利扬河，到你国边境外的敖鲁盖山上，装作打猎，迎战勃特国人马。"二人商定后扎木哈在返回恩胡德的半路上，重赏本部军健，叫他们装扮成扎鲁特部旺楚克汗的使臣，给勃特国下书，约定两国人马到敖鲁盖山下交战。扎木哈的挑拨正合哈尔布尔和、希尔古勒巴尔登二人之意，二人请扎木哈进帐，设宴款待。此时扎木哈假冒勃特国派来的问罪使臣也已来到。扎木哈晋见乌仁占固商量对策。

占固说道："勃特国君宽宏大量，定不会计较我犯下的这点错误。"

布里亚特的乌尔苏胡米也说这才是长久之计。

哈尔布尔和、希尔古勒巴尔登兄弟二人说："事已至此，应该杀了勃特国的使臣，领兵去攻打他们。"

扎木哈坐在客座上，问道："这样可不成。负荆请罪等于作茧自缚。杀了勃特国使臣，更会加速他们发兵。你们十盟三十一努图克①共有多少人马？"

"共有近三万人马。"哈尔布尔和、希尔古勒巴尔登齐声答道。

扎木哈说："勃特国有名的将领有二十余名，精兵六万余人。你们的兵力不足一半，怎样抗衡？你们剔除兵卒中的老弱病残，凑齐四万大军，班师到查伊那平原加固城墙，深挖陷坑，准备迎战勃特国大军。我去赫利特国伊新王那里，求两万援兵，在勃特大军到来时协助你们作战。听说扎鲁特部也要侵犯勃特国边境。"乌仁占固只好照办。临走时扎木哈又说："一旦得知勃特国大军出发的消息，我定会在三天之内过来与你们呼应。白天以黄龙旗幡为号，夜晚以骆驼头上的白灯为号。"

布里亚特的乌尔苏古米不满扎木哈的做法，带着家眷离开他们，去了贝加尔湖畔。

乌仁占固集合十盟三十一努图克兵力，选取精兵三万，在查伊那平原上安营扎寨，准备迎接勃特大军。

勃特国军师毛浩来接到扎鲁特国君旺楚克的战书，领兵去敖鲁盖山防御敌人。此时又收到恩胡德部的战书。铁木真说道："恩胡德首领乌仁占固本是老实本分之人，此次下战书情况可疑。"便叫来使臣问话，那使臣是个聋哑之人。铁木真更加怀疑，叫乌优图斯钦前来，告诉他使臣不会有聋哑之人，如果能让他说话，便知事情的来龙去脉。乌优图斯钦授命出去，大摆筵席款待使臣，说道："我们不会为难使臣，你尽情喝酒，明日回国！"那使臣喝得酩酊大醉，跟着乐手们合唱起《色乃图》来。半个时辰后，乌优图斯钦大笑道："看来聋哑之人喝醉之后也能说话！"那使臣幡然醒悟，用手捂住了嘴巴。乌优图斯钦命扎勒玛进来，吩咐道："如

① 努图克：蒙古语，家乡，故乡，居民区。

果他不从实招来，将他碎尸万段！”使臣害怕至极，将事情的真相全盘托出。第二天，扎勒玛将此事报奏给铁木真，并告诉使臣：“这次你说了实话，我们就饶你小命。回去后更要谨慎，如果让对方知道你失言之事，我们绝不轻饶。”铁木真知他们要发兵，一面火速告知军师毛浩来，叫他回兵迎战赫利特大军，又将现有的人马分成两组，让陶尔根希拉、布古尔吉二人留守家园，自己领着一队人马出发，要赶在恩胡德与赫利特会师之前攻破他们。

且说扎木哈回赫利特见了伊拉固，把策动扎鲁特、恩胡德两个部落与勃特国为敌的事说了一遍，又说：“如果恩胡德破了勃特国，我们就协助他们，占领勃特国的所有。如果他们被打败，我们就坐收渔利！”新公伊拉固听后非常高兴，背着父亲领两万五千人马，以提防乃蛮国为由，向恩胡德部出发。

军师毛浩来在去敖拉盖山的路上得到消息，回国探知铁木真领去的都是小将，非常担心。他让比勒古岱、哈斯尔、布古拉尔、楚伦四人领四千人马，去保护主公；又命希热呼图克、哈尔海如、钦达嘎那斯钦、胡达嘎那布和四人跟踪赫利特大军，如若他们兵败，就追上去抢夺他们的车马行李；亲自领着扎勒玛、哲别、朝莫尔更、胡尔查拜利四人，领大军先去攻打赫利特，再攻恩胡德，在外宣称要举兵攻打恩胡德，实际却拦截赫利特大军的去路，到查干敖尔黑古勒山谷中下营埋伏。

铁木真领兵到达恩胡德部边境，知道他们果然已背叛。先锋陶克敦固、苏布格岱等人几次攻营，都被他们的陷坑挡住，没能攻破。此时比勒古岱、哈斯尔的援兵已到。大军休整一日，第二天便到查伊那草原查看恩胡德的军营。乌仁占固这次使出了他的浑身解数，军营牢不可摧。勃特大军连续围攻十日，营内士兵依然毫发未损。

乌仁占固被困半个月，顿足叫苦，几次都想归附勃特国。哈尔布尔和、希尔古勒巴尔登二人拼命相劝。他们等待赫利特援兵已多时，可援兵迟迟不到。当夜一更时分，突然有一队人马在驼头上扎着号灯，从东北边赶来。哈尔布尔和、希日古勒巴尔登二人兵分八路，从八个城门杀出来，迎接赫利特援军。乌仁占固亲自守城，等待赫利特大军进城。勃特国大军连忙迎击赫利特国人马。恩胡德大军擂动战鼓，手举火把，从八个城门杀了出来，勃特军渐渐抵挡不住，四处逃散。赫利特人马趁机与恩胡德大军回会合，绕过崎岖的路，从八扇大门拥入城内。恩胡德君臣见状惊慌失措，刚要关起城门，大军已杀入城内，活捉了乌仁占固。这哪里是赫利特大军！军师毛浩来在山谷中伏兵，趁敌不备迎击赫利特人马，抢了他们的骆驼和号灯，攻下了恩胡德部的大营。

杀进恩胡德大营，毛浩来便命士兵举自己的军旗，从内而外杀了出去。哈尔布尔和、希尔古勒巴尔登等人知已中计，吓得魂不附体，从八个城门逃了出去。勃特国十员小将把他们团团围住。恩胡德大军两面受敌，营内营外箭如雨下。他们胡乱奔跑，掉入自己陷坑者无数。恩胡德大半的人马逃出重围，走了不到二里路，被陶克敦固、苏布格岱二人的伏兵挡住了去路。此时，勃特国十员小将也已赶到此处。毛浩来亲自关押乌仁占固，把铁木真迎进城内，自己带着一队人马去迎战恩胡德大军，将他们围了三重。恩胡德部的右翼将军希尔古勒巴尔登死在陶克敦固的大刀之下，左翼将军哈尔布尔和带兵英勇作战，身上几处中箭。他慌忙之中遇见苏布格岱将军，几经垂死挣扎，最后被活捉。看到军旗已倒，恩胡德大军乱作一团。毛浩来命众士兵道："卸甲投降者可饶一死，抗争者格杀勿论！"恩胡德大军早已走投无路，听到此消息欢天喜地，全部投降。毛浩来鸣金收兵，分派三组人马，统领三十一个努图克兵士。

第二天，毛浩来跟乌仁占固要了军人的别册，将他押到铁木真面前，命其跪下。陶克敦固献希尔古勒巴尔登首级，苏布格岱巴特尔押哈尔布尔和上来。铁木真问乌仁占固道："我两度迎敌，一次娶亲，深感你们遥远，没有惊动你们。你们为何平白无故叛离？"乌仁占固泣不成声，将中扎木哈之计一事细说给铁木真听。

铁木真问道："扎木哈派冒牌使臣来吓唬你们，你们为何不回派使臣奏请罢兵？"

此时身负重伤的哈尔布尔和瞪着眼睛说道："我主向来无叛乱之心。这些都是我们挑起的。要杀请先杀我！"铁木真看他是一位好汉，想让他投降。毛浩来也很喜欢此将，只是他现在身受重伤，只能尽力而为。过了两天，哈尔布尔和伤情恶化。铁木真将乌仁占固的罪行安在他头上，将他的首级与希尔古勒巴尔登的首级悬挂在一起示众。他还安抚恩胡德民众，饶了乌仁占固一命。

铁木真犒赏三军，鸣琴奏乐，返回国内。刚到勃特国边境，大败赫利特国大军的希热呼图克、哈尔海如、钦达嘎那斯钦、胡达嘎那布和四位将军求见。赫利特大军是如何被破的？扎木哈、新公伊拉固二人带着两万五千军马悄悄路过勃特国边境，在查干敖尔黑古勒山下安营扎寨。夜半三更，毛浩来命伏兵佯装成恩胡德人马，说城已被攻破，他们已走投无路。混进军营后他们便放火烧营。赫利特大军毫无防备，顷刻间乱成一团，弃营而逃。毛浩来追杀二十里，尽夺他们的军旗军营、系灯骆驼，然后突袭恩胡德。伊拉固逃出五十里，在塔尔巴嘎岱沙漠内支锅准备熬茶，突然从柳丛中杀出希热呼图克所领人马，称自己是恩胡德残兵，发动突袭。扎木哈、伊拉固二人匆忙逃走。这样，他们大败赫利特人马，尽收战利品，在此处迎接铁木真。

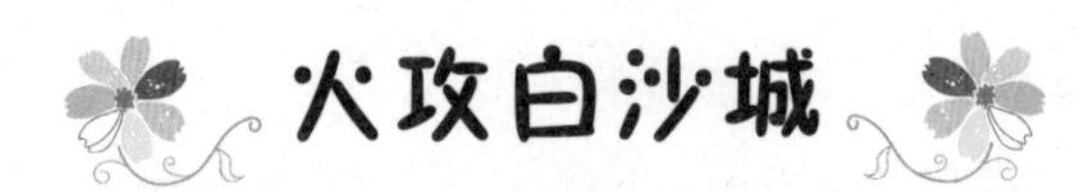

火攻白沙城

铁木真领大军从恩胡德回国，唤来派往扎鲁特的使臣温都尔斯钦询问旺楚格汗的近况。温都尔斯钦回禀道："我去他们城里问他为何无缘无故下战书，旺楚格断言没有下过战书。他还说秋天渡过乌利扬河到敖拉盖山狩猎一事是真，但没有举兵一事。"铁木真说今年秋天他也在敖拉盖山狩猎，届时可以会面，以诚相见，派温都尔斯钦安排此事。

很快，炎热的夏天过去，到了凉风瑟瑟的秋天。铁木真按约定时间抵达敖拉盖山。此时旺楚格汗从白沙城带着他的三万精兵前来，已在山里安营扎寨。赫利特部的扎木哈听说此事非常惊慌。他怕旺楚格与铁木真见面之后他的挑拨会败露，便连夜赶到旺楚格军营内，跟旺楚格说道："大汗您中了勃特国之计！"话未说完，旺楚格的大臣们向前，将他捆了个结结实实。扎木哈知事已败露，又生一计，突然哈哈大笑，说道："可怜的旺楚格，你定会在敖拉盖山被杀，在乌利扬河畔被碎尸万段。快将我斩首吧，立刻斩首！"说着自己跑出帐外。

旺楚格汗心中生疑，将他叫回来，问他缘由。扎木哈说道："唉，要杀就快杀，何必如此？"旺楚格手下的玛喜、图如二位将军抽出利剑，准备砍下去。旺楚格用身体挡住扎木哈，问道："你为何说我死期已到？"

扎木哈说:“铁木真收服有四五万精兵的部落易如反掌,如今在狩猎之时捉住你岂不是更容易?赫王曾邀请他,却被他捉去,受百般侮辱。你在他手下,难道就能逃此一劫?”

旺楚格信以为真,亲自为他松绑,商量对策。扎木哈将计就计,说道:“你一边派人迎接铁木真,一边在路上打下埋伏。如果能杀了铁木真,依附他的那些部落和国家还不都是你的?”旺楚格毕竟年轻,不甚慎重,不听图如、玛喜二人的苦苦相劝,派帕朗莫尔更为使臣,迎接铁木真,又给图图来、都尔布、胡希嘎、敖都来、查嘎都尔巴特尔五人五队人马,让他们埋伏在敖拉盖山中。旺楚格自己领玛喜、图如和扎木哈,做好了胜则进,败则退的准备。

帕朗莫尔更见了勃特国国君铁木真,说他是迎接队伍的第一程,禀报完毕之后回去休息。是夜,帕朗的家奴绍玛尔偷酒吃,喝得酩酊大醉,帕朗回来之时依然没有备好车马行李。帕朗非常生气,抽了他几鞭子。绍玛尔怀恨在心,到勃特国军营内,将旺楚格的计谋大声喊给所有人听。布古尔吉非常吃惊,领一百人马,追上帕朗,严刑拷打,知道了事情的来龙去脉,禀报给铁木真。铁木真领大军过来压营,旺楚格知事已败露,连忙渡过乌利扬河逃去。铁木真决定来年再战,领兵回国过年。

过完年,铁木真带三万人马,亲自征讨扎鲁特部的旺楚格汗。旺楚格听到此消息焦急万分,连忙召集十八位千夫长商议。他说:“我扎鲁特国向来以乌利扬河为依靠。如今河水还未解冻,勃特人马踏冰过河,如履平川。”玛喜、图如二人上前一步,说可以纳贡讲和。玛喜受命迎接勃特国大军,答应每年缴纳南方缎布银铁等物。铁木真应允,决定将纳贡之日宽限到三月十五日,带着布古尔吉在敖拉盖山狩猎游玩。

那年正值早春三月上旬,乌利扬河冰消开流。旺楚格背弃了纳贡的承诺,整日带妻携妾,游玩作乐。玛喜、图如两位大臣苦苦相劝,旺楚格汗不理不睬,将河流上的船只都收到东岸边,不让人们摆渡。铁木真知道上了当,与布古尔吉商量对策。布古尔吉说道:“扎鲁特违背誓言,我已命我左翼前队人马备战。同时与陶克敦固巴特尔的侄子安敦商定,让众士兵渡河。明主身边的人马加上我的兵马共两万人,定能破扎鲁特!”

铁木真吩咐道："蔑视小者就会变成肉中之刺，搓捻头发就会变成绳索。一来扎鲁特是大国，二来他们城池坚固。不可轻视，应该带大军前往！"

布古尔吉示意让众人躲开，自己凑近铁木真身边，说道："我国东南有赫利特的伊拉固，东北有麦勒吉部的陶都，西南有乃蛮的太阳罕。这三国一听到我们大军渡河的消息，定会蠢蠢欲动。这中间又隔着一条河，打起仗来不比平地。只顾破一个小巢，给自己的大国带来大祸，有何益处？如今扎鲁特依仗深河为屏障，城里定然没有多少兵马，只是守护河岸而已。别的地方也不会驻军。我们的两万大军只要能渡河，我早已想好攻破扎鲁特城池的计策。"铁木真听后非常高兴。

布古尔吉命温都尔斯钦、乌能图如二人手持号箭，召来他们左右两翼前路待令的两支人马，共计三万名将士。众人不知如何渡河，各自猜测。号炮三响，铁木真带头，骑着马，沿着乌利扬河往北出发。走了五十里，到大河渡口一看，安敦已用柳条编好几百只木筏，每一只木筏套上四头大牛，木筏上装着盔甲兵器，又把战马一千匹为一组分开，用一条长绳连在一起。铁木真抵达岸边就知道了他的用意，举鞭拍动白龙玉驹，率先跃进河里。众臣带头纷纷下河，木筏也被带动，很快所有人马都已渡河。众士兵吃干粮，整理盔甲，理一理马鞍，一切都已就绪。

铁木真下令道："前有敌人，后有大河，只有破敌才有生路，惧怕后退就会丧命！大家拼命冲杀呀！"布古尔吉唤来布古拉尔，分给他五千兵马，耳语几句，先让他出发，又留五千人马守护铁木真，留在后面。布古尔吉带着十员将军和两万人马，飞速抵达白沙城，擂动战鼓，围住那里。

那时的旺楚格汗依仗大河，掉以轻心，整日聚集妻妾寻欢作乐，玛喜、图如二将怎么劝都无济于事。突然有一天，勃特大军围城，旺楚格汗惊慌失措，关紧城门，召集十八位千夫长问道："勃特大军已从天降，如何是好？"

玛喜、图如二将说："只能补交之前欠下的贡物，出城认罪。"

其他十六位千夫长都说："我们平时吃着国家的俸禄，事到如今怎能退缩？我们应该尽平生之力守城。"

正当君臣争论不休时四门守兵来报："勃特国收了城外百姓的铁锹和镐头，挖掘西边牙玛图大河的河堤，要放水淹我们。"

旺楚格汗惊慌失措，说道："我们的城池已年久未修，好多地方都没有砖石之墙，如果放水淹城，那便易如反掌！"说完走上城墙，向勃特国兵将说道："我大有归附之心，怕归附之后你们会食言。"

布古尔吉说："其他的我不敢说，但我能保证你不会死。你还有什么其他要求？"

旺楚格汗说道："我有几件事相求。第一，不要攻城；第二，不要把我带到勃特国；第三，不要俘虏我的属民。如果答应这三个条件，再重的贡物我也愿意缴纳！"

布古尔吉说："这个容易。我主每降服一个国家，从不叫此国国君离开本土，只有军事攻下的另当别论。你每年可缴纳多少贡物？"

旺楚格说："这些怎能由我定夺，全凭你们说。"

布古尔吉说："你们这里多产布匹和粮食，按照之前的约定，交齐贡物之后再交五千车白米，一万匹彩布，一万包火药，一万斤金铁。这些东西如果能如数上交，我可奏请主公饶你们不受侵犯。现在需要缴纳一万只鸽子，一万只燕子和一万只家猫。我们东征索隆古斯国的布哈查干汗，渡乌那根河用。"

旺楚格欣然接受。布古尔吉撤兵，报奏铁木真，进城与旺楚格商定妥当。

旺楚格命市民三日之内交出鸽子、燕子和家猫，百姓交出的贡物超过了原定数目。他召集众臣商议道："先主的基业，可爱的社稷就要面朝北方，称臣于血腥的沙漠王国了！"说着泪流满面，跑进内宫。旺楚格看到自己十七位美丽的嫔妃，心有不舍，借酒消愁，喝得酩酊大醉，将社稷军事放在一边，整日沉湎于酒色。布古尔吉在城外等了三天，旺楚格汗毫无消息。布古尔吉非常生气，亲自擂动战鼓，鸣放三声号炮，十队大军齐声呐喊，攻打白沙城。他们在前日收来的鸽子、燕子、家猫的尾巴上涂上火硝硫磺等易燃的东西，从前门放入城中。当时正是夜半，那些鸽子、燕子纷纷寻找自己的窝巢，家猫尾巴着火，进入城中纷纷登门串户。刹那间，无数的火鸟腾空，无数的火鼠窜地，天上地下一齐着火。白沙城内大小房屋全部着火，城内百姓都说是天助勃特人，乱作一团。他们敞开四大城门，纷纷向外逃跑。勃特十队人马拥入城内，层层包围了旺楚格的中宫。那时的旺楚格还在大醉，正抱着年轻妃子比西瓦丽寻欢作乐。听到外面的动静，正准备起床，布古尔吉的兵卒砍倒宫门，将床上的旺楚格捆了个结结实实。布古尔吉命士兵严守四个城门，将旺楚格的众臣一一捉住，又命人灭火，安抚市民。

正午时分，铁木真入白沙城，入驻旺楚格汗的中宫，责备他整日沉湎于女色，不顾社稷江山。他说道："我之前有言在先。可以不杀你。虽你多次食言，但我不会这样！"说着饶了旺楚格一命，把除玛喜、图如二人之外的其他人分给大臣们充当奴隶。

此时布古拉尔在乌利扬河东岸大败扎鲁特大军，胜利归来。铁木真清点城中仓库，将囤积的粮食拿出来发放给市民。

铁木真收服了扎鲁特部，留一千人马看守此地，要他们履行约定，年年纳贡，保留了旺楚格的汗位，领大军回国。

为国舍己

壬子年(1192)七月十五日,铁木真率小将操练兵士,长子珠奇、次子察汗台,以及毛浩来的儿子宝鲁,布古尔吉的儿子乌楞查尔比,楚鲁的儿子瓦其尔阿拉玛斯,布古拉尔的儿子宝都楞等人正训练射箭,突然有人捉来一名赫利特使臣。这是怎么回事呢?赫利特的伊拉固、扎木哈二人看到勃特国出征旺楚克汗的三个部落,势力大增,想攻打勃特国,无奈国力不足。他们想与占据索隆古德东部五省的布哈查干汗、乃蛮国的太阳罕宝利联军攻打勃特国,瓜分其国土。因此,想先与索隆古斯相合,后与乃蛮国结亲。使臣回国时被勃特国细作捉获。毛浩来前来搜身,从使臣的马鞍下面发现了一封回信。他请乌优图斯钦来宣读。信中说道:“取勃特国不可强攻,只可智取。若要强攻,那也要多国联合,由赫利特国带头,联合乃蛮部的太阳罕,我们的索隆古斯国、麦勒吉国的陶都、北希尔撒尔塔古勒国的扎利图苏勒德罕、陶克玛克国的苏尔图蒙格勒汗、西南部的哈尔力古德国的阿尔斯朗罕、固尔勒斯的纳仁汗等,九国从四面攻打,才能胜利。”铁木真立即与陶尔根希拉、军师毛浩来商议,其他人都说先攻打赫利特,后攻打索隆古斯,方能获胜。只有毛浩来一人不语。

铁木真对众人说道:“想要联合九国攻打我们的是索隆古斯的布哈

查干汗,不是赫利特的赫王陶高利勒。古人云:‘别恨杀人者,要恨授计人。’趁这九国还没有来得及联合,我们先攻下索隆古斯,乃蛮定会起疑心,不会起兵。这就是说,套马要套头一匹马。”

毛浩来说道:“主公的计策真是细致!奸臣来攻以舌相对,强敌来犯以刀相拒!”铁木真听后微笑称是。

铁木真让扎勒玛带着使臣的随从去赫王那里,揭发其子伊拉固的所作所为,问他为何以怨报德。又派族人安敦去见金国长城外的近亲赛音布和罕,如果乃蛮国举兵来犯,希望他能够讨伐。

毛浩来精选十五万人马,对外却说只有七万。铁木真问其原因,毛浩来说道:“兵少而说多,就会衰败军势。兵多说少,则会让士兵振奋。”铁木真点头称是,说道:“军师的想法正合我意。”说完让布古尔吉留守本土,与毛浩来在八月一日祭战旗,三路人马一齐动身,向索隆古斯国进军。大军出动,浩浩荡荡,旗幡蔽日,马肥人壮,到了索隆古德国,取了去年让他们加紧制作的三百艘船,让扎勒玛、哈斯尔二人保管,顺乌利扬河而下,到乌能河的岔流沿流北上,在渡口处等待大军到来。

勃特国大军抄小路抵达位于索隆古德国西界的乌能根河边,分五组安营扎寨,让兵士稍事休息后加紧操练。此时大军的船只也已陆续到达。铁木真到河边一看,河中的船只上都立一根长杆,用牛羊皮做帆,正逢近日有南风,所以才这么快抵达这里。这正是扎勒玛、安敦二人想出的计谋。铁木真令扎勒玛、安敦二人,让三百艘船只围在一起,在水上扎营,多插了一些旗幡,从远处看去像几千艘船只。又把皮绳、木桩连在一起,用生皮遮住,再用青草围住。这一夜的亥时,海潮涌进乌能根河,天明时又下骤雨,三日后天空放晴,河水渐退。众人都惊叹,说军师能够占卜未来。

铁木真唤毛浩来商定对敌策略,将赫利特国的使臣和书信交给扎勒玛,派他去向布哈查干汗问罪。扎勒玛带着十余名随员,把两艘船连在一起渡河,日夜兼程几百里,于次日晚抵达了索隆古斯的首都木热撒仁城。

扎勒玛进城,直奔奏事殿,对查干汗说要重新商议两国的关系。此时索隆古德国内炸开了锅，探马一日飞来十余次，弄得查干汗魂不附体，还未来得及召集众臣，就有人来报，说勃特国使臣已到。查干汗只好将扎勒玛请进殿内。

扎勒玛大摇大摆地走过去，站定，说道："我们勃特国可从没想过有一天会攻打你们索隆古德国，我们无冤无仇，你们为何说要激起仇恨，声称要消灭我国？"

布哈查干连忙汗说道："我绝无此意啊！"

"如果这样，贵汗请重申您的观点，我好去给主公交差。"扎勒玛说。布哈查干汗一次次重申绝无此意。扎勒玛立即从殿外将赫利特使臣推进来。布哈查干汗见后惊慌失措。扎勒玛从使臣怀中拿出书信，在人前大声朗诵几段，说道："这书信可是贵汗写的？"布哈查干汗苍白的脸色顿时变红。

夜里，查干汗在龙灯宫里召集阿嘎尔、敖敦丞相为主的六部九卿，商量如何是好。

敖敦丞相说："此事非常简单。明日主公可召集忠臣、兵士和臣民，试问他们的想法，再作定夺也不迟。"查干汗同意，第二天在撒仁郭勒广场上召集人们，问他们是战还是和。众人将自己的想法写在竹签上递过去。敖敦丞相收集过来一看，有十分之七的人希望讲和。

查干汗长叹一口气，回到宫内，愁眉不展。这时他的独生女撒仁公主前来请安。生她时查干汗梦见大殿上升起了一轮明月，所以叫"郭勒撒仁公主"。她两岁时生母去世，所以查干汗也格外溺爱。这郭勒撒仁公主貌美如花，智慧过人，三四岁便能识字，七八岁便能下棋，十岁便精于针线活儿，十五六岁便长得沉鱼落雁，闭月羞花。她苗条的身段，犹如玉竹；她纤细的手指，好似莲根；她住的香阁天香缭绕；她路过的地方，檀香四溢；她说话如九天的仙女，她微笑如花朵绽放。她从不粉饰，却美貌过人。如今已年满十七，查干汗为她选婿，她说："父汗不要急于操办我的婚事，我非帝王不嫁！"查干汗随了她的意见。查干汗为国事操心，看到女儿进来，心中一喜，把事情的来龙去脉说给女儿听，问如何是好。撒仁公主思索片刻便想到一计，微笑着说道："今日天明之时我做了一个梦，梦见我国的西域升起一轮红日，到我们都城上空，照得我浑身金黄，心胸变得如水晶般透明。我从梦中惊醒。今日听父亲说，正与我的梦境吻合。我看这勃特国君不是常人，父汗应该三思，以和为贵。”

查干汗问道：“如何讲和？”撒仁公主说：“这事不难。如果讲和，先派一个使臣过去。父汗懂得察言观色，可自己扮成副使，与勃特国国君相见。如果他手下的兵强马壮，他本人又长得生龙活虎，大有天子威严，便可讲和；如果是凡人一个，兵将也只是徒有虚名，父汗可找个理由拖延时日，趁机调集兵马，就不怕与他们背水一战。”查干汗听后非常高兴，与阿嘎尔、敖敦两位丞相商定，阿嘎尔丞相留守都城，与太子浩塔拉不分昼夜调集兵马。

索隆古德人让扎勒玛留在城内，从他的随从中选了一个人带路，查干汗扮成副使，敖敦太师为正使，渡河到勃特国军营，来见毛浩来。毛浩来见扎勒玛没有一同前来，知道已将他做了人质。毛浩来猜透了来使的意图，却没有流露出来。他带二位使臣绕过水营，船上的盔甲密如梳齿，刀枪林立，多如狼毫。他们的水营别有一种气势，却见不到营内的人。查干汗细细留意，绕过陆地五个营，看到中营大门，便下马步行。但见那五个大营栉比相连，前面的拱门弯弯曲曲，足有四五十道弯；每个门上飘着五彩的旗，皆是毡、缎做成，无不让人眼花缭乱。看这气势，至少有十万兵马。勃特国国君的大营有八扇门，十六个角，每一扇门上都有八个背对背的小营紧紧靠着大门。每一扇门的左右插着两个帅旗，每面旗下都站立着一个将军，每个将军下面排列着八对军健，他们身穿豹头盔甲，各个腰挎短刀、布鲁[①]，守着军号军鼓；中有红毡小营，有四扇门，每一扇门上都插着虎旗，两边竖起了锦旗。查干汗暗想，没想到这勃特国竟如此威武，其国君定不是凡人，不可不防。到了第三扇门前，守在中门外的哈斯尔迎了过来，献茶欢迎。查干汗从后门望去，见院内中央大帐高冈下排列着一队士兵，身穿九色盔甲，挎着刀，背对背站立，分左右两行，像雁翅一般立在狮头大帐对面的虎皮围墙两侧；手持刀斧的军健挽袖卷

① 布鲁：蒙古语，狩猎时投掷的工具，大多由弯曲的木头制成。

襟，令人生畏。不一会儿，帐内传来请索隆古斯使臣，毛浩来带二人来见主公。

查干汗站在高冈上，从门外向铁木真望去：铁木真用星月般明亮的龙眼俯首下望，面如红日，虎威凛然，红光四射，气势如电，不能直视。查干汗见过之后跪在地上连连磕头。铁木真微笑着对毛浩来说道："快扶贵国使臣起来！"毛浩来要去扶副使，主使连忙将副使扶起。查干汗见纸已包不住火，只能将事情原原本本奏给铁木真听。铁木真听后亲自过来扶查干汗。

宴会上，查干汗说想把自己的独生女嫁到勃特国，以结连理之好。

铁木真问众臣："为何各国都以女色骗我？"

毛浩来说道："中不中计，不都是主公您说了算啊！收一女子事小，收服五省事大。我们高兴并不是因为那女子的容颜，是被他们的诚心所动。"铁木真一想，军师的话有理，就让他们稍等三日，第四日同意了这门婚事。铁木真派人隆重欢送查干汗，以商议国事之名，留敖敦太师在勃特国，又派钦达嘎斯钦前去索隆古斯国，叫扎勒玛做主，与对方商议婚娶之事。

查干汗回到城内，大宴七天，众人将郭勒撒仁公主连同她的楼阁、侍女及田地陪嫁之物送到了勃特国。

铁木真封郭勒撒仁公主为贤妻，大宴三天。布哈查干汗打开国库，将其一半送给勃特军士，称铁木真为主公。铁木真保留了他的汗位。

九月，铁木真亲自领兵前去，命固尔勒斯国那仁汗将吞并的三百多里土地退还给索隆古斯。这一年冬初到次年，铁木真领兵渡河，收服了位于固尔勒斯东北的菠萝树国以及其东边的女母国。壬子年在女母国过春节，癸丑年正月二十，班师回到索隆古斯。

此时，勃特国首臣陶尔根希拉、铁木真家臣阿尔嘎松之子胡尔古勒吉二人带珠奇、察汗台二位幼主来见。众人忙问出了什么事。原来赫利特国的伊拉固和扎木哈见铁木真没有在国内过年，游说各国，要攻打勃特国。布古尔吉早已明白其中缘由，表面上派两位幼主给铁木真请安，实则请主公回国。

铁木真说道:“不是我不想自己的国家,但已行军至此,怎能无功而返?我到外面不是来享清福的,已征服了四个异国,如今大功告成,我已心满意足,是该回去了!”说完领兵回国。

歼灭岱其古德残余势力

勃特国收服了索隆古斯等四国，日益强大。近日国中无事，铁木真为了操练兵马，到岱其古德的地盘塔利雅图草原和塔伊图河一带狩猎。岱其古德的旧主，逃亡的其勒格尔布和从其他地方借来一队人马，想与赫利特国的伊拉固、乃蛮国联军，一起攻打勃特国。不曾想使臣中途被捕，反而让勃特国收服了索隆古斯、固尔勒斯、菠萝树国和女母国。伊拉固愤恨之极，与扎木哈商议再次攻打勃特国一事。扎木哈说道："我看可以和希尔萨尔塔古拉的萨尔拉格国主扎利图罕，与陶格玛克国的莫和图苏勒德罕联合攻打勃特国。"

伊拉固听后咧嘴大笑，说道："此计除了你，别人都无法完成。希望兄能亲自去说服他们二人。"扎木哈满口答应，带着厚礼，领二十余名随从，装扮成商人，前往萨尔拉格国。走了半个多月，他们抵达了萨尔拉格国的吉玛楚伦城。

扎木哈见了扎利图罕，献上礼物，说道："我国的国主与新公伊拉固差我来出谋划策，一起攻打勃特国，将其国主铁木真歼灭，平分他们的国土。"俗话说，拿人的手短，吃人的嘴软，扎利图罕冥思苦想了半个小时，大笑道："我有一计，不用一兵一卒就能取勃特国。前年，勃特国攻克了岱其古德部，他们的一个小部落之主其勒格尔布和现在就在我这里。我们可派他去勃特国诈降,声称要感谢铁木真的不杀之恩。让他趁机使暗计除灭铁木真。这样,纵然有几万个毛浩来也无济于事。那时候我们再联合几个国家,从四面夹击,勃特国不就成了我们的口中之食吗?”扎木哈听后非常高兴,脱帽跪拜。

扎利图罕叫来其勒格尔布和,吩咐道:“我教你一计,可从勃特国手中夺回你的领地。如今,勃特国君在塔利雅图草原,塔伊图一带狩猎。我给你五百精兵,再叫谙熟异术的妻子古鲁古格琪随你去。你带着这些人,以五个人、十个人为一组,佯装成猎人,从我国库里领三个上等的帐篷,到塔利雅图草原见机行事。”

其勒格尔布和到了塔利雅图草原,在山谷中扎营,打探到了铁木真何时在何地狩猎,从哪条路回国等消息。他在塔利雅图草原乌拉嘎布尔冈的布尔陶胡木沟下,铁木真回转的道旁挖了两个深坑,在坑底埋下一二十支长矛,把矛柄的大半埋在土里夯实,坑上支起从萨尔拉格带来的上等帐篷,坑口摆好半月形的大桌,在大桌主席下挖了一个垫子大小的洞孔,从大毡子上剪下洞口大小的毡子,用野外拣来的几根柳条把它支开,插在铺有驼绒垫子的椅子下面的洞口。椅子后面支起蟒缎,靠背紧挨帐壁,桌上摆满了美食。人坐在椅子上,便从洞口掉下,掉进插满利刃的深坑里。他又命那五百名萨尔拉格强壮的士兵藏在柴火堆里。

那一天铁木真狩猎完毕回转,看到乌拉嘎布尔冈下有一群帐篷,里面还有几个蟒缎大帐。铁木真到帐篷前,还未来得及问众将,一人跪在路边,说道:“犯下滔天大罪的其勒格尔布和感谢圣主的不杀之恩,特来归降!”铁木真定睛一瞧,原来是岱其古德部的旧主其勒格尔布和。

铁木真笑道:“既然你已认罪,就饶你一命!”说着要骑马路过。其勒格尔布和匍匐而行,跪在铁木真的马前,请铁木真到帐内休息。铁木真狩猎一天,正口渴,就说:“既然你心诚,那就喝一碗奶茶再走。”

铁木真走进帐内,看到装饰华丽,便生了疑心,走到主席位置时他的弟弟乌仁嘎楚格也走了进来。这时乌仁嘎楚格随身的大雕飞进来,坐在原本给铁木真准备的椅子上。乌仁嘎楚格慌忙前去,双手抱住了大雕,大雕的利爪已陷入坐垫内,看到黑洞洞的一片。铁木真看到那黑洞浑身

冒冷汗,拿了自己的长矛,走出帐外。此时其勒格尔布和还在佯装成端茶倒水的人,听到铁木真一声大叫,知道事已败露,骑上马便拼命逃跑。他怎能逃出铁木真的手掌。藏在柴火堆的那十余人发了号炮,萨尔拉格大军跑了过来。铁木真的四位胞弟,六位大臣围着铁木真站好,将其勒格尔布和高高举起,大声说道:“其勒格尔布和都成了我们的阶下囚,你们还敢来送死?”萨尔拉格大军立刻变得士气涣散。此时铁木真的三百御林军兵分两路将萨尔拉格士兵围在中间大战。萨尔拉格士兵知已逃不出去,横下心来对敌。

这场战斗迅速又激烈。此时天已黑,萨尔拉格士兵围成一团,拼死挣扎。铁木真的前卫将军乌仁嘎楚格的马突然腾空而起,用后腿踢铁木真的坐骑,铁木真生怕腿部受伤,刚刚举起腿,一柄巨斧便砍断了他的银镫。铁木真、比勒古岱等人定睛一瞧,看到一个女人身穿黑甲,头戴黑巾,手持短柄斧,钻进马下砍铁木真。比勒古岱匆忙下马,想捉住那女人,她却转身到了马下。比勒古岱追上去,踢折她的右腿,砍断了她抓斧子的右手。此时双方还在激战。比勒古岱等人护着铁木真,向塔利雅图

草原的大营奔去。其勒格尔布和的那十余名同伙一心想杀害铁木真，紧追不舍。扎勒玛一看众将还在远处激战，便让人把红色华盖搭在自己头上。那伙人看到红色华盖，将扎勒玛团团围住。一些士兵看出了其中有诈，过来围住铁木真。勃特人马兵败，萨尔拉格士兵大喊道："我主其勒格尔布和已乘虚逃出，大家用心攻击，这次不要放过铁木真！"勃特国众将十分焦急，扎勒玛等人艰难地突出重围，来找铁木真。此时，萨尔拉格人马与布尔陶胡木人马混在一起，共五队人马，乱箭飞鸣。过了一会儿，五队人马混成一排，不见了旗幡，只听到兵器碰撞的声音。

此时西南方向号炮雷鸣，东北方向大鼓齐响，从两边杀进两队人马，势如海潮。他们将那五队人马围在中间，大喊："还我主公来！"从东北方向来的人马鸣金收兵，喊道："主公已在我们的阵营，饶了萨尔拉格士兵吧，快停止厮杀！"两军混战局面这才得到控制。哈斯尔、比勒古岱二人保护铁木真，扎勒玛、陶克敦固二人在前面开路，哲别、楚伦二人断后，到大旗下。原来，毛浩来从布古尔吉那里听到了铁木真的消息，这才大喊："主公已逃出这里，不要再杀萨尔拉格士兵了！"说着命自己的人马开了一条路。毛浩来为何此时赶来了呢？原来，窝格伦夫人做了一个噩梦，命人领兵前去查看。军师毛浩来也听说其勒格尔布和一事，生了疑心，便赶到了这里。布古尔吉先行赶到帐中，准备膳食，等了好久不见主公回来，特意带着五千人马前来，这才救了主公。布古尔吉想放乱箭，将萨尔拉格人杀个片甲不留，毛浩来劝阻，剩余萨尔拉格人马尽数投降。

铁木真在那里休整一天，领萨尔拉格三百名俘虏启程回国，论功行赏，杀了其勒格尔布和、古鲁古格琪二人。毛浩来叫来将要卸甲归田的百余名萨尔拉格兵卒，吩咐道："我主放你们回家，与妻儿团聚。有一个礼物，你们要好生送给你主。早晚有一天，我们会攻打到你们那里，届时你们要好好为我们出力。"

萨尔拉格士兵回国后，禀报战况，献上勃特国的礼物。扎利图罕长叹一声，打开匣子一看，其勒格尔布和与他妻子的头颅滚落到了地上。扎利图罕闻到一股异味，立刻晕厥。

军师毛浩来请罪

扎利图罕派扎木哈为使臣，到北边的陶克玛格国、西边的乃蛮国、东边的固尔勒斯国及西北边的麦勒吉部游说，借到了几万兵马。扎利图又派扎木哈去向唐古特的希都尔古汗借援兵。希都尔古汗召集众臣商议。首臣萨尔达瓦吉和他的儿子道尔敦说道："我们耗费了巨额财产才与勃特国和好，所以不能与萨尔拉格人为伍，与勃特国敌对。勃特国傲居北方是趋势，主公应该有所远虑，何必为了萨尔拉格国兴师动众？"近几年，勃特国征战四方，在北方名震四海，希都尔古汗曾派首臣萨尔达瓦吉和他的儿子道尔敦送一百驮贡品给勃特国。听了他们二人的话，希都尔古汗默不作声，回了后宫。

扎木哈听到这个消息，慌了手脚，钻进有变幻之术的古尔布勒金高娃养父吴章雅之门，送了四张白色獭皮，见到古尔布勒金高娃，向她求救。希都尔古汗叫来古尔布勒金商议国事，古尔布勒金眉头一皱就想到一计，说道："主公真是忠厚。那道尔敦送去您的重礼，与勃特国有了交情，又受了铁木真的厚赏，为他父亲牵来了两匹名马。他们是想卖国求荣。前一阵子，他们父子二人还说勃特国已与南宋和好。可见他们早有了异心。"听她一席话，希都尔古汗如梦初醒，给了萨尔拉格国两千精兵。

扎利图汗非常高兴，将国内十五岁至七十岁的人丁征集到部队，加

上从陶克玛格、赫利特、唐古特借来的援兵,人数已逾十二万。他信心大增,派人给勃特国下了战书。

勃特国君铁木真看完萨尔拉格国扎利图汗的战书非常生气。毛浩来说自己有一计。于是,铁木真说道:“重赏来使,我们在几日之内答复。”毛浩来交代好使臣之事,领扎勒玛、胡达嘎那布和二人来见铁木真。第二天,铁木真送一千驮重礼给扎利图汗,修书一封,向扎勒玛、胡达嘎那布和二人交代好事情,让萨尔拉格国的使臣与他们一同回国,又派钦达嘎斯钦、雅布嘎二人到唐古特希都尔古汗那里,让他从近处派兵援助。

毛浩来、布古尔吉二人到都胡楞河边清点大军,请铁木真亲自检点。铁木真亲自到军营,坐在狮皮帐内,看到军队整齐地排着队,犹如海浪。此时,军师帐前响起嘹亮的军号,军师登上高台,令旗一挥,下面立刻变得非常安静。军师从帐内取出十五根弦的大弓一把、百斤的大刀一双,放在练兵场中央的牛皮上,下令道:“这十五根弦的大弓谁能拉动一点,赏他五两白银,五匹白布,晋爵一级;谁能拉满弓弦,赏他二十两白银,二十匹白布,晋爵二级;谁能把铁箭搭在弓上,将它射出,赏他五十两白银,十匹彩缎,晋爵三级;如果有人拉动大弓朝那五百步以外的鹿皮大碗射去,并连中三箭,便赏他一百两白银,十匹锦缎,主公亲手赏酒,封他与四员大将、六位大臣同列的爵位,提举他作左右两翼将军,充任两路先锋。谁若双手提得动这两把大刀便晋升一级;谁能双手提起,并左右挥动,便晋升二级;谁能提动大刀,像平常的大刀一样运用自如,便晋升三级;如果有人双手拿刀,像平常一样跨上战马来回砍杀,便晋升四级,封为上职,叫他充当偏将。这次比武,除主公四弟、四子、四员大将、六部九卿免试以外,其余大小文武百官,各路将士以及平民百姓直到人臣奴仆都可以出场比武。只要尽忠主公,人人都可献艺;只要奋勇作战,人人都可出力。一切都为了引举能人,选拔才士,辅佐主公,任何人不得瞒才。各个部落首领头人如果有欺瞒下民不使他出场比武者,一经查出,定以主公明法论罪,斩首示众。虽则身体不佳也可出场比武,如有人隐瞒有才的人不让表现,定问其罪!”号令一下,场上各队将士齐声欢呼,震天撼地。陶尔根希拉、布古尔吉二人站在双刀、大弓两旁,大案上摆着偏将的盔甲和衣服，腰带战靴，彩缎彩绸，大锭元宝，上色布匹等，赏品堆积如山，光彩夺目。中央大帐东边又立一处大帐，好让夺下首功的将士站在那里；中央大帐西边又有一个帐篷，让铁木真的四弟、四将、四位幼主站在里面。

分拨停当之后，军师大帐前的炮声一响，鼓声四起。这时各队前鼓声齐响，只见西面蓝旗队里奔出一员小将，身高腰细，骑灰白马，手持钢矛。那小将到了练兵场中央，跳下马来，背着钢矛大摇大摆地走过来，抓起大弓，搭上铁箭，一连三次射中了五百步以外的鹿皮大碗。军师大帐内击大鼓，他放下弓箭，拿起大刀抡了一阵，又将一把大刀夹在腋下，骑在马上用刀，犹如使用平常的大刀。军师大帐内击起双鼓，众人吹弹奏乐。布古尔吉、布拉古尔二将一看，主公的红缎狮旗在动，便从台上下来，给那员小将赏赐金银，将他扶上主公的高台，站在狮皮大帐前的虎皮之上。众人一看，此人是居勒根部落的珠勒格岱。铁木真非常高兴，说道："除了我的四员大将，原来还有如此英勇的战士。"说完又问他的年龄。对方回答十六岁。铁木真更加开心，封他为巴特尔，赏给他虎尾大旗、虎皮盔甲和虎皮褥垫，让他站在东边的将军帐内。

从东边的绿旗下奔出一员将军。此人身高肩宽，面如锅底，眼珠突起，双耳上长着浅黄色的毛发，嘴唇通红好似滴血，年龄也不到二十。他头戴黑铁帽，身穿黑铁的护心甲，骑黑马，手持牛头大小的大锤。他风驰电掣般奔到练兵场中央，从左侧下马，将铁锤挂在腰上，拿起大弓，搭上铁箭，铁箭呼啸而去，一连三次射中鹿皮大碗，铁箭落在大碗之外的百步之遥。军师帐内击鼓一次，他转身拿起那双大刀，跨上坐骑，绕练兵场挥舞，好似手中所拿的是木棒。鼓声停息，布古尔吉、布拉古尔二人从赏台上下来，为他穿上赏赐的盔甲，将他领到铁木真面前。铁木真定睛一瞧，原来是苏尼特部的海鲁更。铁木真称赞道："没想到这小儿如此英勇，将来定会是盖世无双的英雄。"说完封了号，到左侧帐内，与珠勒格岱站在一起。

此时号炮震天，从西边的白旗下奔出一员大将。众人一看，此人身高九尺，腰阔三拃，面白如鹅，面似虎头，胸如豹子，胯如熊罴，眼如星辰，

眉如卧蚕，真是仪表不凡，好似天神一样威武无比，看年龄不过十七八岁。他身穿银甲，胸前挂着护心镜，手持狼牙铁棒，骑白马，腰上挂着铁球，身后挂着鹿角。原来此人是女真国的苏布格岱。他迅速出阵，翻身下马，将布鲁挂在右侧，拿起大弓搭上箭，拉满弓弦，连续三箭都射中了大碗中央的红点。众人的夸赞声中军师亲自擂鼓两次。苏布格岱拿起双刀，咬住其中一把，拿着其中一把，翻身上马，左手拿着自己的狼牙棒，三个兵器轮番使用，犹如嬉戏手中的三个玩具。铁木真也不禁叫好。陶尔根希拉给他穿上赏袍，领到铁木真面前，铁木真拍腿叫好，称赞道："我军中有如此好汉，何惧不能安定世界！"说完封他为"苏尔黑巴特尔①"，将自己手上的黄金指环摘下来赏给他，让他站在新晋将军台的上位。

号炮再次响起，从西边的红色旗下走出一位将军。众人一看，原来是铁木真的族亲、幼主们的武艺教练陶克敦固。他年近三十，身高九尺，面如红枣，眉如卧蚕，目光炯炯，面如圆月，三缕髯须长过腰带，两耳垂肩，胸阔肩宽，腰粗体胖，身穿红缎盔甲，骑枣红马，背插钢弦神弓，手持偃月大刀。他碎步出场，翻身下马，拿起大弓，翻身上马，连打战马三鞭，从侧面射中了下面的红点，在从正面射中了中间的红点，再马上翻身射中了上面红点。军师帐内击双鼓，众军呼喊，夸赞声震天动地。陶克敦固扔下大弓，从背上抽出自己的大刀，骑马靠近地上的大刀，用单手轻轻一挑，从高空下来时用左手接住，衔在嘴里，又将另一把刀挑起，用右手接住，策马加鞭跑起来。众人再看，陶克敦固轮换使用三把大刀，前后翻滚，绕排练场三圈。军师毛浩来看后大喜，连忙命人吹号，将他领到铁木真帐前。铁木真大喜，称赞道："我族人中竟有这样的神武之人，此乃天助我也。"说着赐给他"无敌英雄"称号，封他为黄金家族之长，叫他站在东侧军帐内。

排练场内再擂军鼓也没有人出来。毛浩来叫人收了红色的旗，挥动蓝色的旗，在军士中比武。他们中有的可以拿得起大弓，有的可以拉满空弦，有的能射出箭，有的能射到大碗那里，或射过大碗。他们有的也能

---

① 苏尔黑巴特尔：苏尔黑，意为"非常厉害"；巴特尔，意为"英雄"。

举起大刀,有的能舞动,虽然没有出奇的英勇之人,但也都拿到了奖赏。

比武最后一天擂鼓三次都无人上前,毛浩来正准备鸣放收场的号炮,有一人身穿虎皮盔甲,头戴铁盔出来,拿起大弓,拉满弓,一口气射出十五支箭,八支箭射中。众人称奇,定睛一瞧,此人相貌丑陋,纵然是在北方,也难找到如此丑陋的人。他拿起自己百斤重的大刀,又拿起那一双二百斤重的大刀,都夹在右腋下,从平地跳上马,马背立即咔嚓一声折断。军师毛浩来非常惊喜,牵来自己的铁青白额马让他骑。那汉子谢过,翻身上马,将三百斤重的三把大刀舞在手里。那些大刀在他手里犹如纸片。铁木真等众人连连称赞。那汉子更是如虎添翼,表演结束之后将三把大刀夹在左腋下,飞奔而来,举起自己已死去的坐骑,将马鞍等马具夹在右腋下,嘴里不停说道:“我的坐骑,我亲爱的坐骑,还未立功,你却已死。”说着将马带到排练场外的沙地上,翻身下马,磕了三次头,回到练兵场。毛浩来赏赐他,将他带到铁木真帐前。铁木真问他姓名,那汉子答道:“我是芒努德部的惠拉德尔!”铁木真称赞道:“原来我兵卒中也有这样难得的勇士!”说完赐他“神武巴特尔”称号,将他封为先锋,让他站在新选四员虎将的旁边。

此时军师毛浩来突然命手下捆绑自己,跪在铁木真面前。铁木真大惊,问道:“军师你这是在干什么?”

毛浩来说:“我手下有这样的勇士,我却让他埋没在一般兵卒之内,罪不可赦!”

铁木真笑道:“不是军师生怕埋没身边的勇士,才有了这场比武吗?”

毛浩来说道:“军师应该把兵卒当作自己的兄弟,日夜留意他们。我却没有发掘如此英勇的人才。这是我的过错。我甘愿请罪,在比武的最后一天给大家做个榜样,愿主公恩准!”铁木真依了他的想法。毛浩来拜谢,承担了最后一天宴会的全部费用,摆下了宏大无比的宴席。在三天的比武中脱颖而出的五位勇士,考中第一级的六百余人,考中第二级的一千四百余人分别领了赏。毛浩来将他们分成三组,将五位将军封为“五虎将”,士兵们封为“神力军”,以众虎将任职为名,犒赏了各位闲军。

扎勒玛受皮肉之苦

春末,铁木真准备亲自去萨尔拉格国讲和,又精选五万人马以备原路出征。他领着新晋的五虎将,护身将军哈斯尔、比勒古岱两位弟弟,阿鲁哈、苏和兄弟二人,乌尤图斯钦、乌云格瓦、特古斯朝克图、赛汗苏尔塔拉图、宝鲁、乌楞查尔比等人位于中军;军师毛浩来率领九位大臣以及众将,八千钢铁军士以及五万人马;布古尔吉、布拉古尔带着其他的兵马留守本土四界;陶尔根希拉带着铁木真的两个弟弟和四个幼主留守家园;大将楚伦率一万兵马驻守在两国边界,随时准备前去支援。毛浩来命虎将惠拉德尔为先锋,让苏尼特的海鲁更巴特尔断后,将八千钢铁军士分拨给五位虎将。

毛浩来叫来惠拉德尔、海鲁更二人,吩咐道:“你们二位是我新晋的虎将,这次战役务必拼命。我相信你们两个人定能立大功。你们一定要见机行事。我国的兴衰就在此一战。如果此次我们兵败,他们必定会联合起来攻打我们。如果我们能够胜利,他们就会老老实实地前来归附于我们!”他们二人同声说道:“就是赴汤蹈火,我们也会拼尽全力!到时候请军师看!”

乙卯(1195)年春,勃特国率五万大军,向萨尔拉格国出发。

到萨尔拉格国讲和的勃特国使臣扎勒玛、胡达嘎那布和,领一百士兵牵着骆驼，到了萨尔拉格国，面见他们的国主扎利图罕，说道："我主知错，后悔莫及，特带一千驼驮金银财宝、绫罗绸缎、皮毛等礼物送给您，想与您见面细谈，特意让我们先来递上和书。"扎利图罕看到信中皆是温和之词，便让两位使臣去驿站休息，说是容自己三思。

九国联军听到消息，说扎利图罕拒绝了勃特国的厚礼，轰走了勃特使臣。他们非常扫兴，彼此议论道："这扎利图罕蛮横无理，仗着我们九国联军的威风，收到了勃特国的重礼，他却故意推辞，让我们为他拼命。谁愿意为他拼命？"

扎利图罕送走勃特国的两位使臣，立即召集萨嘎尔、塔尔巴、罕达盖、乌汗图四位大臣，问道："我们真的要和勃特国讲和？还是以讲和为名，骗取他们的礼品，等勃特国君来攻打时歼灭他们？"

萨嘎尔、塔尔巴、乌汗图三人高兴地说："主公的这个计策非常英明，这样我们就可以一举两得。"

罕达盖摇了摇头，说道："我看此事有诈。勃特国君既然给我们送来了如此重礼，为何还要亲自过来与您见面？"

萨嘎尔等人说："这事没什么可疑的。勃特国君送了厚礼，才敢来面见我国国君。我们趁机将他杀了有何不妥？听说随君而来的勃特人马不过一两万人，不及我们兵力的十分之一，别说是对战，我们光是吃，也能吃光他们。"

罕达盖说道："勃特国的这一千驼驮都是一些什么东西，你们可曾细看？"

萨嘎尔等人说："金银财宝、绫罗绸缎、茶叶食品……无非是这些东西。今日天色已晚，明日再看不迟，这有什么可疑的？"

罕达盖听后冷笑一声，回了宫。

黄昏时分，扎勒玛等人在下榻的地方喝酒作乐，其勒格尔布和作乱时被释放的一百多名萨尔拉格军人秘密会见扎勒玛。扎勒玛赞赏他们讲义气，给他们好酒好肉吃，说道："我的主公来与你们的主公讲和，如果有谁暗中下毒手，你们应该尽快告诉我们，这也算报答了我们的恩情。我们的厚礼本来是想分给你们众士兵的，可你们国主想独吞。你们到军

营去散播这件事。”这些人果真去军营散播，众士兵听后对扎利图罕恨之入骨。

扎勒玛将众士兵灌醉，选其中十个性格暴躁的人，到僻静之处，吩咐他们说：“今晚我们将这一千车易燃的东西都堆到帐篷内，在兵营和车上放火，以此为由，闯进他们的城内。如果兵士们身上没有伤，他们不会相信，所以我带头把自己砍伤。若有胆小之人，不敢砍伤自己，就由别人来砍，不致命就可以。我身上带着好药，有伤也只是片刻之痛。一旦事成，你们的功绩都将载入史册！”夜深之后，扎勒玛与这一百人又饮酒，关紧营门，将一千辆车上的布袋和包裹撕开，拿出其中的枯草等易燃之物，堆在每一个兵营周围。他叫来十几个机灵的士兵，交给他们标有勃特国标志的包裹、袋子和皮子，一小半拿去扔在苏仁朝克城的西门和北门，多半胡乱扔在他们的兵营外，并把质量上乘的衣物、鞍袍等东西埋在草沙下面，将破旧的衣物和兵器等撒在兵营各处。为了装出逃跑的样子，他们故意穿着单薄的衣物，有的甚至赤裸全身，一切已准备妥当。

扎勒玛对这一百名士兵说道：“此事关系到勃特国的生死存亡，你们千万不要走漏风声，如果有谁走漏了风声，死的不仅是我和胡达嘎那布和，你们也很难逃命，走漏风声之人的家属也会被我们的国法惩罚！”说完拿出十两的元宝堆在前面，用左手拿刀在右肩上砍出两道口子。

他流着血说道：“有谁能像我一样自己砍伤自己，立即赏十两元宝，回去之后晋升两级，荣及家眷！”众士兵趁着酒劲有十八个人砍伤自己，领了赏。有六人看后动心，砍伤了自己。此时出去抛撒布袋和包裹的两个人已回来。扎勒玛忍住疼痛，吩咐他们说：“你们假装迷路，跑进城内说有人掠夺了我们送来的重礼。明日趁机逃回国内，向军师禀报此事，无论如何也不能被萨尔拉格人抓住，供出我们的计划！”

一切安排妥当之后，扎勒玛放了一把火，逃进苏仁朝克城，路上吩咐士兵们：“你们快与我一起叫嚷，你们当中有受伤的人，我再赏十两白银，不要抱怨！”说着用右手举刀，在自己左肩上砍了三下，将刀扔进火中。胡达嘎那在自己的右大腿上砍了三刀，用长矛戳伤脸，一路叫嚷着跑到南门和东门，说道：“你们兵营中出了贼人，跑进我们的下榻之处抢走了我们的重礼,快快出兵夺回来!"萨嘎尔等人站在城墙上,看到位于城东南的勃特国军营内已火光冲天,勃特使臣和士兵大多赤裸着上身,苦不堪言。萨嘎尔等人开了城门,让他们进来,再叫护城的士兵去追赶贼人,此时夜已过半。此时大火已灭,贼人也已跑远。一千车厚礼被烧得干干净净,只剩下一些马鞍、马镫的碎铁。

扎勒玛、胡达嘎那布和二人带着伤,身上流着血到扎利图罕的宫内大喊大叫。扎利图罕惊慌失措,让他们进入殿内,看到扎勒玛双肩受伤,胡达嘎那布和脸部和大腿已受伤,看样子疼痛难忍。扎利图罕问其原因,扎勒玛伤势严重,躺在地上不能说话,手指着扎利图罕咬牙切齿。胡达嘎那布和伤势较轻,他哭喊道:"扎利图,你作为一国之君,竟然想背着他人独吞我们送来的厚礼,派去贼人攻击我们。"扎利图罕暗暗叫苦,一边让受伤的士兵住进城内,用好药医治他们,一边给萨嘎尔等人下令道:"一定是军中有人看礼物眼红,才酿此大祸,你们快去兵营中将他们抢去的礼物搜出来。"众士兵受委屈,暗暗恨道:"想独吞给我们的礼物,反倒搜查我们,就这么一个心胸狭窄的国君,我们为何要给他卖命,替他与勃特国交战?"

扎木哈知道这是一个计谋,面见扎利图罕,说道:"这一定是勃特国扰乱军心的计谋,不可轻信!"

扎利图罕问道:"那为何使臣和士兵都受了重伤?"

扎木哈急忙回答道:"事情都有一个轻重缓急。为了这么大的事,几个士兵忍住疼痛又算什么?且别管事情的真假,先把勃特国使臣关进大牢,对其他士兵重刑拷问,可知真假。"

扎利图罕恍然大悟,将此事交给扎木哈,命人将勃特国使臣关进大牢。扎木哈说道:"等等,先杀了铁木真再说。如果关了他们的使臣,他会起疑心的。"

扎利图罕以保护使臣为名监视他们。此时士兵来报:"首臣扎勒玛伤势严重,已挣扎在死亡边缘,第二使臣胡达嘎那布和也昏迷不醒。其手下士兵的伤势都很重,有的呻吟,有的已死亡。我问住在他们周围的子民,他们说已有几个人死亡,用皮革、布匹卷着送了出去。据说死者已达到近十人。守门的士兵也说确是如此。看来不是故意弄的伤。”听了这些，扎利图罕彻底放下了戒备之心，心中开始反感扎木哈。原来扎勒玛装成昏迷的样子，将那些活着的士兵用皮革、布匹卷好送出城外，让他们回国送信。萨尔拉格国的臣民对此却深信不疑，君臣之间反而相互怀疑。

萨嘎尔等人按照扎木哈的计谋，拦截河水，准备好了引火之物。如果勃特国大军在河岸扎寨，他们就水淹大军；如果在原野扎寨，就准备用火攻。此时探马来报：“勃特国国君领兵到此！”听到这个消息，萨尔拉格国城中沸腾起来，扎利图罕亲自领十二万大军，在萨尔拉格河北岸安营扎寨，准备迎敌。

勃特国大军在萨尔拉格河南岸安营扎寨。次日一早，军师毛浩来命人查看水势，看到河水水位下降，又看到水中有很多水泡，非常吃惊，给楚伦、特木尔二人五千兵马，吩咐道：“你二人逆河而上查看，一定是上游被人拦截了，现在正值春日干旱，无缘无故河水不会有这样的泡沫。”又叫来阿鲁哈、苏和兄弟二人，让他们去向扎利图罕问罪，给先锋惠拉德尔、海鲁更二人八千名钢铁军士，吩咐道：“你们四人一同渡河，惠拉德尔、海鲁更二人随后杀进城内，若能活捉，便活捉扎利图罕，穿过他们的大军去攻打都城。自从捉住其勒格尔布和，我就开始酝酿这个计划，今夜一定会一举得胜！”又叫来陶克敦固、苏布格岱二人，给他们五千兵马，让他们攻苏仁朝格城的南门；给珠勒格岱五百兵马，命他放火烧萨尔拉格军营。最后叫来胞弟点仓和温都尔斯钦，让他们带一千兵马，把军营从河滩挪到河岸的草地上，割掉兵营周围的枯草，以防火攻。最后他下令以点燃白驼油灯为号，一起进攻。

阿鲁哈、苏和兄弟二人到苏仁朝格城内，面见扎利图罕，大摇大摆地站着问道：“我们与你往日无冤近日无仇，你为何豢养我们的仇人，还教他计谋，派人杀害我们的主公？这是你罪行之一。我主想和你们友好来往，派扎勒玛、胡达嘎那布和二人为使臣，送来了一千车重礼，你为何想独吞，指使贼人抢走我们的重礼，打伤我们的使臣和士兵？这是你罪行之二。我主只带两万人马想与你们歃血为盟，永结合好，你们为何以二十万大兵威胁？这是你罪行之三。你有这三项罪名，还想与我们交战，我们自然会奉陪到底，我们光明正大，绝不在暗中捣鬼！”扎利图罕听后恼羞成怒，踢翻前面的桌子，大喊道：“你们这些鼠辈，为何出此逆言侮辱我？快推出去剁成肉酱！”两边的士兵喊起来，苏和抽出大刀，挑起一支火把，放在大炮之上，十几个大炮同时作响，惊天动地。海鲁更、惠拉德尔二人此时正打进城内，杀出一条血路，犹如砍瓜切菜。此时，阿鲁哈从士兵手中抢了一把大刀，一连砍倒几人，捡了双刀挥舞起来。兄弟二人犹如跑进羊群的狼，肆意砍杀。扎利图罕的士兵虽然口中大喊“快快捉来”，却没有人上前。兄弟二人背对背站定，犹如双头四臂，无人敢接近。扎利图罕暴跳如雷，走下阶梯，大喊：“砍！快砍！”阿鲁哈、苏和二人又砍倒了十余人。

随着山崩地裂般的一声巨响，惠拉德尔、海鲁更两位英雄杀进营内，后面跟着大军。两位将军砍倒了虎皮屏风，跑到扎利图罕的龙帐之内。帐内的桌椅被踢坏，两位将军的坐骑被绊倒，扎利图罕也被撞倒。众士兵扔下阿鲁哈、苏和兄弟二人，前来保护扎利图罕。阿鲁哈、苏和二人士气倍增，又砍倒几个士兵，一路杀到扎利图罕帐内。惠拉德尔、海鲁更二人拽住扎利图罕的两只手，你争我夺，像是在抖动刚刚洗好的衣服。海鲁更巴特尔大喊道：“他已经死了，我们四个人将他平分了吧！”扎利图罕的贴身士兵早已四处逃散。此时，勃特国的八千钢铁士兵犹如滚石，闯进营内，扎利图罕中部的大营被层层包围。四位英雄放一把火烧了扎利图罕的中部大营。惠拉德尔砍下扎利图罕的首级，咬住他的头发，出去杀敌。萨尔拉格国士兵见国主已死，四处逃散。

黑夜降临，萨尔拉格国的萨嘎尔、塔尔巴、乌汗图等人正在巡视军营，中部大营突然炮声隆隆，传出一声“杀”便乱作一团。此时从西南门冲进一队人马。萨尔拉格国士兵放箭，勃特国士兵毫不畏惧，直接闯进军营。萨嘎尔带着左翼士兵匆忙迎敌，遇到珠勒格岱巴特尔。珠勒格岱巴特尔一刀将他砍成两截，砍下其首级系在马鞍上，杀进敌军阵内。突然，四方响起隆隆的号炮，萨尔拉格士兵不知是谁的号炮，勃特国大军手拿火把，山崩地裂般杀了过来。士兵们闻风丧胆，朝西逃去，遇到珠勒格

岱巴特尔所领人马，不战自退，向东逃去，被先锋惠拉德尔的士兵拦截。残余士兵向北逃去，北边的兵营早已被勃特人马占领，只好向南逃去。塔尔巴命人吹军号，在东南边的军营内重新布阵，遇到了惠拉德尔率领的大军。原来，勃特国三队人马在惠拉德尔、海鲁更、阿鲁哈、苏和的号炮声中一起冲进敌营，铁木真、毛浩来领兵举着火把从北边压了过来。萨尔拉格溃兵看到火光，不敢往北边逃，都跑到东边，乱作一团。扎木哈见到这个情况，连忙率领赫利特国和陶格玛克国属于自己的两万人马，顺着河流逃去。其他联军看到北边的火光和东北边的呐喊声，向南边的萨尔拉格河逃去。萨尔拉格河水呼啸而来，犹如千军万马，河水溢过河岸，淹死无数士兵。扎木哈也被水流冲走，士兵连忙将他救上河的北岸。被水淹的士兵浑身流水，喝饱了河水，动弹不得。残余人马与扎木哈跑了一夜，勉强逃脱。

勃特国大胜，占领了萨尔拉格国的全部兵营。此时云散月出，勃特国军师"勿杀降兵，勿杀降军"的命令响彻河的两岸。趁机逃到对岸的萨尔拉格士兵遇到乌楞查尔比、宝鲁所率领的大军，再看身后呼啸的河水，只能脱甲投降。

毛浩来让主公下榻萨尔拉格军营，重整四队人马，追杀逃兵，天亮时才归来。此战俘虏敌军八万七千余人，盔甲兵器八百多件，马匹马鞍九万多。

日出后，各位将军纷纷领赏。惠拉德尔、海鲁更、阿鲁哈、苏和四人将扎利图罕尸体放在铁木真面前。铁木真问道："有没有扎利图罕的降将？"萨尔拉格国士兵回禀道："萨嘎尔将军被珠勒格岱巴特尔击毙，塔尔巴被扎木哈的弓兵射死，乌汗图已逃逸，不知现在何处。"铁木真命侍卫葬了扎利图罕。

重新给萨尔拉格人马编队时扎勒玛、胡达嘎那布和二人领着扎利图罕的大臣罕达盖来拜见铁木真，说道："扎利图罕不听他劝阻，又降他的职，所以他前来归降。有他协助，我们才得以逃脱。"

原来，这罕达盖与之前释放的百余名士兵暗中照顾两位将军，看到火把后主动开启都城南门，迎勃特大军进城，不费吹灰之力便攻下了苏仁朝格城。

铁木真听后亲自给他敬酒，并查看扎勒玛伤势，以祝福式的口气说道：

为着自己的国主，
不顾难忍的伤痛；
用利刀砍伤自己，
父母赐给的躯身。
自古以来有几件，
这样动人的事情？
愿扎勒玛的子孙，
永远与我的后代共存！

说完犒赏扎勒玛、胡达嘎那布和及伤兵，允许他们的三代后人可以不充军。

铁木真攻克苏仁朝格城，攻下萨尔拉格国的同时又以大弓、重刀练兵，获得了两千余名神力勇士。铁木真让妹夫宝图的叔父雅布其岱诺彦留下来辅佐扎勒玛的父亲扎尔其古岱，又命萨尔拉格国十三岁的巴音为正使，罕达盖为副使，给萨尔拉格国定下纳贡等事项，于秋末领兵回国。

铁木真被困毛呼尔敖勒格河

铁木真领大军回国后,大将布古尔吉等人奏道:“北边的陶格玛克国的莫和图罕勾结赫利特的扎木哈,两次侵犯我国北疆,我们领三万大军交战,他们兵败,我们收获了不少盔甲、兵器、帐篷等。”

不久,乙卯年终,到了丙辰(1196)年。铁木真召集毛浩来、布古尔吉等人商议攻打陶格玛克国事宜。毛浩来说道:“兵不厌诈。真中有假,假中藏真。只要能迷惑敌人,便是上策。去年我们攻打萨尔拉格时便用了假中有真这个计策。这次攻打陶格玛克时用真中藏假这个计策吧。”随后部署详细步骤,军师毛浩来,布古尔吉、楚伦、布古拉尔三员大将领珠勒格岱、惠拉德尔两位将军,到萨尔拉格国征兵。珠奇、察汗台两位幼主领军事教练占布拉、陶克敦固、苏布格岱、海鲁更巴特尔,领两万新兵,号称要攻打陶格玛克国,操练人马。

毛浩来到萨尔拉格国之后征新兵,操练老兵,赏罚分明,深得军心,不到几个月,他们就有了勃特大军的士气。萨尔拉格新兵旧卒加起来共有八万七千人,在毛浩来的调教下有了不俗的战斗力。

且说这陶格玛克九省的皇帝名叫蒙格勒,号苏勒德,四十来岁。此人生性暴躁,贪恋女色。他的右脸上有一个鸡蛋大小的黑痣,上面长有一撮一拃长的黑毛，所以人们都叫他蒙格图罕[1]。他也是一位勾引妇女的高手，所以也唤作莫和图罕[2]。去年春天，扎利图罕与勃特国交战时扎木哈带着自己的士兵和陶格玛克国的士兵逃回来，没有损兵折将。莫和图罕视扎木哈为能人，将他留在身边。共同商议抵挡勃特国计策，扎木哈说道："此时勃特国内空虚，应该乘虚攻打！"莫和图罕听信他的话，拨了五万兵马给他，结果被勃特国巡视国界的布古尔吉、布古拉尔二人的大军打得落花流水。

莫和图罕非常生气，熬过一冬，打算开春后领兵复仇。此时探马来报："南边的勃特国要带着二十万大军来攻打我们，他们已在北界准备了大帐。"在萨尔拉格国边界的探马也来报："勃特国的大将们带着萨尔拉格国的十万大军前来，准备报去年的仇！"莫和图罕听后大惊，亲自来到固鲁城南，从自己的九个省内召集了十万兵马，命宝如阿尔斯朗、嘎尔迪两位大将领两万人马去萨尔拉格边界迎战；给赫利特的扎木哈、苏克图鲁、嘎拉扎古巴尔斯三人三万兵马，让他们到陶格玛克边界的嘎拉海尔罕山附近抵御勃特大军。自己领着十万大军在中路扎寨，准备向两边支援。

三月中旬，宝如阿尔斯朗派人来报："听说萨尔拉格国的兵力强大，人马已超过十五万，望国主来支援！"莫和图罕领兵到萨尔拉格国边界，宝如阿尔斯朗迎过来，说道："勃特国大军听说国主带着大军来支援，已班师回朝。"莫和图罕听后心中不悦，此时南边的使臣赶过来，请求支援。莫和图罕带着大军前去支援，扎木哈迎过来，说道："勃特国听说您亲自领兵前来，害怕龙威，早已回国。"莫和图罕刚要休息，西边的宝如阿尔斯朗又派人说："听说国主已班师回去，勃特大军又来了。"莫和图罕领大军刚走了三日，宝如阿尔斯朗的人又来报："勃特大军又逃跑了！"此时苏克图鲁从扎木哈军营内跑过来说道："勃特国国君领十万大军驻扎在自己的北疆，旗幡明晰可辨。"莫和图罕暴跳如雷，想立马追杀。此时扎木哈

---

① 蒙格图罕：蒙格图，蒙古语，意为"有痣的"，罕，即"可罕"，同"可汗"。

② 莫和图罕：莫和图，蒙古语，意为"狡猾的，有奸计的"。

拦住去路，说道："借主龙威，勃特大军一听您来就逃跑了！"莫和图罕非常生气，仍说要追杀。扎木哈说："怎么追也追不上了！"莫和图罕正在生气，宝如阿尔斯朗那里又派人过来说："勃特国大军得到消息，放弃这里，去了萨尔拉格国那边，望主可以去支援他们！"莫和图罕非常生气，喊道："这叫什么事情？这么大热的天，你们两个人要拿我开玩笑吗？"扎木哈再三劝阻，莫和图罕这才领兵去了萨尔拉格国那边。

一春一夏大军这样往返，人和马都深感疲惫。莫和图罕更是疲惫至极。此时，宝如阿尔斯朗迎过来说："这次敌军没有撤退，已在萨尔拉格河边安营扎寨。"莫和图罕气急败坏，派人送去战书。信使到敌营一看，这哪里是铁木真亲领的大军，是军师毛浩来在找水草丰美的草原，牧马练兵。

信使将战书交给毛浩来，毛浩来看了战书，笑道："真是奇怪！我们并没有侵犯你们，这是我们放马练兵的草原，与你无关啊。不信你来仔细查看，有要交战的准备吗？如果你们的国君不愿意我们在这里放马，我们回去就是了，何必大动干戈？"说完让信使仔细看了一遍军营，等他一回国，毛浩来等人便连夜拔寨，消失得无影无踪。

陶格玛克的信使回国之后将这些一一奏报，莫和图罕恼羞成怒，无处发作，便鞭打宝如阿尔斯朗出气。他刚要班师回国，扎木哈又派人来报，说勃特大军已到。莫和图罕生气道："这老奸巨猾的扎木哈，被勃特国打得落花流水，为何还要让我们的大军人困马乏？"路上好几个人来报："在勃特国北疆驻扎的大军突然攻打我们的军营，掠夺了我们几车的盔甲和兵器。"莫和图罕返回一看，那里的人说勃特国撤军已有十几日。莫和图罕险些被气炸，没有给扎木哈一点脸面，气愤地回国了。

八月初一，铁木真与比勒古岱、哈斯尔、扎勒玛、哲别等文武十六大臣，向陶格玛克国进军。陶尔根希拉、呼达尔嘎、宝图等人留守国都。索隆古德国的布哈查干罕以及旺楚格克等人领命守边疆，在芒努克图的伊鲁格尔来回巡察。

北部新军主帅珠奇、察汗台二人拜见父亲铁木真，大军分三组安营扎寨，准备进攻。

毛浩来操练的西萨尔拉格人马已变得马肥人壮，士气大增。而此时陶格玛克人马一春一夏不停地奔跑，变得人困马乏，意志涣散。

铁木真的新旧兵马加起来已逾六万。他带着人马突袭陶格玛克国边疆，越过横在南边的大山。陶格玛克的五万守兵惊慌失措，扎木哈、苏格图鲁、嘎拉扎古巴尔斯三人重编人马，扎木哈带中路军抵挡铁木真，苏格图鲁带右翼军抵挡比勒古岱，嘎拉扎古巴尔斯带左翼军抵挡哈斯尔。

扎木哈在阵前叫骂，铁木真大怒，命士兵放号炮，领三队人马冲过去混战。从辰时杀到午时，陶格玛克人马渐渐败退。午时末，陶格玛克人马突然败退二十里之后又放号炮，开始重新编队。勃特人马追上前来，扎木哈冲出阵前，高喊道："叫铁木真单独来应战，若不敢出来，就不是也速该巴特尔的儿子！"铁木真大怒，直奔扎木哈而去。站在他身后的十八位大臣没来得及劝阻，都十分害怕，跟着铁木真冲了过去。扎木哈与铁木真只战五个回合，便从铁木真的钢矛下俯身而过，带着自己的人马逃跑。

铁木真乘胜追击了七八里地，扎木哈和他的人马逆一条河流而上，很快不见了踪影。铁木真怒火难平，还想追击，扎勒玛抓住他的缰绳，劝道："主公！这事可疑，必有阴谋，不可盲目追击！"此时，扎木哈又出现在山口的高地上，喊道："你如果真的是也速该巴特尔之子，就过来和我大战几个回合！"铁木真听了，像是火上浇了油，怒火再一次升起，他抖落了扎勒玛之手，独自策马而去，众将也连忙跟上。此时扎木哈又不见了踪影。到山谷入口一看，西北处的河边似有营地，看得见旗幡。众兵马带着疑心过去一看，原来只是一个空营！士兵们想救出铁木真，无奈山谷入口被堵得严严实实，两边箭如雨下，无法逃脱。

铁木真想调转马头，走出山谷。扎木哈独自站在西边的山上，用矛头指着铁木真骂道："你如果真是一条好汉，就上这里来，不然只能算是宝尔吉格德家族的杂种！"铁木真听得两眼冒火，策马上山。扎木哈鼓掌大笑，说道："铁木真这小子今天完蛋了！"山下突然一声炮响，山体突然滑坡，两块巨石朝铁木真滚下来。勃特国众将大喊："唉呀，不好！不好！"铁木真看到巨石已到跟前，觉得逃跑不如迎上去，便策马奔向巨石。

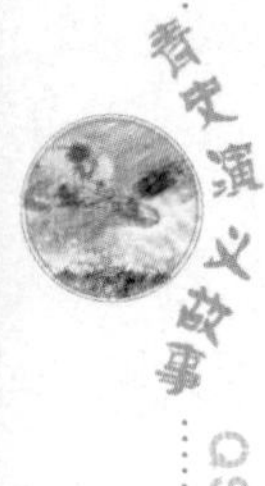

那巨石在离铁木真几庹之处突然裂成两半,从铁木真两旁呼啸而过,卡在一棵大树上。后面的那块巨石也撞击山岩碎成几块,从铁木真身边呼啸而过,滚进了山谷。扎木哈见此不禁愕然,连忙下山死死守住了山口。扎勒玛艰难地爬上山,想接应主公到宽阔之处下营。可四处山石嶙峋,即使是鸟兽也很难逃脱。此河叫毛呼尔敖勒格河①,河口非常狭窄。扎木哈早早就选定此地,开山凿石,将巨石用绳索系好,等铁木真追到此地时杀害他。如果铁木真有幸逃脱,就死死守住河口,截断河水,让众兵渴死。铁木真虽躲过了巨石,但被困在毛呼尔敖勒格河口。哈斯尔、比勒古岱二人大败陶格玛克国苏克图鲁、嘎拉扎古巴尔斯二人的人马,直接追进固鲁城内。

且说西萨尔拉格毛浩来所率领的人马。毛浩来羞辱莫和图罕,让他重打宝如阿尔斯朗。莫和图罕回国不到十日,四员大将在夜里渡河,突袭宝如阿尔斯朗大营,弄得宝如阿尔斯朗惊慌失措,不知如何是好。嘎尔迪遇布古尔吉,被一刀砍成两截。布古拉尔、楚伦等人夹击宝如阿尔斯朗,他无力抵抗,加之对自己的主公怀恨在心,便卸盔归降。勃特国大军以惊人的速度逼近了陶格玛克的都城固鲁。此时扎木哈在毛呼尔敖勒格困住了铁木真,派三个士兵给莫和图罕送喜讯,希望他派兵支援。送信的三个人中途被勃特人捉住,毛浩来详细听取了其中的缘由,再将三个人拉到宝如阿尔斯朗降兵那里,说道:“我们早已攻下你们的都城,杀了你们的皇帝,你看看这些人就知道了。你们都生活在这座都城内,你们的家眷都还在城内。你们回去给扎木哈说皇上会亲自领兵去援助你。如果有谁说漏了嘴,你们的家眷将会不保!”那三人连连点头保证。毛浩来让宝如阿尔斯朗带路,派楚伦、布古拉尔二人去攻打都城,自己带一半的人马,高举陶格玛克国的旗幡,称自己为陶格玛克的援兵,深夜赶到了敖勒格山下。

毛浩来领着兵马向山头前进,扎木哈早有耳闻,点火把为他照亮。突然,扎木哈面前飞过一只猫头鹰,鸣声凄惨。扎木哈起了疑心,连忙叫

① 毛呼尔敖勒格:蒙古语,盲肠。

人前去查看。那人靠近时毛浩来举起弓，一箭将他射死。那人哪里是扎木哈，只是一名普通的兵卒而已！扎木哈大惊，连忙往回跑。毛浩来命士兵放号炮，占领了扎木哈的军营。扎木哈落荒逃走，遇到自己的残兵，得知军营已失，连夜鼠窜到了赫利特国。毛浩来并不急于追杀扎木哈，他命人打开了被封锁的河口，救出了国主。众人从河口中走出来，人和马都喝足了水。

第二天，勃特国大军抵达陶格玛克的都城固鲁。宝如阿尔斯朗带着布古拉尔、楚伦等人先行进城，布古尔吉随后领军而入。莫和图罕整日与一群女人寻欢作乐，已很少过问朝政。城中突然号炮震天，人声鼎沸。人们都喊勃特大军已进城。莫和图罕听后裸身穿甲，带着自己的几百名侍卫，从内城夺北门而出，向外城的东门逃去。布古尔吉一边安抚城中百姓，一边派珠勒格岱打听铁木真的消息。此时比勒古岱、哈斯尔二人追赶陶格玛克国大将苏克图鲁、嘎拉扎古巴尔斯所领人马。在阿尼尔河边，陶格玛克人马被困。苏布格岱活捉了嘎拉扎古巴尔斯，海鲁更巴特尔斩了苏克图鲁，两队人马均已投降。他们让士兵高举陶格玛克旗幡，在都城以东五十里处遇见了该国的另一队人马。哈斯尔、比勒古岱二人看到那一队人马虽然人数不多，但坐骑都是上好的马匹，旗幡又格外鲜艳，知道他们不是普通兵马。二人抬头一看，那边有他们的兵马，便举起刀，与那队人马混在一起。此时，珠奇、察汗台所领兵马也已赶到，从三面夹击莫和图罕。莫和图罕使出奸计夺路而逃，遇见了珠奇。珠奇一箭射穿了莫和图罕的喉咙，砍下他的首级，挂在旗杆上。陶格玛克人看到自己皇帝的首级，一眼就认出了脸上的黑痣，纷纷投降。珠奇提着莫和图罕的首级，拜见父亲，进入固鲁城。铁木真脸上露出微笑，说道："我说过不要杀戮人家的国主，为何你又杀死了一个？"说完登上该国的七重宝殿，坐在上面。

陶格玛克国有七城九省，北与俄国相邻。那里的城墙坚固，国富民强。是夜，毛浩来到铁木真身边说道："此地至关重要，明主可曾料到？"铁木真正在进晚餐。他用俄国人的餐刀切了半个羊后腰，连同餐刀递给毛浩来。毛浩来说道："原来明主早已明了！"说着吃完羊后腰，叩谢而

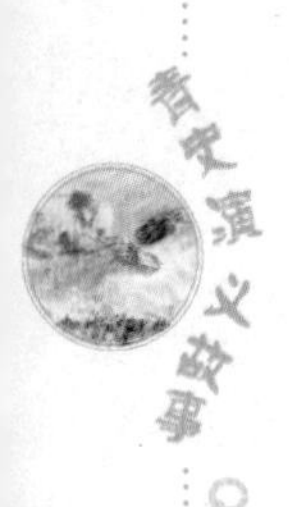

去。原来他们二人以俄国餐刀为号,商议了夺取俄国的大事。铁木真身边的侍卫都不知道这一层含义。

从前,俄国人就惧怕萨尔拉格、陶格玛克两国的势力,听到来了一个比他们还要强大的勃特国,十分惊恐。这一年十月,俄国女皇送来了奇珍异宝,希望可以和好。铁木真收下他们的礼物,命扎勒玛、赛汉苏尔塔拉图二人送南方的珍贵礼物给俄国。在几个月内,从陶格玛克国选出几千精兵,与之前的加起来,共计一万两千人。军师毛浩来大喜,说道:“兵不在其多,而在其精;将不在其勇,而在其智。”铁木真听后点头称是,留下乌楞查尔比、宝鲁二人暂时留守陶格玛克,让他们好生看待莫和图罕名叫赫尔、居尔的两个儿子,说日后必有大用。在冬季末,铁木真领兵回国。

义释赫王

扎木哈独自逃出去，到他熟悉的赫利特国，与伊拉固见面，说道："萨尔拉格人急如猿猴，陶格玛克人胆小如兔，都是一些没用的东西！俗话说：'别人的福气靠不住，野鹿的犄角不成套。'做大事，还得靠我们自己。"伊拉固听后非常高兴，忙问与勃特国交战的对策。扎木哈在伊拉固耳边细语几句，伊拉固大悦，立即派敖楞呼、高尔格二人去勃特国族亲阿尔达、胡萨古尔、达勒吉岱那里。他们二人说："这里已设下皇位，你们三个人分别任太师、太保和少师之职。如果我起兵讨伐，到紧要关头你们从内部助我们一臂之力，也可以立大功！"说完叫他们扮作卖白蘑的商人模样，即刻启程去了勃特国。

伊拉固将国内十五岁至六十五岁之间的男丁全部征集入伍，加上别人的人马，共计七万八千人，对外谎称十万大军。伊拉固不知父亲是否愿意与勃特国交战，有些摇摆不定，找来扎木哈商议。

扎木哈悄声说道："你父亲举棋不定，是因你的妹妹和四位大臣在暗中劝他。如果贤弟派固尔勒吉格那丞相，如此这般这般如此可成大事。"伊拉固立即招来固尔勒吉格那丞相设宴款待，并悄悄告诉他定下的计策。

固尔勒吉格那老人受命，进内宫面见赫王。

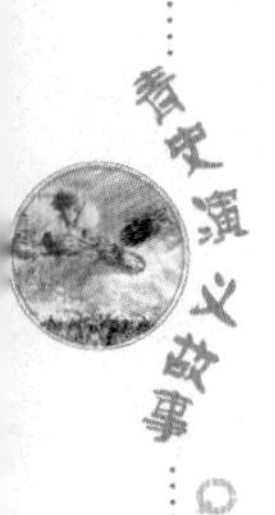

赫王问："贵卿亲家，朝内有何大事要向我奏报？"

固尔勒吉格那丞相进谗言道："臣为皇上的万年基业所想，有几句话不得不说。皇太子新王废寝忘食，一心想着光宗耀祖，留泽后代。苍天庇护，不到几年时间，让皇主登基，万方来朝。我们有一员先锋、两名信使、四位贵臣、五员虎将和六位上卿；我们也有三万名御林军，十万大军。如今时机已到，为何不趁机歼灭勃特国？"赫王听后恼羞成怒，拔出佩剑，说道："爱卿一席言让我如梦初醒。如果没有你这一席话，我会永远蒙在鼓里。若不歼灭那狡猾的铁木真，我愿意像面前的这碗一样粉碎！"说着一刀砍碎了前面的九宝金碗。

赫王传下令箭，调兵遣将，摆开天子的阵势，压中军之阵，安营扎寨。元帅扎木哈挥旗指挥，派嘎拉布为头阵，呼尔古斯、绍马布勒、伊拉查克、巴塔、布和希尔五员虎将各领五千人马，教他们与敌相遇后随机应变，令他们马上出发。扎木哈带敖林岱、高林岱二人，领一万人马为左翼军，太子新王伊拉固带少师乌仁扎德乌利、少保乌和尔布都那，领一万兵马为右翼军，王罕亲领丞相固尔勒吉格那、先锋巴拉德尔统领中军。强大的部队犹如以山压卵，以河冲叶之势纷纷涌向勃特国。

赫利特的细作、装作贩卖白蘑商人去勃特国的敖楞呼、高尔格二人遇见了原来的使臣阿苏利。他们几个人秘议赫王向勃特国举兵一事，被勃特东界的细作安敦听见，一路跟踪他们到布尔罕嘎拉顿山附近，将他们抓起来，送到军师毛浩来面前。毛浩来命人搜查他们二人，从马鞍下搜出了书信。毛浩来叫左右躲开，用刀架在他们二人的脖子上，让他们如实招来，如果少说一字，人头落地。他们二人只好如实相告，毛浩来让人收了刀，将他们关进了大牢。

毛浩来手拿书信，和首臣陶尔根希拉一同到铁木真的殿内，将此事一一禀报给铁木真，脱帽跪拜，之后手扶腰带俯身下跪，收起前襟，叩了两头，然后退了一步。铁木真看到这样，已知必有良计，心中大喜，说道："军师的用意我已看懂几分，就按你说的办吧！"军师毛浩来、陶尔根希拉回府时遇见扎勒玛、哲别二人。他们二人说："首臣、军师二人去商议国事，必有起兵之事。如果有危险的地方，首先要派我们二人去，我们定会为社稷舍身拼命。”

此话正合毛浩来的心意，说道：“在紧要关头定会派两位兄长前往，望你们尽心尽力，立下大功！”

毛浩来回宫之后叫来阿尔嘎松的胡尔古勒吉，让他召集众人，吩咐好一切，又叫来贴身侍卫达尔海，给他令箭，叫他押来敖楞呼、高尔格二人。二人见了兵器害怕至极，跪下便拜。

达尔海说：“我是军师的亲信之人。如果我能帮助你们出狱，你们怎么报答我？”

他们二人连连磕头，求道：“父臣如果能解救我们二人，我们就将送给阿尔达、胡萨古尔、达勒吉岱三人的金条全部送你。”

达尔海大喜，说道：“你们二人去面见军师，说你们愿意去赫利特国当内探，军师定会释放你们，此时我会从一旁为你们求情。”达尔海让二人前来，跪在军师帐外。二人在帐外看到两支扎耳的令箭，连连磕头道：“如果能饶我们不死，我愿意作通报赫利特国任何信息的内探！”达尔海也从一旁好言相劝，希望毛浩来能够饶他们一命。

毛浩来深思片刻，说道：“那我先让你们打探小事试试真假。如若忠诚，我再重用。你们二人将这书信交给阿尔达，再把回信给我带回来。信中已说礼物会稍后再送。启程时再教你们去赫利特国该如何行事。”说完又将他们关进大牢，叫达尔海看守。是夜，达尔海传言说两位贩卖白蘑的商人已逃出，随后放走了他们二人。

敖楞呼、高尔格二人谎称自己已逃出勃特国大牢，见阿尔达取了回信送给毛浩来。毛浩来称赞他们能够说到做到，把他们带来的金银分给他们二人，改了书信内容递给他们，吩咐道：“如果事情败露，你们二人必死无疑，所以必须得严格按照我的计划行事。”

第二天，毛浩来召集大家，要大家搬到离此处三百里的塔斯山脚下的大河畔。众将军捶胸顿足道：“我勃特国自从众臣相聚以来，托国主的威望，凭军师的智慧，让多少敌人都甘拜下风。如果这次这么轻易逃跑，怕我们多日的英名毁于一旦！”

毛浩来笑道：“俗话说：‘遇事害怕于命有利，遇事躲避逃生有路。’

如今我们无法立即调来远处的兵马，手头的七八万兵马又无法与敌抗衡，所以只能逃跑！”说完进帐向铁木真申请秋天到塔斯山狩猎练兵一事，众人于次日寅时一起动身。

阿尔达、胡萨古尔、达勒吉岱三人详记毛浩来的命令，飞马递给赫利特国的伊拉固。伊拉固、扎木哈二人收到敖楞呼、高尔格二人的书信，得知阿尔达、胡萨古尔、达勒吉岱三人内应，心中大悦。可此次书信中却说，狡猾的毛浩来已搬到塔斯山中埋伏，如果分兵来攻，可全部歼灭。他们大军还未赶来，现在的兵力不足七万。伊拉固看后大悦，把书信递给父皇看，说这是天赐良机。敖楞呼、高尔格二人早已把这消息飞马报到了毛浩来那里。毛浩来得知消息，给士兵们定好计策，却佯装狩猎。

赫利特国元帅扎木哈领大军不经布尔罕嘎拉顿山，直奔塔斯山，到山脚下下令道：“太师敖林岱带卓利亚部首领呼尔古斯，领一万兵马直击勃特国希尔拉吉岱草原布古尔吉的伏兵；太保高林岱带敦乃部的首领绍玛布勒，领一万人马，到那尔苏台草原截击布古拉尔的伏兵；少师乌仁扎德乌利带着呼利部的首领伊拉查克，领一万人马，到胡鲁苏台河边截击陶尔根希拉的伏兵；少保乌和尔巴图那带着希利部首领巴塔，到勃特国布尔嘎苏台沙窝，截击楚伦的伏兵；我同皇主和太子率领大小部落首领和众将士，兵分三路截击勃特国国主和军师的大营。”

第二天早晨卯时，号炮一响，赫利特国七路大军一起出发，纷纷拥进塔斯山口。中军人马到塔斯山平地一看，荒野茫茫，空无一人，只见草丛中奔跑着野鹿，一片荒凉景象。王罕、皇太子、丞相、元帅等人大为吃惊，以为中了毛浩来的奸计，便调转马头，率兵马撤离。突然野兽奔跑，平地扬起尘土，只见一队人马飞奔而来。为首之人大喝一声，吓得王罕和全部将士魂不附体，急忙擂鼓，人马分成了三组。突然，对面的士兵中炮声大作，鼓声阵阵，勃特国军师毛浩来横握铁棒，拍马出阵，虎旗一挥，兵马分成两组，犹如大雕的双翼，像捕捉野兔般杀了过来。赫利特大军还未来得及布阵，扎木哈领头逃跑。毛浩来军中有人大喊：“谁人拿下陶高利勒的首级，重赏一千匹良马，一千两白银！”王罕连忙摘下他的黄金帽子，系在马鞍上，向西北方向逃去。还未逃出多远，看见西南边的凤凰岭山上点起烽火，号炮震天。王罕更加害怕，调转马头，向北边逃去，逃出二十里，到一个名叫雅玛图的平原，与太保高林岱的一支败兵相遇。高林岱说：“我们去截击勃特国的四处伏兵，却不见一兵一卒。听说太师敖林岱的士兵在中途遇到勃特大军大败，逃出来的少数人马已与我们会和。其他人不知下落。”王罕非常懊悔，正在雅玛图平原生火做饭时，有一队人马从山谷中向这边走来。三队人马非常惊恐，连忙逃命。等走近一看，原来是太师敖林岱所领人马。他们下山，忙问敖林岱兵败的原因。敖林岱说他们到希尔拉吉岱草原一看，一个人马也没有。他们逆塔斯山谷而行，遇到勃特国君的一队人马，双方交战后大败，逃到了这里。原来勃特国所说的四方伏兵皆是假象，将兵卒埋伏在赫利特国人马的回路上。铁木真、毛浩来和四位幼主在山中狩猎作乐。凤凰岭上的皆是空营，陶克敦固等人虽提兵出来，第二天夜里便回转身去，到布尔罕嘎拉顿山附近等候。铁木真、毛浩来二人各领两万兵马，来回绕山行进，首尾相连，诱杀赫利特四路人马。

去希尔拉吉岱草原截击的兵卒遇上铁木真的人马，铁木真杀入敌阵，敖林岱毫无防备，交战不久便大败。卓利亚部的首领胡尔古斯遇到铁木真，铁木真一声大喝，他就滚下马去，士兵将他弄醒后不战而逃。铁木真命士兵擂鼓，与四员大将一齐杀进去，收了几车盔甲和兵器。此时军师毛浩来的兵大胜王罕的人马，铁木真的兵去那尔苏台遇见赫利特太保高林岱的兵，命人放号炮，从侧面射起了乱箭。赫利特国的高林岱、敦乃部首领绍玛布勒垂死挣扎得以逃脱。他们刚刚整理人马，又遇上毛浩来的兵，被大杀一阵，拼命突围，向南方逃去。

铁木真、毛浩来二人的兵会合，遇到了赫利特少师乌仁扎德乌利、呼利部的首领伊拉查克所领人马。呼利部的首领伊拉查克看到铁木真头顶上的红色华盖，认为这是天赐良机，领所有人马与铁木真交战。伊拉查克说道：“今天上苍给我送来了铁木真小子，如果下马投降可免你一死。”话还没有说完，一支箭穿透了他的喉咙。阿鲁哈飞奔过来，一把举起伊拉查克，将他摔死在石头上。原来这一箭是苏布格岱巴特尔所射。在那边，赫利特少师乌仁扎德乌利与毛浩来相遇，只战一个回合就死在

毛浩来的铁棒之下。

赫利特人马被夹击，只能翻过山去，去东边的塔斯山脚下的河边逃命。铁木真和毛浩来也一路追来。人们找遍了布尔嘎苏台沙窝，也没有找到赫利特国的少保乌和尔巴图那、希利部首领巴塔。到塔斯山南麓寻找，只有脚印没有人。日落后人们到兵营内一看，河的上游处突然尘土飞扬，一路人马飞奔而来。因为逆光，人们看不清旗幡，走近一看，原来是乌仁扎德乌利和伊拉查克的残兵。看到身后如山倒般压来的勃特国追兵，乌和尔巴图那、巴塔二人弃营向河边逃去。看到天色已晚，毛浩来叫铁木真在这军营下榻，自己追杀赫利特士兵到五里之外，才安营扎寨。四位幼主把自己的士兵分为四路，装作扎木哈截击勃特伏兵的人马，诱惑敌人。第二天，铁木真、毛浩来兵分两路，准备当夜偷袭赫利特军营。

赫利特国王罕的大队人马驻扎在雅玛图山的南坡。过了两天，他们派人探听消息，探马回报："附近的四面山谷，都是勃特国的人马，远近喊声不断。我们的其他三队人马都迷失在山中，都说他们已兵败。"王罕、皇太子、元帅扎木哈、丞相固尔勒吉格那都不知所措。夜半三更，勃特国士兵突然杀了进来。王罕脱下皇袍，混进士兵中逃跑。西边突然被火光照亮，一队人马突然杀了过来，王罕的须眉都被烧焦，坐骑的腿、鬃毛也被烧焦，哀鸣不止。勃特国人马顺风而下，一路杀来。平原上的目及之处都是赫利特国士兵的尸体，号哭声不止。

王罕从原路逃跑，日出时分到了塔斯山口。看到太阳升起，他整理马鞍，稍事休息时遇到高林岱的逃兵，准备逃跑。突然炮声大作，陶尔根希拉领一队人马从峡谷里杀了过来。一些赫利特士兵原路逃跑，陶尔根希拉追杀出二十里。赫利特士兵与自己的其他四路人马会合，战战兢兢逃了一天，刚来到莲花池湖边，突然炮声大作，楚伦带着一队人马从湖边的草丛中杀了过来。王罕口中的食物还来不及下咽就匆忙逃跑，到了五十里外的莫尼和图戈壁滩，又是一阵号炮声，杀出一队人马。王罕毫无战意，只顾逃跑。那队人马杀过来，劫持了军中的粮草和车马，皇宫内的应用之物抛撒了一路。领兵的那员大将原来是布古拉尔，他已在此等候多时。

王罕暗自流泪，到了布尔罕嘎拉顿山南边百里之外的巴音哈拉、莫尔根道布两座山之间。陶克敦固教练的几位徒弟杀出阵来，乱杀一阵，获得了不少盔甲和兵器。王罕下令扔下剩余的车马，在勃特国士兵哄抢之时趁机逃跑。不久，又有一队人马拦路劫持，定睛一看，原来是少师乌和尔巴图那、巴塔二人所领人马。他们吃了一点干粮，想钻进吉布胡朗山谷中休整两日。突然喊声四起，高喊着："不要放过陶高利勒！"王罕连忙骑着普通兵卒的马，赤裸上身逃了出去。原来是布古拉尔、陶克敦固所领的追兵已到这里。这次赫利特兵损三分，逃到自己国内的塔尔克河边，有几个小国来投奔赫利特，在这里安营扎寨。王罕见到他们才稍稍放心，说道："真是天无绝人之路啊！"话还没说完，前方突然又炮声连连，几路人马拦路而来，将他们重重包围。后来又来了几路人马，分不清到底有多少人。赫利特人马被包围三层。日落时分，铁木真赶来，士兵们喊声震天。王罕、皇太子正准备趁机逃跑，有三个人挤了进来。王罕一看，正是阿尔达、胡萨古尔、达勒吉岱三人。他们三人想帮助王罕逃跑，王罕不悦，问道："这就是你们的内应吗？"三人羞愧难当，刚要带王罕出去，扎勒玛、哲别二人来夹击，活捉王罕，带到了铁木真的马前。

王罕求道："看在我们与你旧主也速该巴特尔友情深厚，望能饶我小命！"

铁木真说道："我看父亲的面子，一次次帮助你，现在已经仁至义尽了。"

王罕说："您攻击固尔鲁德的九个部落时我曾真心协助你。"

铁木真觉得此话有理，便释放了王罕。扎勒玛非常气愤，说放走他必有后患，想要追杀。

铁木真劝阻道："我是看在父亲的面子上才放走了他。我这么仁慈，他一定会回心转意。"哲别正在气头上，一箭射中了伊拉固的鼻子，士兵扶着他逃走。铁木真命哲别不要再追。此时毛浩来鸣金收兵，放走了王罕所有的士兵，在此地驻扎。

铁木真带着自己的人马凯旋，一路狩猎而归。此时已到年根，谁也没有回家，等着大年初一，希望在新年让铁木真登基。到了戊午(1198)

年新春，众臣拜见铁木真，请铁木真登基。

铁木真说道：

登上皇位称作天子，
那就是庶民百姓的父母。
可我确实没有做到，
爱护百姓像子女一样。

众臣听后都很佩服。第二天，首臣陶尔根希拉敬酒跪拜，铁木真举杯与众臣同乐。这时陶尔根希拉举杯问铁木真去年深夜军师脱帽跪拜之事。

铁木真笑道：“军师脱帽跪拜，是叫我带着众人佯装害怕，逃到远处；手持腰带再拜，是要我带着众臣逃走；收起前襟连拜两次，是叫我们带着兵营去；后退之后又向前迈步，是叫我先逃后追。”众人听后无不惊讶。

巴珠乃河畔歃血为盟

春分已到,冰开河流,勃特国探马来报:“乃蛮国正在操练兵马,不知是要攻打何处。”军师毛浩来连忙操练六军,带扎勒玛、哲别二人去巡视边疆。这乃蛮为何发兵?去年扎木哈悄悄派使臣到乃蛮国,说如果乃蛮可以发兵救援,就送索隆公主成婚。乃蛮国的阿拉坦沙嘎暗自想到,为什么又食言退婚?就请曲士礼来商量,决定带一支大军前去催婚,扬言说要给太阳罕报仇,实则向赫利特人问罪,趁着他们刚刚兵败,血洗一番。曲士礼带着胡拉苏布其、伊德尔二人,领两万兵马到赫利特边境,扎木哈便悄悄来迎接,说道:“为何不好好成婚?今年秋天,我们会送公主与阿拉坦沙嘎成婚。”曲士礼轻信了他的话,回国时突然想到父仇,想趁勃特人不备,去掠夺一番,到哈布图哈斯尔管辖内的嘎拉古图山前,被毛浩来的五队人马重重包围,拼死一战才得以逃脱。回国后,曲士礼谎称赫利特国的纳贡之物在路上被勃特国洗劫一空。

军师毛浩来仔细查看了哈布图哈斯尔管辖的地方,吩咐道:“此地离赫利特国很近,我们的国家离巴珠乃河很远,应该小心守护才是!”毛浩来领兵回到布尔罕嘎拉顿时铁木真不在那里。他问铁木真的下落,下人说,铁木真岳丈家洪格尔特部被洪吉拉部包围,他去搭救了。这又是为何?去年,赫王来攻击勃特国大败,回国后对扎木哈恨之入骨,要让他粉

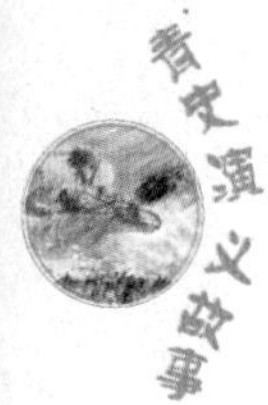

身碎骨。公主索隆高娃及时劝阻,才免他一死。伊拉固对勃特国更是怀恨在心,与扎木哈商议对策,扎木哈说道:“我们设法分散他们的兵力,乘虚而入,弄得他们措手不及。我们给少保乌和尔巴图那一万兵马,让他包围洪格尔特部。此时毛浩来在乃蛮国附近,铁木真一定会亲自前往。此时我们再给太师敖拉德尔、太保高林岱一队人马去嘎拉古图山包围哈布图哈斯尔,这样布古尔吉必带兵去解救。届时我领众兵将攻打过去,杀尽勃特国的老少,再截住铁木真的回路,杀死他!”商定之后让乌和尔巴图那领一万人马去攻打洪格尔特部,留两队人马准备随时攻击勃特国。洪格尔特部首领太斯钦看到有人来犯,令两个儿子阿吉尼莫尔根、胡达尔嘎率左右两翼人马,自己率中军人马与敌作战。他怕兵力悬殊,派乌其尔斯钦去铁木真那里请援兵,铁木真迅速领兵来救援。乌和尔巴图那、官楚格士兵一听铁木真带兵而来,慌忙四处逃散。乌和尔巴图那、官楚格无法控制四处逃散的士兵,自己也跟着逃跑。铁木真联合洪格尔特士兵追杀一阵,大败赫利特。乌和尔巴图那跟随官楚格逃入洪吉勒部落境内,铁木真紧追不舍。官楚格的弟弟仁钦本是辽国大将,因辽国盛行佛教,取了藏名。仁钦看到铁木真极为钦佩,带着自己国家的一半庶民来归降。铁木真给他赐名“乌汗图”①,封他为先锋,准备继续追杀时毛浩来的援兵已到。铁木真命毛浩来带着布古尔吉、布古拉尔、哲别、楚伦、苏布格岱、珠勒格岱、海鲁更、惠拉德尔八位虎将,领四万大军收复洪吉拉部落和与之勾结的大小部落。铁木真又派蒙格利克的两个儿子阿鲁哈、苏和二人去向赫利特国问罪。

铁木真领众臣回国时留守本土的比勒古岱突然差人来报说,赫利特大军包围了哈布图哈斯尔所属的嘎拉古图山,哈布图哈斯尔已有兵败趋势。铁木真听后大惊,命比勒古岱、敖伊图敖其格、乌仁嘎楚格以及长子珠奇、次子察汗台等人领国内的大军,带军粮前来,又命钦达嘎那斯钦、胡达嘎那布和二人召集远处的士兵迅速赶来。

伊拉固拨给乌和尔巴图那一万兵马,让他去攻击哈布图哈斯尔,又

① 乌汗图:蒙古语,智者,有智慧之人。

派使臣给金国送去了五百匹良马，希望他们派一支人马前来，歼灭勃特国，收复北方地区。他再一次从国内征兵，又派胡尔古斯、布和希尔二人带着厚礼去见东辽国族人耶律留哥、契丹国主海国俊、西夏国主李遵顼、西域国主巴巴波，求得援军，想要再一次攻入勃特国，一决雌雄。此时，勃特国使臣阿鲁哈、苏和兄弟二人来到赫利特，面见王罕。他们说道："你被你叔父珠勒抢占社稷和臣民时向也速该巴特尔求救，我们在嘎拉古图山下打败你的叔父，为你夺回失去的国土和臣民，因此你才有了温暖妻小的楼阁。"接着他们二人又说了七项赫王背弃信义之事。

伊拉固转过身去，用鼻子出气，说道："现在说什么都没用！"说着唤来左右的侍卫吩咐道："将这两个无耻的家伙推出去斩首！"公主索隆高娃站在殿后听着前面发生的一切，听到哥哥要杀勃特国的使臣，连忙走出来劝道："太子哥为何斩勃特国来使，玷污我们的皇位，血染你自己的宝刀呢？"伊拉固想一想也有道理，就喝退了左右的刀斧手，将他们轰出城去。他们兄弟二人回到国内一看，铁木真已领兵去给弟弟哈斯尔解困，便连夜追了过去。

哈斯尔击退了乃蛮国的人马，心中正得意时，赫利特国的敖林岱、高林岱二人领一万人马前来，将他层层包围，掠夺了他的牲畜和财宝。他只带自己的长子图珠，二人共骑一匹马，在撒袋里装满箭，一路射箭突出重围，直奔布尔罕嘎拉顿山。没有干粮，父子二人只能烤野鸭蛋充饥，抵达巴珠乃河边才与铁木真和他所领的几百人相遇。哈斯尔带着儿子翻身下马，跪着磕头，声泪俱下。铁木真看到弟弟非常可怜，发誓要歼灭赫利特国，怒火中烧，握碎了自己的刀柄，跳下马时右手中指被割，直冒鲜血。铁木真命随从将自带的白酒倒在宝碗，将手指头流出的血滴入碗中，敬天地，敬各路山神，在巴珠乃河北岸等待大队人马的到来。

无水无粮，人们只能喝满是泥泞的巴珠乃河水充饥。此时，阿尔泰哈拉山顶上突然涌出一片乌云，雷声一响，从山后面的草丛中跑出五六只斑驳的野鹿，扬起尘埃，向铁木真这边跑来。众人看后非常高兴，哈斯尔、比勒古岱带头射杀野鹿，割野草烧大火，将整只野鹿投入火中炙烤。此时军用的炊具都还没有到来，只有负责铁木真伙食的特古斯朝克图带

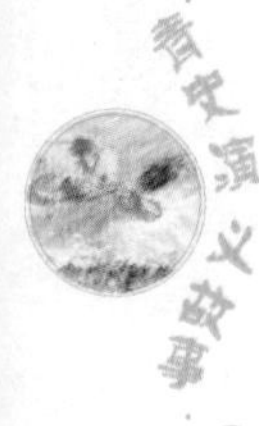

着干粮、干净的水飞奔到了这里。众人请铁木真用干粮，饮干净的水。铁木真说道：

各位兄弟、大臣、将士，
大家都饿着肚子，
烧吃带皮的野鹿，
我怎能咽下净水奶食？
拿走吧，不与大家同甘共苦，
我怎么能称得上人众的国主！
拿来吧，咱们同吃这烧熟的野鹿，
我们同享胜败的甘苦。

他割下一块肉，说道："士兵们受累了，你们选好肉吃！"说着，大口大口地饱食一顿，饱饮泥泞的巴珠乃河水。此时，大队人马也已赶到。

温都尔斯钦就义

铁木真领兵到了嘎拉古图山。此时，赫利特人马以做人质为由，掠走哈斯尔的妻小，离开那里已有五天时间。铁木真等人叫苦不迭，整编人马，准备追击。此时一个名叫查克拉希的细作来报："赫利特人马刚进入自己的国界，遇到皇太子新王带领的三万人马，他们就勒马返回，已向这边出发。王罕亲领十万大军跟在后面。"

扎木哈深知如果王罕不动身，其他部落的人马就难以调动，便说服王罕亲自出兵。王罕得知铁木真在嘎拉古图山附近的兵马不足万人，便领兵前来。铁木真清点人马，人数不足三万。士兵们得知赫利特兵力十三万，个个担惊受怕，不敢轻易交战。赫利特人护送哈斯尔的妻小到了自己的国家，索隆高娃记得自己早年在勃特国时哈斯尔对自己无微不至的照顾，命人在自己的宫殿旁边搭了一个帐篷，让哈斯尔的家眷住在那里，小心看护。勃特国军中的敖楞呼、高尔格二人探得此消息，报到了铁木真帐下。铁木真和哈斯尔稍稍放心，趁夜领兵追击赫利特。

扎木哈和王罕向勃特国出发，路遇扎勒玛率领的人马，疑心难平，在克鲁伦河北岸的牛嘴岭前占据要隘，安营扎寨，命敖林岱、高林岱二人日夜巡视。铁木真领兵返回，在哈拉金冈前安营扎寨。两国人马一进一退，一方挑战，另一方就加固阵地。正在此时，铁木真的援兵已到。这

样，勃特人马共十五万人，在夏秋两季三次大败赫利特人马，撤兵两次，直至冬末。毛浩来率大军收服北部洪吉拉等七八个小部落，国主们纷纷投降。他又领兵收服了位于俄国东南部的大国胡珠胡加州。铁木真发誓，如果找不到弟弟哈斯尔的家眷就不班师回朝，他们在外面过年。

己未(1199)年三月，铁木真与毛浩来商议战术，准备发动决战。西北边的探马来报："扎木哈替王罕给北伊拉达希河以东的策勒吉部落送了重礼，要与他们平分我们的国土。策勒吉部首领陶都接受了扎木哈的请求，领八万人马正向我国飞奔而来，已接近国界。"毛浩来听后非常高兴，连夜到铁木真身边，说道："主公请用跃虎之计挫败敌人，我去用飞蛇之计迎击陶都!"说完带着布古尔吉、惠拉德尔、海鲁更，领一半兵力出发。让陶克敦固带着人马巡视边界，命苏布格岱、珠勒格岱二人留在铁木真身边。

铁木真带五万兵马留在原地，将人马分为十队。第一队由铁木真带着哲别、扎勒玛、乌云格瓦、赛汉苏尔塔拉图亲自率领，第二队人马由比勒古岱、嘎楚格率领，第三队人马由哈斯尔、敖其格率领，第四队人马由驸马宝图、陶海图部落的宝松率领，第五队由钦达嘎那斯钦、胡达嘎那布和率领，第六队由希热呼图克、哈尔海如率领，第七队由苏布格岱、珠勒格岱率领，第八队由乌尔图布都拉嘎图、乌汗图仁钦率领，第九队由阿鲁哈、苏和率领，第十队由温都尔斯钦、乌勒呼部落的准岱率领。每队五千零五十五人，马多出五十四，都在轻便的帐内休息，非常整齐。扎勒玛手持铁木真的令箭，传达命令，说道："十路人马连夜出发，悄悄到达嘎拉古图山，从那里跟着铁木真，每间隔三十里下营。最后一队温都尔斯钦、准岱人马在阿尔哈拉金冈的这边，嘎拉珠河的那边三十里以外歇脚待命。特古斯朝克图、乌优图斯钦二人领一千人马把大军营帐和铁木真的大帐安排在哈拉金冈上，遍布旌旗宝盖，准备一百条皮袋，往冈上运水等待铁木真，立即出发!"扎勒玛又吩咐道："此外，每队人马比前一队人马要减少灶坑。首队由铁木真带领，五人一灶改为五人五灶，就算不使用，也得撒开灰烬留出埋锅的痕迹。后面的每队都减少一个营帐。最后一队十人用一灶。我们假装逃跑，来引诱敌人，十队人马接连诱敌，将敌人诱惑到哈拉金冈前，等敌军到齐后伏兵出来，诱惑敌人逃跑，各队人马最后都到铁木真那里。每队人马逃跑时故意扔下旌旗、金鼓等物品，等敌军一到，将士出阵迎战，但要故意败兵而逃，千万不能让敌人看出我们是在诱惑敌人。返回时各队人马相互传递铁木真的红盖！”仅用了三月二十一日的一夜功夫，所有的军帐已全部移动。

赫利特国的皇太子伊拉固得知铁木真败兵逃跑，刚要起兵去追，领策勒吉部落人马前来的扎木哈送信给他。两路人马会合一处，追勃特人马到名叫乌兰察布的地方，突然闪出一路人马，横在路中央。扎木哈登上车一看，前面的勃特国人马寥寥无几，举着很多旌旗，虚张声势。扎木哈冷笑一声，对伊拉固说道：“这是铁木真迷惑我们的计策，我们可趁机歼灭他们。铁木真生性傲慢，诸多部落归附于他，使他更加傲慢。俗话说：‘骄横者短命，迟来者手空。’他们明天定会拼命抗击。我们选十名弓箭手从暗处放箭。一百支箭向他射来，他还能躲得过吗？”说完挑选百名弓箭手，让他们混进三个部落的人马里，准备明日开战。

第二天辰时，两国人马在哈拉盖图山后布阵。扎木哈问众将道：“谁来出阵，去活捉铁木真？”太保高林岱上前一步，说道：“我曾夹击哈斯尔，灭过宝尔吉格德人的威风，我去争头功！”大将扎勒玛从勃特国军阵中骑枣红马，手持月牙大刀迎战。两位将军互报姓名，高林岱高举铜杵，扎勒玛手中的月牙大刀不离高林岱的胸口。没战几个回合，高林岱的肩上已有几处被刺伤。狼狈地逃回军中。扎木哈心中焦急万分，手持月牙大斧亲自上阵。扎勒玛迎上去，不战几个回合便刺穿了扎木哈头盔的前额。扎木哈慌忙而逃，勃特国鸣金收兵。扎木哈回营，伊拉固亲自为他斟酒，说道：“我们赫利特国第一次战胜勃特国，多亏了文武双全的元帅您啊！”扎木哈骄傲起来，说道：“若还有一点时间，定会杀了扎勒玛，让铁木真死在乱箭之下。”

次日天刚刚亮，勃特人拔了帐篷便逃，扎木哈变得更加骄横，命人大放号炮，亲自领兵追杀。追到勃特国驻扎的地方一看，他们的兵力不足两万五千人。好多地方都没有挖灶，没有一点灰烬。扎木哈仰天大笑，险些摔下马去。伊拉固忙问缘由，扎木哈说道：“我笑铁木真把别人当小

儿。那天在战场看到他们的兵力不足一万，却挖了两万五千人的灶，都是在虚张声势。快追！”追出三十里地，比勒古岱领兵拦截。扎木哈看到军中有铁木真的红宝盖，心中生疑，派高林岱太师迎战。比勒古岱紧贴马背冲过来，从高林岱的左腿将他拎起来，扔给了扎木哈，领兵逃跑。被扔过来的高林岱砸在扎木哈身上，二人滚作一团。赫利特士兵连忙过来扶他们。扎木哈羞愧难当，领兵紧追不舍。

追了三十里，哈斯尔又领一队人马拦路。扎木哈到高处一看，又是那队人马，只不过换了一员将领，军中依然有铁木真的红色宝盖。扎木哈知这是铁木真之计，派敖林岱迎战。哈斯尔一箭射穿了敖林岱的嘴唇，射掉了他的门牙，立即领兵逃跑。此时，巡营兵士来报：“敌军的炉灶减少了两成！”扎木哈更加骄傲，命大军追杀。又追了三十里，勃特国大将宝图、宝松二人前来迎战。宝图刚要出去迎战，宝松带着大军拼命逃跑。宝图射去一箭，射中高林岱的右眼，调转马头，飞速追大军而去。伊拉固心中生疑，扎木哈说道：“太子莫要惧怕。机不可失，时不再来。”追了三十里，钦达嘎那斯钦、胡达嘎那布和前来迎战。此时天色已晚，两军没有交战。第二天，赫利特人马发现勃特军队的炉灶减少了四成。扎木哈说道：“怎么样？此事不可置疑！”他命大军追上去，分别遇到了希热呼图克、哈尔海如的领兵，苏布格岱、珠勒格岱的领兵，乌尔图、仁钦的领兵，阿鲁哈、苏和的领兵。那些士兵都不战而退。追到嘎拉珠河岸边时勃特大军早已渡河，他们只能在河岸安营扎寨。巡查勃特国炉灶的兵士来报：“敌军只有几千人。”

扎木哈说：“勃特国的一万余人马在两个军营内轮换驻扎，想阻止我们的追杀。铁木真定在这两队人马之中。他们军中的行李少，我们的行李多，行走缓慢。现在将军营和大的行李都留在这里，轻装上阵，追击他们。谁人怠慢，军法处置！”第二天，赫利特人天一放亮就起床，留下重物和旌旗，先让王罕渡河，分给虎将胡尔古斯一千人马，让他留守大营，其余兵马渡江，寻勃特大军而去。走在后面的兵士说：“河这边的敏干布尔嘎苏台平原上有战马嘶叫！”走在前面的士兵又来报：“西北边布伊布尔丛林处有勃特国人马放的号炮声！”扎木哈说：“这些只不过是让我们起疑心的策略而已，无需多言，快快追杀！”

此时，勃特国第十队的温都尔斯钦、乌勒呼部落的准岱二人领兵迎战，战了几个回合便逃到了哈尔哈拉金冈下的山谷中，很快不见了踪影。赫利特国人马想起之前在塔斯山口的遭遇，都不敢向前。

扎木哈也起了疑心，仔细查看。冈上有一处勃特国的兵营，旌旗繁多，却不见士兵。扎木哈拍手笑道：“铁木真的死期已到。这冈上没有水源，如果他的几千兵马被我十万大军包围，就会活活渴死！”说完命士兵擂鼓，十万大军围哈尔哈拉金冈安营扎寨。王罕、古尔勒吉格那军师、阿尔达太师三人在北边下营，伊拉固、高林岱太保、胡萨古尔三人在南边下营，扎木哈、敖林岱太师、达勒吉岱太保在东边下营，绍木本、布格斯尔、巴塔三位虎将堵住西路下营。扎木哈亲自巡察四方人马。赫利特人马仗着自己人多，放松了警惕，巡察过后便躺下睡觉。

铁木真的十队人马中的苏布格岱、珠勒格岱两位和阿鲁哈、苏和兄弟二人所领人马在嘎拉珠河边的敏干布尔嘎苏台平原埋伏，准备夺取赫利特大营，迎击他们的退军。在哈尔哈拉金冈埋伏的士兵商定暗号，等赫利特国人马一到便动手。近日吹起了微微南风，赫利特大军人困马乏，昏睡不醒。半夜，冈上突然发出一声号炮，四面八方都响起了号炮。是夜，乌云密布，伸手不见五指。勃特国八队人马一起冲下冈去，突出重围。哈尔哈拉金冈南边突然燃起火苗，趁着风势越烧越旺，火光冲天。扎勒玛在马尾上系好易燃之物，浇了羊脬内的油，火势就迅速蔓延开来。扎勒玛顺风将马匹赶到王罕军营中。在火光中勃特人马显得特别高大，犹如天兵天将降临，赫利特人马丢下军营向东北方向逃去。正值草木枯干的春季，火势转眼工夫已蔓延到了平原，赫利特士兵被火包围，勃特大军从后面追杀，犹如捡干牛粪。王罕的须眉都被烧焦，他的马尾马鬃也被烧焦，王罕骑在上面，犹如老猴精骑马。军师固尔勒格吉那也被烧成一只瘦猴，跟在王罕后面。他们刚逃到山脚下，比勒古岱、哈斯尔带两队人马从山谷中杀了出来。王罕的军队被三面夹击，铁木真又率兵从北边追来，他只好向东北方向逃去。此时的赫利特人马早已被打得落花流水，加上不熟悉地形，已溃不成军。

王罕率兵逃跑时温都尔斯钦、乌勒呼部的准岱从沙窝的芨芨草丛和红戈壁中拥出，赫利特人马四处逃散，扎勒玛带着他们二人的领兵继续追杀。此时，比勒古岱、哈斯尔所领人马也已赶到，赫利特人吓得魂不附体，赛马一样向四处逃走。扎勒玛命人继续追杀，乌勒呼部准岱嫌王罕人多，迟迟不肯领兵向前。温都尔斯钦非常生气，独自冲过去，在马上转身骂道："有你这样为主效劳的吗？你不是一个部落的首领吗？难道我们都白白提举你了吗？"说完策马冲在最前面。

温都尔斯钦喊道："赫利特的陶高利勒曾多次背叛我主。我今天要戳死这个不义之人，以解心头之恨！"说着咬紧牙关，将盔甲扔在一边，紧贴着马鞍冲了过去。此时赫利特的败兵已聚到一起。温都尔斯钦所领士兵也跟着他一起杀进去，比勒古岱、哈斯尔、扎勒玛等人也纷纷冲了过去。

此时风已停，天已放晴。赫利特一半人马渡嘎拉珠河到河中央，突然洪水袭来，冲走了不少人马。伊拉固、扎木哈二人引兵泅水逃跑。阿鲁哈、苏和与苏布格岱、珠勒格岱所领兵马深夜渡河，在天亮之时夺取了赫利特国大营。中午时分，铁木真大军赶到河边，沿着河的两岸追杀敌人。

温都尔斯钦独自冲进赫利特军中，手举长矛，刺中赫王胯骨。固尔勒格吉那吓得大叫了一声，赫王的贴身侍卫过来将温都尔斯钦打落马下。扎勒玛等人赶来，救走温都尔斯钦，赫利特士兵也救走了赫王。日落时分，铁木真的十队人马纷纷过来聚集，却不见温都尔斯钦、扎勒玛等人，铁木真便派人去找。比勒古岱、哈斯尔、扎勒玛等人连夜抱着温都尔斯钦前来见铁木真，把准岱捆起来，推进铁木真帐内。铁木真定睛一看，原来温都尔斯钦头上有伤。铁木真大惊，问其缘由，扎勒玛一一禀报。铁木真非常生气，让扎勒玛把准岱推出帐外斩首。铁木真非常心疼温都尔斯钦，让他躺在自己的帐中，亲自喂药。温都尔斯钦因伤势过重，终于亡故。铁木真很是哀伤，将其骨灰装在银匣，派人送回故乡，封其三个儿子宝力克图巴尔斯、希里格图巴尔斯、特斯格勒巴尔斯为百户之长，各赏良马一千匹，列入五虎上将之位。此后，勃特军法日益严明。

羊肩骨卜卦

王罕的胯骨被刺穿,疼痛难忍,想到又被扎木哈骗了一次,砍断马鞭,起誓要杀了扎木哈。有人将此事告诉扎木哈,扎木哈非常惧怕,心想:与其被他杀掉,不如先动手杀了他。他召集阿尔达、胡萨古尔、达勒吉岱三人密谋,连夜围住伊拉固的大寨,说道:“我们早已有心辅佐你登基。不曾想那昏君把包括皇太子在内的我们五人抓起来送给勃特国认罪。你若不信,看看帕拉古岱就知道了。事已至此,我们几个人弃暗投明!”说着都抽出了剑。伊拉固听到此话,便有了起兵杀父之心。

帕拉古岱受索隆高娃之命,来劝王罕,正遇王罕大败,胯骨被刺穿,对扎木哈怀恨在心。王罕说:“我上了那猴崽子扎木哈的当,才落得这般地步,我想杀他而无力,你来得正好!”帕拉古岱听后非常生气,到扎木哈军中一听,他领的人马果然有了异样,正商议如何除掉王罕。帕拉古岱连忙回去,将此事通报给王罕,将他藏在其他大帐内,自己领兵出战,恰巧遇见了领兵前来的扎木哈。没战几个回合,扎木哈的左腿被刺穿,失声大叫,夺路而逃。阿尔达、胡萨古尔、达勒吉岱前来救援。帕拉古岱大吼一声,刺穿了达勒吉岱的膀胱。阿尔达只顾逃命,帕拉古岱从他背后刺了几次。扎木哈匆忙逃去,直奔乃蛮国。王罕连夜差人,杀掉了扎木哈的六个老婆。

帕拉古岱追杀一阵,鸣金收兵,请求主公回兵。此时瓦伊拉部落首领乌和尔巴图那逃了出去,给镇守金国北疆的千总周斯送去两百匹良马,借得了一千人马。伊拉固见了非常高兴,一面给王罕送了厚礼,谎称是金国的皇帝完颜所送,一面威胁众臣不要回兵。王罕看到金国的礼物和众将士们的决心,回兵之心少了一半,又怕众将会离他而去,也怕回兵时勃特国人马会追杀,只能听从大家的意见。

扎木哈、阿尔达、胡萨古尔三人逃到乃蛮国。此时阿拉坦沙嘎正在思念索隆高娃,听到赫利特来人,请他们进宫见面。

扎木哈假装哭道:"可怜赫王有眼不识泰山,明明答应将女儿许配给你,此次败兵之后却说要把她送给铁木真,以求和亲。我见证过你们二人的订婚仪式,所以与伊拉固商议,决定将索隆高娃骗到这里,让你们成亲之后联合起来攻打勃特国。谁曾想赫王得知消息后派帕拉古岱追杀我们。我们想着把索隆高娃送到你这里来,不曾想我的朋友达勒吉岱死于马下,我们三人也都受了伤。"说完把伤给阿拉坦沙嘎看。几天后,扎木哈听说自己的六个老婆都被王罕所杀,立刻昏迷不醒。醒来之后到大将曲士礼门下商议共伐勃特国之事。曲士礼急着报父仇,他带扎木哈见伊拉固,说杀了赫王,让伊拉固把妹妹送过来。阿拉坦沙嘎觉得这样背信弃义,没有同意。

扎木哈又想到一个奸计,说道:"太子这样考虑也未尝不可。我还有一个妙计:现在赫利特国和勃特国正在交战,太子谎称要援助亲家,派大军过去,将王罕层层包围,再逼婚,大事可成。如果不这样,勃特国早晚会攻打我们!"阿拉坦沙嘎点头同意,派蒙格勒吉、达达顿嘎去奏报父亲,征得同意之后给曲士礼一千兵马,命伊德尔道布为先锋,让扎木哈领路出发。

且说毛浩来领五万人马去迎战陶都,陶都足有八万人马,来势汹汹。毛浩来将五万人马分为五路,自己率领中军,命布古拉尔率右翼军,海鲁更、惠拉德尔二将率领左翼军和后路人马,呈五蛇阵,把重物和粮食都埋在沙子下,说道:"天上的鸟,水中的蛇都没有粮食,但它们可以日日觅食活命。这次我们要吃敌人的粮食，埋在地下的东西你们就不要再动心思了！”说完命人大放号炮，大擂战鼓，从五十里处如飞箭般杀了过去。陶都所领八万兵马被截成五队，首尾不能呼应，顿时大乱，逃散开去。勃特士兵吃敌人的粮食，追杀了半个多月，收获车马、盔甲几千。这次毛浩来本想斩草除根，无奈陶都人马到达伊犁北界的山中不肯出来，只能回去。毛浩来在十一月回国后听说铁木真今春仅领三万人在哈尔哈拉金冈抵御赫利特国十三万人马，并获大胜，特来与主公会合。铁木真命士兵在都呼楞河畔安营，第二次在外过年。

新年的礼节过后，举行盛宴。毛浩来站起来，走到九桌整羊前，手拿着快刀跪在地上，说道：“请主公占卜，现在有九只整羊摆在桌上，请主公猜一猜先从哪一只羊开刀，然后用朱笔记在宝碗的底面扣在一旁。下臣我来割肉，如果主公之意和下臣的想法相吻合，今年一定能彻底打败赫利特国。如果我们的想法不一样，那定不能完全歼灭赫利特。此卜就全凭主公的运气了！”铁木真听了，微笑一声，说道：“照办！”铁木真取乌优图斯钦的朱笔在宝碗的底面写了几个字，放在众臣面前，让毛浩来割肉。毛浩来高喊一声：“托主盛威！”走到第三桌整羊那里，用刀一捺，割下一块肉盛在金盆内，献给铁木真。铁木真失声惊叹，取宝碗翻过来一看，碗底写着“第三”。众人连连称奇，铁木真命人搬来整羊，亲手割肉赏给毛浩来，二人津津有味地吃起了羊肉。

众人都吃了羊肉，把骨头也剔得干干净净。铁木真割下这只羊的后腿，掰下踝骨藏起来，背着众人扣在金碗下面，微笑着对毛浩来说道：“威武的军师你来猜猜这踝骨的背、心、目、耳[1]的哪面朝上？”毛浩来说道：“主公金碗下踝骨，其目朝上。”说着带众臣向前，掀开金碗一看，其目果然朝上。铁木真和众臣纷纷称奇，把自己吃过的和毛浩来吃过的羊肩骨放在一起，对着阳光一看，肩骨的薄处聚集了五彩之光。铁木真给众臣看了看，又将其他的羊肩骨扔进火里，在火烟上对照一看，那五彩之光变得越发明显。

---

① 踝骨的背、心、目、耳：宽凸面叫背，宽凹面叫心，窄凸面叫目，窄凹面叫耳。

铁木真说道:“将这踝骨和肩骨小心存好。待我赢了蛮横的赫利特,我们再细细研究。”乌优图斯钦用黄缎子包好,珍藏了起来。

赫利特国大军在扎吉格彦图山以北,贺木和图山以南的地方下营。见赫利特国人马不来挑战,勃特国也按兵不动。两军都派出一些细作和探马来了解对方的情况。毛浩来趁机把十万大军按骏马飞奔四蹄之势分成四队。哈斯尔率领敖伊图敖其格、乌仁嘎楚格、女婿宝图、宝松四人,领一万人马,为骏马右前蹄;比勒古岱率领扎勒玛、哲别、阿鲁哈、苏和四人,领一万四千人马,为骏马左前蹄;大将楚伦率领希热呼图克、哈尔海如、钦达嘎那斯钦、胡达嘎那布和四人,领一万四千人马,为骏马的左后蹄;大将布古拉尔领朝莫日更、呼尔查拜利、乌尔图布都拉嘎图、乌汗图仁钦四人,率领一万四千兵马,为骏马的右后蹄;毛浩来亲自领五员虎将为骏马的头部,用一万八千兵马为马的鬃毛;命洪格尔德部阿吉乃莫尔更为马的鬐甲;乌优图斯钦、乌云格瓦、乌能图如、特古斯朝克图四人领一万四千兵马为马的缰绳和马镫;以乌勒呼为马鞍,以巴音为马鞭;派阿尔嘎松部的胡尔古勒吉为胡达尔嘎巴特尔的副将,领他们二人带着铁木真的珠奇、察汗台、窝阔台、拖雷四人为马的后腰和尾巴,统领众军;铁木真在中间位置,为骏马之主。毛浩来亲自手持令箭操练士兵。过了一个多月,士兵们有了风驰电掣般的敏捷。哈斯尔一路人马取名为“龙爪”,比勒古岱一路人马取名为“狮口”,楚伦一路人马取名为“凤喙”,布古拉尔一路人马取名为“虎牙”,毛浩来一路人马取名为“雷箭”。

不久便到了草木青青,温暖和煦的四月。扎木哈用奸计骗来了乃蛮大军,将阿尔达、胡萨古尔二人深夜叫到帐中,吩咐道:“我们骗来乃蛮国的大军是为了要杀掉陶高利勒这个老东西。他杀了我的六个老婆,我必置他于死地。只要他还活着,我们就不能在赫利特国掌权,享受荣华富贵。阿尔达今晚去赫利特军营内密见伊拉固,告诉他说,勃特国派人给乃蛮国的太阳罕送来金银财宝,暗中勾结,扬言要引兵救援,曲士礼、伊德尔道布等人已经领一队人马出发了。如今你要将计就计,假装与他相交,拦路将他杀死。”阿尔达、胡萨古尔二人连夜跑到伊拉固军营内,将扎木哈教给他们的话一一说给伊拉固听。伊拉固听后非常生气,命乌和尔巴图那领五千人马去迎击乃蛮来兵。阿尔达、胡萨古尔二人回来复命，扎木哈非常高兴，到曲士礼帐中，说道："我一位在赫利特国的亲戚说，赫王已说好将公主索隆高娃嫁到勃特国，以求联姻和好。他们特派一队人马来攻打我们。大将务必小心啊！"说完回到自己的军营内，拔营退到了五里之外。

是夜，听说太师乌和尔巴图那领兵前来迎接，曲士礼心中生疑，问道："勃特国又没有围攻赫利特军营，他为何还要领兵来迎？"说完正准备发号炮，令士兵防范，突然从一座名叫伊松郭勒的山上飞出一队人马，飞速来袭乃蛮军营。乃蛮人马毫无防备，大败。曲士礼带一队人马逃出。扎木哈领兵跟了过来。

曲士礼说道："此事果然不出你所料！"

扎木哈心中暗喜，说道："若不杀这陶高利勒，将会一事无成。大将速速擂鼓召集人马。他完全不知道我们的情况，我们趁机围攻吧！"他们召集兵马，极力回杀。赫利特人马抵挡了一阵，逃到伊松郭勒山口，把守那里不肯出战。曲士礼大怒，正准备明日交战之时，探马来报："勃特与赫利特两国在扎吉格彦图、贺木和图两山之间交战，赫利特大败，人马四处逃散，乌和尔巴图那也早已溜了回去。"扎木哈一看，山口的旌旗果然是虚设的。扎木哈、曲士礼等人便日夜赶奔赫利特，准备趁机抢来索隆高娃。

勃特、赫利特两国为何要交战？勃特国正让士兵操练骏马之阵时铁木真亲自巡察兵营，到哈斯尔兵营一看，他的队阵混乱，首尾无法呼应，旌旗号炮不分明。铁木真唤来哈斯尔问道："我一连两年在外过年，兴师动众都是为了你，你为何如此涣散，放松了兵士的操练？"

哈斯尔喝醉了，踉跄着说："这两年你打胜仗了？我的老婆孩子在哪儿呢？"

铁木真听后非常生气，命人擂鼓，把哈斯尔绑起来，下令道："把他推出帐外斩首，以正军法！"

铁木真的三个弟弟带头跪下，请求刀下留人，铁木真没有答应。

军师毛浩来跪下来，说道："在两军交战之时杀了亲弟，定会成为敌

人的笑柄。不如记其罪过，降其官职，命他立功赎罪！”

铁木真听后，将哈斯尔贬为普通兵士，叫他立功赎罪。哈斯尔羞愧难当，带着自己的人马，连夜动身去洪贺坦那里过夜。门卫将此事禀报给毛浩来。此时，苏布格岱正在毛浩来帐中商议军事。毛浩来听后大怒，命苏布格岱领他的“凤喙”军去捉拿哈斯尔的“龙爪”军。苏布格岱巴特尔追上哈斯尔，说道：

你若离开你的亲人，
就会被别人吞食掉；
你若离开你的骨肉，
就会被别人俘虏去；
失去了万物都可以寻回，
丢失了亲人就难找得到；
丢失了奴仆可以寻得到，
丢失了兄弟就难以找到。

苏布格岱巴特尔好言相劝，不动干戈便让他回心转意，领了回来，拜见铁木真，恢复了他原有的官职。

此事传到赫利特国军营中。伊拉固听后非常高兴，修书一封，命胡日古斯、博格斯尔二人连夜到哈斯尔帐中去请他。哈斯尔打开书信一看，信中写道：

贵公子之兄铁木真，
手里刚有一点权势，
如此为所欲为，
要杀害手足兄弟。
您若不早点想个主意，
终有一天被他暗算。
不如趁这机会动手，
将铁木真置于死地。

自己当上勃特国国主，
从此咱们两国和好。
共享安乐岂不为妙？
如今您的一家老小，
都在我们的手里。
请公子好生想想，
到时候我们将帮助您。

看完信，哈斯尔对胡日古斯、博格斯尔二人说道："我兄如此欺压我们，我们四人早有了谋反之意。无奈力不足，才寄居于此。大王不知内情，抢走了我的妻儿。我兄以此为由，领兵前来，给我栽赃，想要杀我灭口。我只能逃出去，找位于西南边的洪格坦，无奈又被他们抓了回来。如今大王如此看重我，协助我除掉他，并让我妻儿享乐，此乃我哈斯尔的洪福。我的一队人马杀掉铁木真不成问题。只是，其他人所领人马届时会来杀我。因此，大王应该与我约定日期，领大军前来，我从内协助，大事可成。"说完把胡日古斯、博格斯尔二人伪装成自己的探马，放了出去。伊拉固听后非常高兴，将敖林岱、高林岱二人伪装成勃特国士兵，送到哈斯尔兵营。他们二人混进哈斯尔军营，想要在五月十四日夜里歃血为盟。哈斯尔说道："我妻儿还在你处，这不比任何血盟更可靠吗？"敖林岱、高林岱二人定下时间，悄悄回到了自己的军营。

伊拉固听后非常高兴，祭拜天地，洒酒祭旗，将军营往前挪了九里地，放火烧毁旧营的痕迹，十四日太阳一落山，便悄悄接近勃特国军营。那晚天色漆黑，赫利特人马非常开心，行军到扎吉格彦图、贺木和图两山山谷中二十里长的河边。山谷中非常安静，能够听清夏日蝉虫的鸣叫。固尔勒格吉那丞相对王罕说："如今，万岁您就要统领天下。在这吉时良辰，金国派大军来迎接，山中的鸟虫也在迎接您！"王罕连连称此是吉兆。大军沿着沙地草坪前进，走到名唤呼伦贝尔的哲尔格楞图冈前的达兰布

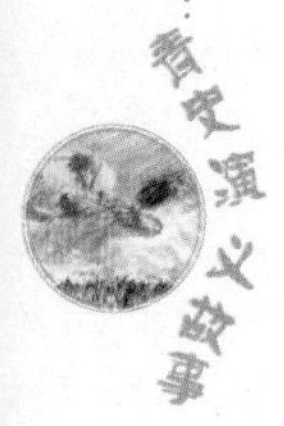

拉格图[1]山谷中二十里长河的西口，看到那里堆砌了许多石头和树木，挖了纵横交错的大小陷阱。王罕看到非常恐惧，大喊道："我们中了毛浩来的奸计，迅速撤退！"话未说完，从河西口堵住路的石头和树木那里号炮一响，河的两岸燃起了无数火把，勃特国大军擂鼓呐喊，喊声惊天动地。

原来铁木真、毛浩来、哈斯尔三人秘密商议，利用哈斯尔妻儿在赫利特国，让他佯装成谋反之人，将赫利特国的大军引到了这里。这时铁木真给哈斯尔、比勒古岱、嘎楚格三人五员大将，让他们去赫利特本土围攻；给布古拉尔一队人马，让他埋伏在赫利特国军营北边。

赫利特人马听到前路已被堵截，正准备调头，扎勒玛所领人马跟上来，发射无数乱箭。赫利特人马被困在狭长的山谷，有力无处使，人马挤在一处，动弹不得。看到两边的滚石和飞箭，乱作一团。军师毛浩在命人在山上点火，借助火光手持令旗指挥人马。铁木真领众臣站在西边的哲尔格勒根图山上亲自观战。

军师毛浩来将手中的令旗挥动三次，山谷两边的士兵与滚石飞箭一起跑下山来，喊声惊天动地。赫利特人马哭喊不绝，极为凄惨。铁木真以白旗为号，叫毛浩来不要伤害王罕的性命。毛浩来令士兵对赫利特士兵大喊道："你们当中如果有谁活捉了你们的主公和逆贼伊拉固，可饶你们不死！"赫利特国军师、太师、太保等人惊慌失措，频频下令，让自己的人马迎战。勃特国人马个个射出双箭，滚下双石。可怜那赫利特人马无处闪躲，相互踩踏，死伤无数。勃特国备好的滚石和飞箭还未用到一半，天空突然电闪雷鸣，下起倾盆大雨。不到两个时辰，呼伦贝尔的达兰布拉格河水中涌出千万眼泉水，河水涨到了河岸的高度。雨过天晴，天上挂起了明月。洪水冲走了赫利特无数士兵，山谷中堆满了尸体。

毛浩来命人严加看守河口，挥军掩杀赫利特将士，好似从灌了水的坑中打捞野鼠一般。赫利特兵士知道已无退路，多半人弃旗投降。王罕、太子伊拉固生怕自己的兵士将他们抓起来送给勃特国，脱掉自己的皇甲和太子袍，穿上死士带血的衣物，趁着大雨，带几十名随从冒雨爬

① 达兰布拉格图：达兰，七十，此处为泛指。布拉格图，有泉水的地方。

坡，逃向自己的军营。抵达军营一看，兵营已被布古拉尔占领，早已改旗易帜。此时雨过天晴，一轮月亮挂在夜空。伊拉固回头一看，只剩下不足二百人。他们不顾一切，连夜走了三十里，到一个名为宝如格图平原的地方，在那里藏了一天，夜晚吃生肉充饥，准备动身时一队人马挡住了去路。王罕以为是帕拉古岱的援兵，飞奔而去。从那队人马中冲出一个人，一刀将王罕砍成两截。这哪里是赫利特国人马？乃蛮国曲士礼、扎木哈等人到乃蛮国去抢索隆高娃，遇到铁木真的四位弟弟、五员虎将所领兵马，战败逃跑时遇到了王罕。忘恩负义的扎木哈一眼就认出了王罕，大喊是好机会，一刀下去将他砍成了两截。伊拉固听出了扎木哈的声音，立马变得浑身无力，说了一声："我……"便调转马头，带着自己的几百兵士，逃到南边的夏国，成了打家劫舍的盗匪。

乃蛮人马后有追兵，不要说去追伊拉固，王罕的尸体都还未来得及收敛便匆匆逃去。陶克敦固追过来，看到王罕的尸体，命人砍下其首级，盖住尸体，继续去追乃蛮败兵。

接着说达兰布拉格战役：军师毛浩来在达兰布拉格图河谷包围赫利特十三万人马，大战了两天，让他们全部归降，分给各队人马，请铁木真到贺木和图山下的军营，布古拉尔领四员小将迎接。

清点赫利特国人马时发现一万多人死于战场，约两万人四处逃散，剩余的九万人中有很多其他国家的人马。毛浩来命人将他们一一分出，查出为首的人，连同固尔勒格吉那丞相、敖林岱太师那样砍下其首级，士兵分给勃特国各队人马。大队人马向赫利特境内的克鲁伦河出发，哈斯尔、敖楞胡、高尔格三人来迎接。原来，哈斯尔已说服敖楞胡、高尔格二人，赫利特人马被困之时来归降毛浩来。毛浩来让他们二人协助哈斯尔收服赫利特。他们二人哄骗索隆高娃、安都、帕拉古岱等人，未动一兵一卒就收服赫利特国，哈斯尔也见到了自己的妻儿。

铁木真亲率大军到赫利特国，在那里安营扎寨。铁木真派十名士兵去寻找赫王，吩咐道："如果赫王逃了，查出其下落；如果赫王死了，拿来其尸体。"

铁木真又吩咐道："如今把赫利特人马分为五路，编为八队，分别交

给四位兄弟和四员大将指挥。金国派来的人马,他们的主将都已被杀戮,而他们的国主又推托不说此事,因此迅速派人到金国查问此事,如果金国国主所言属实,便叫他们派来使臣,把人马领回去。夏国、契丹、东辽和西域等国的人马,都要照此办理。来日必有用!”众国士兵欢天喜地。铁木真将伊拉固的嫔妃都赏给哈斯尔当奴婢,想到索隆高娃的义气,好生赡养了伊拉固的妻儿。

铁木真在克鲁伦河边大摆筵席,庆贺克敌。这时陶克敦固巴特尔追杀乃蛮逃兵到其国境内,收获了车马,回来时遇到打探王罕下落的士兵,将他的尸体挖出来,一起回来拜见铁木真。军师毛浩来将此事报给铁木真,将王罕的尸体和首级放在一处,用金缎包好,让哈斯尔拿给索隆高娃。索隆高娃看到父亲的身首虽在一处,但时逢夏日,尸体已腐烂发臭。索隆高娃咬牙恨扎木哈,洒酒敬父亲的在天之灵。在哈布图哈斯尔的精心照料,阿鲁哈、苏和二人的关照下,索隆高娃带着赫利特的全部族人搬到勃特国生活。

八月,在勃特国南部名为塔海木的河边设大帐,大摆筵席。众臣问新年伊始,毛浩来与铁木真用整羊定下的军机。

毛浩来解释道:“主公前面的九个整羊桌就像是主公的九卿大国。第三桌整羊代表主公的三弟哈斯尔。从那里开始下刀,说明哈斯尔的妻小都被赫利特抢去,也是说将计就计。这桌上的整羊似我们的国家。从右肩割肉,暗喻把主公右臂一样的弟弟哈斯尔假扮成叛逆之徒,引来赫利特大军。我们不是用羊的右肩骨预示吉祥吗?我们也是想用主公的弟弟哈斯尔引敌军前来,攻破他们。果然不出所料,主公的右臂哈斯尔引赫王前来,在达兰布拉格大败了他们!”众臣听后无不称奇。

德钦呼尔洛、伊拉固松归降

勃特国中无事,迎来了四月十六日,铁木真的诞辰。这辛酉年四月十六日是铁木真的四十岁寿辰,那年布尔特格勒金夫人也四十岁。在克鲁伦河和鄂嫩河之间的广袤大地上,勃特国的百万子民聚集到一起,庆祝铁木真与夫人的寿辰,寿宴盛大,安详欢乐。

俗话说,“天下没有不散的宴席”。很快,蚊虫嘤嘤的夏天过去,凉风瑟瑟的秋天将至,到了北方套马驯马的季节。毛浩来从自己八百匹马中遴选优中之优。此时远方的探马来报,说乃蛮国派来了使臣。乃蛮国为何要派来使臣?去年,曲士礼、扎木哈等人想从赫利特抢来索隆高娃,遇到陶克敦固巴特尔的领兵,交战后大败,丢失车马无数。后来,勃特人收服了赫利特,在塔海木河畔操练骏马之阵,名声大噪。对此,曲士礼心怀大恨,与大将胡拉布苏其商量良策。早朝上,胡拉布苏其当着太阳罕的面叫来扎木哈,问他与勃特国交战的对策。

扎木哈又想到一计,说道:“北方的七十五个国家和部落的八成已归降勃特国。但逃离、溜走和被漏掉的也不在少数。如果皇上给我一千人马,我就将那一千人与我属下的士兵领出去,收服这些国家和部落。”太阳罕虽然不喜欢扎木哈之前在几个国家连连游说,屡次举兵均被打败之事,可想到国家的利益,点头同意,拨给他一千兵马。蒙格勒吉、达达顿

嘎等人坚决反对，胡拉布苏其、曲士礼等人坚决支持，双方大臣争论不休。

太阳罕说道：“我知众臣都是为社稷。我国多一些臣民有什么不好？让扎木哈去吧，不与勃特国交战就是了。”又想到蒙格勒吉等人说过，索隆高娃虽身在勃特国，依然想与阿拉坦沙嘎成婚一事，便又说道：“至于儿媳的事，小主与蒙格勒吉、达达顿嘎商议，派人去说吧。”

阿拉坦沙嘎非常高兴，与蒙格勒吉、达达顿嘎商议，以吉格为副使，让伊德尔道布领一千骑士，带厚礼去勃特国，商议成亲之事。忠诚的伊德尔道布不顾自己的安危，抵达布尔罕嘎拉顿山，拜见毛浩来，商议成亲之事。毛浩来奏报主公，问索隆高娃的意见，大摆婚宴，回送了重礼。伊德尔道布、吉格等人回国将此事一一禀报。太子、达达顿嘎、蒙格勒吉等人非常高兴，大将胡拉布苏其、曲士礼等人心中不悦。

此时，乃蛮国又出了一事，不得不与勃特国宣战。发生了什么事呢？铁木真有一个同族的叔父名叫赛音布和罕，他到金国长城张家口以外，山西附近的大同一带，破土筑城，自称皇帝，号称有百万庶民。他将幼女嫁给乌利扬罕部落的扎勒玛，又让小儿子占布拉辅佐勃特国国主。勃特国与金国做生意时常派他去。赛音布和罕居住在汉人边界附近，怕金国欺负，便派一个儿子留守在本国，一旦金国来犯，便从那里遣兵调将。前年，铁木真出征攻打索隆古斯国时生怕乃蛮国的太阳罕起兵来犯，就派人告诉赛音布和罕，让他假装从背后攻打乃蛮，让他们起疑心。为此，赛音布和罕和乃蛮国结下了冤仇。如今，乃蛮国大将胡拉布苏其带一队援军去夏国的凉州城，回来时派人抢走了赛音布和罕的五万匹马，又将劫去的赛音布和亲戚全部杀害。赛音布和罕一边自己征兵，一边派人请求铁木真派援兵前来，给他报仇。

大将胡拉布苏其上朝，与其国主商议道：“西边有一个叫旺固布的部落，部落首领德钦呼尔洛，原是辽国的大将。此人现在占山筑城，挖河建墙，劈崖为关，以壑为门，招兵买马，囤积粮草，备马备箭，养着三万精兵，他本人也武艺高强。皇上派一个使臣，说想娶其女给二太子蒙根陶利，以结联姻之好，联合攻打勃特国主铁木真和大同府的赛音布和罕！”

太阳罕同意，派胡拉布苏其、曲士礼为使臣，备了厚礼，让他们前往旺固布部落。二人见过德钦呼尔洛，说想娶他的女儿顿玛为乃蛮国二太子蒙根陶利之妻，联合攻打勃特国。

德钦呼尔洛抬起头，捋着他的花白胡须，说道："贵国若想与我结亲，首先要与勃特国和好，消除来日隐患，我就愿意与贵国结亲。如果贵国与我结亲是为了共同侵犯勃特国，我不会把女儿嫁给贵国公子。娶了公主，反而对你国有害。俗话说'顺天者昌，逆天者亡'，我可不能逆天行事。请两位使臣莫要生气，我这一席话也是为了你们。你们回去之后要好生解释给你们皇上听，以免你国惨遭祸害。"说完盛情款待他们，席间说道："如果不与勃特国为敌，我愿意把女儿嫁到你国。"

德钦呼尔洛并没有接受厚礼，反而送良马作为回礼。他又怕乃蛮国会来攻击，严守关卡和山谷，整日操练兵马，准备迎战。德钦呼尔洛准备了南国与本国的贵重物品和米酿的白酒，准备带着一百名随从去勃特国。此时，乃蛮国名叫胡瓦拉克的信使送来一封信。拆信一看，皆是威胁的言辞。德钦呼尔洛笑道："虫子生于夏日，你想要告诉它冬天的寒冷，那只能枉费力气。"说完让人捆绑胡瓦拉克，向勃特国出发。到布尔罕嘎拉顿山，见了军师毛浩来，将乃蛮信使一事细细说给他听。毛浩来听后非常高兴，连夜备上接风宴，拜见铁木真，将此事奏报给铁木真。第二天，毛浩来带德钦呼尔洛见铁木真。德钦呼尔洛细细报奏了乃蛮国的联姻之事，又献上乃蛮信使和自己带来的贵重之物和六车白酒。铁木真夸赞德钦呼尔洛一番，让四员大将、六位大臣好生招待。席间，铁木真说道："做到我不犯人容易，若别人来犯，我们也不能轻易放过。"说完饮了三杯德钦呼尔洛献来的白酒。临别之时，铁木真说德钦呼尔洛的故土已是农业地区，送了他一百匹好马，三百头牛和一千只羊，商定讨伐乃蛮国一事。

乃蛮国胡瓦拉克的随从跑回国去，禀报了胡瓦拉克被捕一事。太阳罕听后大怒，骂道："好一个自寻死路的奴才德钦呼尔洛，竟敢如此无礼，不可不除！"阿拉坦沙嘎不知两次差使之事，叫来使臣的随行人员，细问德钦呼尔洛说的话。听后觉得德钦呼尔洛所言极是，劝父亲不要出兵。

太阳罕说道:“勃特国有你喜欢的女人,所以你才口出此言吧!”

一天,太阳罕与众臣吃酒,命人搬来一百个花盆,每一个花盆前站一名相貌丑陋的士兵,问儿子:“这兵士和花卉哪个更要紧?”阿拉坦沙嘎明白父亲的用意,答道:“人要紧!”说完赶紧跪拜,问道:“父亲为何这样?”太阳罕说:“不要为了女色,忘记了江山社稷之大事!”阿拉坦沙嘎听后哑口无言,不言而归。

太阳罕毕竟是刚烈的人,他知道勃特国早晚会来收服他们,因此,他决定起兵征伐。当时东南边有一个部落叫布顿,其首领是旧辽国的大臣,名叫伊拉固松,他掌管几万人马,兵强马壮。太阳罕想把自己的幼女哈斯托娅许配给伊拉固松的长子哈金希拉,两家和亲,一起讨伐勃特国。太阳罕说道:“天上不能有两个太阳,地上岂能有两个皇帝!”说完派大将胡拉布苏其为使臣,送厚礼给布顿部落的伊拉固松。伊拉固松从远处迎接乃蛮国使臣,设宴款待,并答应了和亲一事,回送厚礼给太阳罕。伊拉固松谎称自己已投于乃蛮国,连忙准备南方布缎十担,好铁五万斤,伴装成金国商人到勃特国拜见铁木真。铁木真同样款待,并给予重赏。席间,毛浩来说道:“你想的主意比德钦呼尔洛的更高一筹。你将这些厚礼送给太阳罕,先投于乃蛮。等我们讨伐乃蛮之日希望你能助我们一臂之力!”说完商定了细节,起誓送别。

扣碗定战策

探马接二连三来报："乃蛮国从各处征兵，人数已接近二十万。"军师毛浩来到铁木真帐中，与主公商议对敌之策。此时铁木真正在喝奶茶，喝完茶，他把盛茶的碗递给毛浩来，继续想对敌之策。毛浩来接过碗，将它扣在圆月宝镜对面的鹿角碗架上面，给铁木真磕了头，便出去了。铁木真走到镜前，拿起扣碗看了看，在镜中看到自己，便猜透了毛浩来的用意。

第二天，铁木真命人从内宫细软仓库里拿来嵌有九种宝石的黄金盔甲一副，嵌有九种宝石的黄金马镫一个，南方良锦彩缎百匹，俄罗斯黑白貂皮，黑白狐皮各五十张，唐古特国酒樽十个，金国送来的白玉飘带镜子、领结玉带十个，夜明珠制作的念珠、琥珀玛瑙、镶嵌金刚宝石的纯金耳饰四对，白银元宝二十锭，赏给毛浩来。毛浩来接受赏赐，请来扎勒玛，叫他领上弟弟点仓，交给他们宝贝，吩咐道："主公赏给我的这些宝贝，你们拿去作价变卖吧！"

军师毛浩来从九路人马中点出九员大将，带着勃特国远近部落一半的人马，在勃特西南边的塔海木一带的莫尔更河岸聚会，给众军士下令，提早防备。毛浩来说道："大同府的赛音布和罕的人马和我们本部的人马准备好兵器。如果有谁怠慢，我的军法严明！"

扎木哈去召集其他部落的人马，召集来的部落有：麦勒吉部落、逃散的赫利特部落余部、瓦伊拉部落、巴音其尔部落、哈达钦部落、萨勒吉岱部落、都尔勃特部落、塔塔尔部落的余部。除去这八个部落的首领，还有一些小部落的散兵游勇，共计六万八千余人。扎木哈还带着胡拉布苏其的厚礼向金国镇守北疆的大将陶思忠、仆散揆二人行贿，借了一万人马，从夏国借来了两万四千人马，加上自己原有的九万五千人马，已有了十八万人马。太阳罕想要凑够二十万人马，派儿子阿拉坦沙嘎去哥哥宝劳王那里，希望他可以从东契丹那里借援兵，与自己的兵马加在一起，凑成三万人。阿拉坦沙嘎听后非常高兴，希望叔父能够劝阻父亲起兵，带百余名随从直奔旧奈曼部落。

阿拉坦沙嘎拜见叔父，首先传达了父皇之命，然后希望叔父可以劝阻父皇起兵。宝劳王与阿拉坦沙嘎饮酒大醉，辱骂他道："你这个没有志气的杂种，为了一个美人竟然想出卖祖先苦苦创立的江山社稷！"随后在他脸上大吐一口唾沫。阿拉坦沙嘎倍感羞辱，刚要解释一番，宝劳王怒火大起，举起金杯砸去，打得阿拉坦沙嘎鲜血直流。他又推翻桌子，用不堪入耳的脏话辱骂阿拉坦沙嘎，屡次吐在阿拉坦沙嘎脸上。各种酒气灌入阿拉坦沙嘎口中，他感到胸中憋闷，晕了过去。阿拉坦沙嘎的随从伊德尔道布之子乌能其格图、宝劳王之子曲屈律连忙将他扶起，回屋让他躺在床上。阿拉坦沙嘎一阵阵吐血，竟有两个月卧床不起。

第二天清晨，宝劳王酒醒之后知自己言语过分，所以不好推辞；若去，又知勃特国厉害。正在踌躇之时儿子曲屈律前来拜见。他把这些说给儿子听，曲屈律说道："这有什么好犹豫的？乃蛮国本是我们的，只是祖父偏心，让小叔继承了皇位。如果勃特国兵败，我们瓜分它。如果乃蛮国兵败，我们就去占领乃蛮国，恢复父亲的皇位。我们完全可以站在自己的角度派兵。"宝劳王听后茅塞顿开，亲自去东契丹国借来一队人马，与自己的人马凑成三万，与儿子曲屈律率兵出发。

宝劳王父子领兵抵达新乃蛮国，太阳罕亲自迎接，在西辽都城内大摆筵席。宝劳王说道："你家太子想让我阻止你发兵，我没有听从，说了几句狠话，加上他身有疾病，现如今卧病在床。都是小病，不足一提。"他们谈话时蒙格勒吉牵一头牦牛，从内宫东南角的龙门走过来；达达顿嘎牵着十几只首尾相连的羊，从西边的龙门走了过来。众人皆惊，蒙格勒吉、达达顿嘎二人却装聋作哑。牦牛虽慢，却很快从东边走到了西边；那被连在一起的十几只羊，相互牵绊，足不向前。蒙格勒吉牵着牦牛到羊群中，那羊被牛踩断了腿脚。此时蒙格勒吉、达达顿嘎二人把牛羊拴在一起，跪拜道："皇主明鉴，那勃特国的十万人马乃是一国之军，而我们的二十万兵马来自十个部落。看起来十只羊的四十条腿很多，却不及那牛的四蹄。这么多部落的兵马聚在一起，只能虚张声势，如何能打胜仗？"

太阳罕笑道："勃特国那十万人马不也是来自众多部落吗？"

两位大臣道："唉呀，那怎能说是众多部落的人马呢？如今他们早已归顺勃特国，生杀大权都在勃特国。我们这二十万大军各有其主，如果他们犯下军律，我们能杀吗？"

太阳罕仔细一想言之有理，正在犹豫时宝劳王冷笑道："你们皆是接受国家俸禄，整日赏花玩鸟的文人。你们现在向着勃特国，灭自己的威风是为了什么？"

胡拉布苏其、曲士礼也主张出兵。

扎木哈插嘴道："事到如今我们只能往前，不能后退。如今二十万大军已经聚到了这里，如果轻易就各自散去了，那勃特大军定会来围攻我们。这次我们唤醒了熟睡中的勃特国。"

宝鲁之子曲屈律也说道："在路上，我听说勃特国的两个人带着众多珍贵的宝物去了我国的边界。这恐怕就是那些奇珍异宝的力量吧？"

双方各执其词，互不相让，有十人主张宣战，二人阻挠。

太阳罕冥思苦想了半个钟头，说道："两位大臣是为了我，其他人也是为了我。双方各有各的道理。古人说：'宁可断骨，不可辱名。'我大小也是一国之主，且过了半辈子。召集了二十万兵马，如何能说散就散？"两位大臣听后从怀里拿出刀，割掉自己的头发，脖子挂上铁链，说道："劝主未果是我们的罪过啊！"他们二人走出宫，遇见前去看望阿拉坦沙嘎回宫复命的伊德尔道布。伊德尔道布听后焦急万分，入宫禀报了阿拉坦沙嘎的病情，并劝说应与勃特国和好。太阳罕勃然大怒，骂道："你兵败勃特，杀我锐气；出使赫利特，丢我体面。怎么还有脸来劝我！”说着拍案而起，下令道：“速速拉出去斩首，以严军律！”手持刀斧的人向前，准备将他推出去斩首。伊德尔道布的长女是宝劳王的爱妃，向前求道：“刚起兵就杀自己的大将不吉利，望皇上饶其死罪！”太阳罕于是免其死罪，重打四十大板，派他去给勃特国递交战书。

此时辛酉年终，壬戌年开始了。

二月，乃蛮人马启程出发，奔至杭盖山。太阳罕将二十多万兵马分为八队，每队有两万八千八百八十八名人马，纷纷抵达了杭盖山。此时，勃特人马从塔海木河向前移动，到阿拉格岱山安营扎寨，依旧分成九路，等待敌军。直至二月末，两军人马面对面下营，却不交战。此时，西夏国的卫灵公佯称要让两国和好，派人来见铁木真。铁木真想到一计，让众臣各自密报自己的想法。铁木真一看，有八成的人主张宣战，只有两成的人以春日战马瘦弱为由，主张不战。铁木真召集四位弟弟问他们的想法，四人都说机不可失。铁木真召集众臣，吩咐道：“今天我们君臣意见一致，便可迎战。如今西夏国虽与乃蛮国和好，但至今都没有公开。因此给他出示乃蛮战书，说此次交战，并不是我们主动的，再说些好话，把来使劝走！”说完便布置兵马，准备迎战。

勃特国派西部探马雅布嘎为使，去乃蛮军营约定三月十五日两军交战，忽见军师毛浩来之弟点仓来报：“铁木真的族人扎勒玛，带着他的全家老小，夺了军师家的金银财宝，去投奔乃蛮国了。”铁木真听后非常生气，命人捕捉扎勒玛之子其其格，将他关入大牢。这个消息很快传开，在勃特国九大兵营中口口相传。此时达尔海达公、官楚格二人对毛浩来说道：“看守监狱的拉希扬玩忽职守，楚伦抓来的萨拉吉岱部落四十兵卒中的一个人，德钦呼尔洛抓来的乃蛮信使胡瓦拉克逃出监狱，从我们的战马中骑了两匹，逃回了乃蛮军营。”毛浩来并没有派人追赶。

太阳罕请进从勃特国逃回来的人，询问勃特国的军事机密。那人长期在狱中，并不知晓军事机密。只知道勃特国的扎勒玛带着毛浩来给他的奇珍异宝叛国，还要追杀毛浩来的弟弟点仓。逃回来的人还说勃特国的战马都很瘦。太阳罕看了看他骑回来的马，跟各位大臣商议道：“我看

勃特国的战马的确很瘦。我们把勃特大军骗入一个偏僻的地方围杀，必获全胜。”

胡拉布苏其、曲士礼等人说道：“如今我们有二十万大军，粮草充足。铁木真善用计策，我们应该在他之前下手宣战。”

太阳罕虽已同意，但一连几日犹豫不决。胡拉布苏其非常着急，面见太阳罕，说道：“我国的国主，每次与敌人交战时对方都看不到其项背和马尾。如果皇上真的惧怕勃特大军，不如像蒙格勒吉所说，让您留守本土，让皇后带兵前来！”太阳罕听后羞愧难当，命人速速下战书，明日他要亲自领兵交战，派伊德尔道布送去战书。伊德尔道布早已和勃特人熟悉，送到书信之后，受了赏赐，将回信带回来交给太阳罕。太阳罕并没有生气，继续让他担任先锋大将。

扎勒玛、点仓等人带着毛浩来给的奇珍异宝，走了三天三夜，到了扎勒玛家中。扎勒玛打开毛浩来的书信，非常高兴，带着家眷，投奔布顿部落。路上几次捆绑毛浩来的弟弟，说道：“开国时立下汗马功劳的有九人之多，铁木真却只重用你哥哥一个人。我们其余八人决定叛国，我现在要杀了你，投奔乃蛮国。”点仓听后十分惊恐，万般哀求，扎勒玛才饶他一命，将他释放。扎勒玛带着妻小一路说道：“如今我已背叛勃特国，我要将这些奇珍异宝献给蒙格勒吉、达达顿嘎等人。”扎勒玛到乃蛮军营一看，布顿部落的首领伊拉固松恰好也在这里。

他与伊拉固松商议，给扎木哈送去一千两白银，说道：“铁木真只重用毛浩来一人，我把铁木真赏赐他的东西骗到手，领着妻儿来投奔您。如果您能容得下我们，我与其他七个人合伙，争取在这次战争中捆了铁木真与毛浩来，前来投降。至少大军一到，便装作战斗，趁机来降。”扎木哈听后心中大喜，但又想这样都会成为他扎勒玛一个人的功劳，便连夜召集曲屈律、曲士礼、胡拉布苏其等人商议。曲屈律又想到一计。想出了什么计？曲屈律一直不满太阳罕父子二人继承乃蛮皇位，想趁机让太阳罕死在乱军里。扎木哈说道：“我们趁机催皇上开战。这样就可以在毛浩来想出计策之前大败勃特大军。再让七位大将尽数归降，在皇上知道之前杀个干净，这功劳可就是我们的了！”众人听后欣然同意。扎木哈叫来扎勒玛，扎勒玛将九种宝贝分给曲屈律、曲士礼、胡拉布苏其等人，说道："应该叫皇上趁早下手！"扎木哈想在事成之后杀掉扎勒玛，没有带他去见太阳罕。

两军明日交战，各自整顿人马。

毛浩来叫来敖楞呼、高尔格二人，说道："我给你们二人一个立功的机会，你们要念我往日不杀之恩，努力完成。扎木哈召集的萨拉吉岱部落四十余人都在我军中。我会命人杀了这些人。你们要苦苦向我求情，佯装投扎木哈帐下。如果扎木哈兵败被我军围困，你们就活捉扎木哈带过来。"敖楞呼、高尔格二人便带着萨拉吉岱部落的四十余人，投到扎木哈帐下。扎木哈一看，他们皆不是勃特人，带头的两位是赫利特人，其余都是萨拉吉岱部落的人，没起疑心。

是夜，敖楞呼、高尔格到扎勒玛帐中，递给他毛浩来的书信。信中说道："明日中午刚过，太阳罕会领兵去杭盖山准备交战。那时把我军旗号插遍布顿部落的伊拉固松所领人马当中，堵截太阳罕的去路。今夜准备十包旗布，送到杭盖山乌兰呼硕冈上。七包旗布交给伊拉固松，其余三包你自己留下，等人马大乱时放进乃蛮人中，围住太阳罕。"扎勒玛差人将红色的旗布送到杭盖山乌兰呼硕冈，分给伊拉固松。

第二天，勃特、乃蛮两国军队在杭盖山以东，扎德盖山以西的平地上对阵。勃特国先锋哲别、帕拉古岱所领人马遇上乃蛮国先锋伊德尔道布所领人马。哈斯尔所领人马与太阳罕的人马相撞。太阳罕一看勃特国人马稀少，便擂鼓让伊德尔道布冲过去。伊德尔道布举起手中的大棒，野牛似的冲了过来。帕拉古岱手持大刀迎战，战了不到二十回合，便逃回阵中。伊德尔道布不想其他，独自杀进勃特军中。他的领兵也要冲杀，勃特大军的飞箭如雨，乃蛮大军一退，勃特大军也开始退。伊德尔道布在勃特大军中任意厮杀，突然马蹄被绊索绊住，连人带马滚到地上。勃特士兵向前，捆绑伊德尔道布，然后又撤了回去。乃蛮大军以为勃特大军已被伊德尔道布所领人马打败，大擂军鼓，胡拉布苏其挥刀上阵。布和比勒古岱从勃特军中走出阵来，战了几个回合便调转马头逃跑。

太阳罕以为自己的两队人马均已获胜，亲自擂动军鼓，冲向勃特大

军。勃特军营内响起号炮,哈布图哈斯尔所领人马分成两队,形成凤喙阵势,乃蛮大军穿过去,到达了杭盖山北边。太阳罕非常生气,传令回军。他看见前面的逃军中有勃特国主的大旗,便急忙领兵追杀。此时,杭盖山东边的山谷中响起号炮,烟雾弥漫,鼓声不断。太阳罕停止追杀,派人观察。哈斯尔、哲别的人马早已走远。曲屈律说道:“这一定是毛浩来用的疑兵之计。不如趁此机会追杀,败散之军容易追杀!”说完领兵继续追杀。追杀到杭盖山东北处,从刚才升烟的地方闪出一队人马。铁木真领众小将出来,与乃蛮大军交战几个回合,便调转兵力向南逃去。太阳罕大喜,说道:“原来你在这里!”说完领兵追杀。

勃特人马向乃蛮军营逃去,到杭盖山东南,从乃蛮军营北边向西逃去。太阳罕不停追击。此时,毛浩来突然从杭盖山乌兰呼硕山谷中领兵前来,让主人先过去,与乃蛮人马交战一阵,跟随铁木真逃去。乃蛮人马紧追不舍,勃特大军冲进了杭盖山西南的伊和郭勒河套之中。太阳罕大怒,说道:“他们一定是在用奸计,我们回兵打他们军营怎么样?”胡拉布苏其、曲屈律一同说道:“不可。如果这样,勃特国人马定会反过来追杀我们。他们是想从河套北边逃出去,与哈斯尔的人马会合,然后回营。我们应该乘胜追击,在他们渡河之前歼灭!”太阳罕心意已决,命士兵迅速渡河。刚有一半人马渡河,杭盖山西边的宝如格图冈上勃特国士兵摆开了阵势。太阳罕亲自领兵,直奔宝如格图冈。刚到冈下,铁木真所领人马开始沿冈逃跑。太阳罕心中生疑,说道:“他们深入绝河,一定有什么阴谋!”曲屈律说:“就算是计谋,他们也在河谷中,如何逃脱?”说完策马去追。毛浩来所领兵马在杭盖山西边摆开阵势,远远看见乃蛮军队,便渡河向西北方向逃跑。

太阳罕起了疑心,犹豫不决之时西南边号炮大作,一路人马拦路迎战。太阳罕抬头一看,为首的皆是小将,举着红色狮旗,旗上写着“太子珠奇、察汗台”等字样。此时太阳罕的军心稍稍平静,知这不是用计,正准备作战,珠奇、察汗台带着随从拼命向河边逃去。太阳罕说:“如果能捉到铁木真的孩子们,勃特国便可平定!”说完连忙去追。那队人马的坐骑大多数在狩猎时得到锻炼,飞速向前,太阳罕根本追赶不上。此时珠奇、察汗台等人突然撂下锦旗，跑进东边细细的河谷中。太阳罕大军无法进入河谷，站在那里观望，在河谷山梁之下有一队人马列出。太阳罕定睛一瞧，原来是铁木真。太阳罕急忙传令："谁敢后退，格杀勿论，必须全力追击铁木真！"说完领兵向前。

从山梁上闪出一队人马，分成十二队，向乃蛮人马掩杀过来。乃蛮人马都盯着铁木真所站的山梁，扎木哈见山脚下忽然闪出了一队人马，对众部落首领说道："乃蛮国的太阳罕不是信誓旦旦要带着他的二十万人马消灭勃特国吗？我看这勃特国的人马跟刚才的大不一样了！"说完与麦勒吉部落的陶都、瓦伊拉部落的胡布图华等人留在乃蛮人马后面，观望两军形势。他看见阿鲁哈、苏和从山梁下领兵前来，山的两侧军号大作，左右两边射起了乱箭。原来哈布图哈斯尔所领人马早已翻过山，到了这里。

乃蛮人马又怕又疑。太阳罕虽知自己已中计，依然将人马分为三队，艰苦作战。勃特大军如山石滚下，从三面夹击乃蛮。乃蛮国先锋胡拉布苏其与阿鲁哈交战，曲士礼与苏和交战，双方四员大将战了二十回合，阿鲁哈抡起月斧，虚晃几下，穿过胡拉布苏其的腋下，突然翻身，照着胡拉布苏其的后背一砍，身首早已被砍成了两半。曲士礼大惊，与苏和交战，苏和突然侧身伏鞍，奔到曲士礼的近处，扔下兵器，抓住曲士礼的腰带，纵身一跃，骑上他的马，二人皆滚下马去。阿鲁哈领兵前来，活捉了曲士礼。太阳罕急得不知所措，只见东边山坳上布和比勒古岱、敖伊图敖其格二人一枪挑下乃蛮大将苏尔勒克；西路大将敏干丹、嘎拉扎古布哈二人与勃特国哈布图哈斯尔、宝图交战，敏干丹的马受惊，将他摔下，嘎拉扎古布哈死死守护。哈布图哈斯尔一箭射去，射中嘎拉扎古布哈持兵器的手，嘎拉扎古布哈无法作战，逃进军中。宝图也挥军杀来。太阳罕仍在犹豫不决，铁木真已领兵向山梁杀过来。

太阳罕知自己难以取胜，调转大军逃跑，跑了不到五十里，前面的人马已不能向前。问其原因，兵士说冈上有一队人马。楚伦、特木尔二人率领人马，从左右两处河口夹击出来。乃蛮大军被分为两截，太阳罕慌忙引军向西北方向逃去，翻过河堤，到杭盖山西边的伊和郭勒河谷之中。

铁木真领三队人马,从河的上游直下,由北插入,追了过来。前面又有红幡人马在射乱箭。乃蛮大军乱成一团,扎木哈领一队人马,留在后面,向山间河谷逃去。太阳罕受两面夹击,后有楚伦、特木尔的追兵。他焦急万分,想向西北方向逃去,此时毛浩来也已领兵来追杀。乃蛮人马四面受困,无法逃脱,勃特国五队人马首尾呼应,铁木真领兵作战,乃蛮人马损了一半,兵士们只想逃跑,无心恋战。

乃蛮人马逃跑,勃特人大擂战鼓,从四面八方射起乱箭,乃蛮大军无法睁眼,四散逃避。此时,铁木真从北边杀进来,站在乌兰胡硕平原上,指挥哈布图哈斯尔、朝莫尔更、宝图的三队人马,射太阳罕的华盖。宝劳王的肩膀被射中一箭,滚下马去,儿子曲屈律连忙将他扶上马,说道:"如果这样混战下去,必死于乱箭!"说完带着几百人穿过围堵太阳罕的人马。此时,太阳罕的手臂又中了一箭,非常焦急,策马向东北方向逃去。东边山梁下面,布顿部伊拉固松的军中已高举勃特旗帜,招降了乃蛮多半人马。太阳罕骑在马上,捶胸顿足,悔道:"上了布顿部落伊拉固松的当啊!"说着调转马头向南逃去,遇到楚伦、特木尔的领兵,又被掩杀一阵,绕过山南,向西逃遁。毛浩来带兵前来掩杀一阵,乃蛮军中的旌旗全部倒下,大军乱作一团。

毛浩来命自己的士兵大喊:"太阳罕已被我们活捉!"乃蛮人马听后齐声大喊:"我们要投降!"太阳罕听后心想:"这毛浩来果然诡计多端!"他知无法入阵,便带着几百名骑兵,急忙逃走。他的人马皆已困倦,艰难地向山上逃去,毛浩来此时也追了过来。太阳罕连忙钻入杭盖山的西坡,那里突然号炮隆隆,布古尔吉、布古拉尔等八位将军所领八千人马将他们围在中间。太阳罕抬头一看,日落西山时有一股黑气罩住了太阳。他心中生疑,忙问道:"此冈叫什么名字?"兵士答道:"这里是杭盖山的落阳冈。"太阳罕仰天长叹道:"原来这里是我的死处!就算如此,我也要拼命战死!"说着把五百人分为八队交战。曲屈律急道:"大军早已不在,为何还要交战?"太阳罕说:"堂堂男子汉,只可战死,不可偷生!"曲屈律料到这样下去只有死路一条,从太阳罕背后一刀将他砍倒,大喊道:"太阳罕已中箭而亡,我们愿意归顺!"听到喊声,四面的攻击立刻变得缓慢,乃蛮人马停在山腰。毛浩来领兵前来，大军围住宝劳王、曲屈律的领兵，让他们脱下盔甲，收走他们的兵器，方才安下营寨。

此时天色已晚，乃蛮人马拥向杭盖山上哈嘎拉嘎图峰前的区区小路逃遁，对面山上楚伦、特木尔所留人马突然放箭，犹如暴雨，乃蛮人自相践踏，死者无数。铁木真尽收乃蛮军马，当夜吃点干粮，喝点泉水，马不卸鞍，人不卸甲，过了一夜。第二天鸣金收兵，清点乃蛮降兵，有十二万九千多人，战死两万人，四散四万余人。铁木真将他们分成九队监管。铁木真匆匆来到毛浩来帐内，胡尔查拜利等四员虎将，领兵攻占了乃蛮军营。铁木真得知太阳罕已死，捉住其四百名随从，问道："是谁杀了你们的主公？"

众士兵哭道："我主之兄宝劳王和他的儿子曲屈律带兵被围困在这里。我主说要战死沙场，曲屈律为逃命，从背后一刀砍死了我主，佯称我主被乱箭射死，父子二人连夜骑光背马逃走了！"铁木真的气稍稍消了一些，说道："有被活捉的乃蛮将军吗？速速推来见我！"哲别、浩布来二人捆着伊德尔道布来见；阿鲁哈、苏和二人带着胡拉布苏其的首级和曲士礼来见；宝图带着敏干丹前来，让他跪在铁木真面前；楚伦、特木尔兄弟二人带嘎拉扎古布哈来见；比勒古岱带赫利特余党阿利亚来见；哈斯尔捆来巴音其尔部落首领宝腾。

铁木真命人解开伊德尔道布、敏干丹二人身上的绳子，把太阳罕的尸体用泉水洗净，缝合了伤口，从乃蛮军营中调来棺材，在落阳坡平坦之处安葬了太阳罕。

铁木真领兵到杭盖山前，两军兵营合为一处，整编人马，将乃蛮无主人马分为九路三十六队，一百八十小队，领兵向乃蛮国出发。此时，钦达嘎那斯钦、胡达嘎那布和所领人马追击从乃蛮国逃走的各个部落人马，活捉了哈达拉部落首领珠来、萨拉吉古德部落首领玛囊等人，收服了其余人马。铁木真说珠来、玛囊言而无信，立刻杀戮，所领人马分到各队，领大军奔向乃蛮。走了不到二十里，胡达尔嘎巴特尔来迎接，他与德钦呼尔洛收服了乃蛮的其他人，特来报喜。勃特人马一路向前，到乃蛮旧西辽大殿。

摆宴之时毛浩来捆来扎木哈。原来扎勒玛留在扎木哈军中,已得敖楞呼、高尔格二人所派四十余人,当晚之战扎木哈与麦勒吉部落首领陶都、瓦伊拉部落首领胡布图华一起离开乃蛮大军逃跑,被楚伦、特木尔所领人马抓获。扎勒玛带头捕捉扎木哈,砍死了阿尔达、胡萨古尔二人,留于军师帐中,等到今天。

看到扎木哈,铁木真怒火难平,骂道:“流窜七国的马贩,到处坑人的恶棍!你好好想一想,你让多少个部落家破人亡?赫王对你不薄,你为何要恩将仇报?你如今还挑动乃蛮国,让它沦落为今日这样,你却趁机带着其他部落叛逃,这世界上还有你这样老奸巨猾,不仁不义的人吗?”说着取来利箭,插进扎木哈的双耳,又让军士剁掉他的手指和脚趾,关进囚车,吩咐道:“回国之后,把他带到赫王墓面前,凌迟处死!”

铁木真刚要封赏各位功臣,旺固布部落的德钦呼尔洛推来一名大约五十岁左右的长发之人,奏道:“此人是达达顿嘎。太阳罕亲自请他来,封他为国师,让他掌管朝廷金玺和国库。我军去压他们的军营时他怀揣金玺连夜逃走,被我军捉到。乃蛮国大臣蒙格勒吉看到我军已冲入皇宫,跪在殿前,刎颈而死。”铁木真厚葬蒙格勒吉,让达达顿嘎留在帐前,掌管通书行文,布令传檄之事。

接下来,铁木真封赏各位大臣。毛浩来将主公赏赐的九种奇珍异宝尽数拿来放在桌上。为了歼灭乃蛮国,铁木真、毛浩来君臣二人定计,让扎勒玛诈降乃蛮。如今乃蛮已破,扎勒玛把九种奇珍异宝归还毛浩来。

毛浩来献上这九种奇珍异宝,说道:“主公应当收了这些珍宝,放在国库,适时使用。如果主公不肯收回去,那换成其他的珍宝,分发给众臣吧!”铁木真欣然同意,派乌优图斯钦、赛汉苏尔塔拉图换来其他东西,分给在这次战斗中立下功劳的布古尔吉、布古拉尔和各位小将,又打开乃蛮国库,封赏各位兵士。同时也给刚刚归降的九个部落分赏。这九个部落分别为:纳雅罕部落,赫利特余部的阿利亚,巴音其尔部落的宝腾,图拉本部落的嘎拉扎古布哈,塔塔尔部落的玛囊,哈达沁部落的珠来[1],萨

① 上文中玛囊、珠来二人皆被立地斩首,此处又出现,系作者笔误。

勒吉古德部落的玛尼尔，旺固布部落的德钦呼尔洛，布顿部落的伊拉固松。麦勒吉部落的陶都、瓦伊拉部落的胡布图华私自逃跑。这样，北方地区都被纳入勃特国的版图。

乃蛮国本是西辽国之地，铁木真将它当成冬营之地，留长子珠奇守护。铁木真想把乃蛮国主一家老小留在这里，大臣奏道："太阳罕的长子阿拉坦沙嘎还不知下落，所以我们不能将他的家人留在此处。"铁木真无奈，只将乃蛮国主的家室搬到勃特国暂居。

炮声一响，勃特大军浩浩荡荡班师回国。

阿拉坦沙嘎来降

阿拉坦沙嘎身体稍稍好转之后派伊德尔道布给蒙格勒吉、达达顿嘎等人送信,身体再好转一些之后强忍着坐起来,带自己的五六十名随从回乃蛮国。突然,从前面的山谷中杀出一队人马。阿拉坦沙嘎连忙派人打探。之前,伊拉德希河边的麦勒吉部落首领陶都、瓦伊拉部落首领胡布图华二人领一队人马,与扎木哈会合,一起逃走。扎木哈在途中被扎勒玛捉了回去,布顿部落的伊拉固松中途又改旗易帜,举起了勃特国的号旗,他们虽然心中生疑,不敢去追赶。他们夺路而逃,到乃蛮国一看,旺固布部落的德钦呼尔洛等人早已占领了乃蛮大营,所以慌忙逃回国去,路上遇见了阿拉坦沙嘎。

他们告诉阿拉坦沙嘎兵败国亡之事,阿拉坦沙嘎大声痛哭,晕倒在地。左右喷水将他救醒。阿拉坦沙嘎仰天痛哭,再一次病入膏肓。阿拉坦沙嘎随从伊德尔道布之子乌能其格图好心相劝,让他宽心,带他去宝劳王的旧乃蛮国。此时,正值宝劳王和其子曲屈律兵败,身上负伤,骑裸马回国。宝劳王转羞为怒,大声训斥阿拉坦沙嘎道:“你真不是人!你父都已被人杀害,你还在这里装病。你诡计多端,才害得新乃蛮国这么早灭亡!”此时,阿拉坦沙嘎已无力争辩,只好躺下。

铁木真凯旋回国,大摆筵席庆功,审问扎木哈。扎木哈连连磕头,求道:“明主如果能饶我一命,奴才愿意去收服乃蛮的宝劳王父子、麦勒吉部的陶都、瓦伊拉部落的胡布图华。”

铁木真微微一笑,说道:“你这贱东西,如今被我截去了四肢,还在这里用花言巧语诳骗我。”说完叫来赫王的幼子图斯呼,吩咐道:“这就是将你父亲一刀砍成两半的扎木哈。我把这个人交给你,你将他押到你父亲的墓前,将他碎尸万段,以解心头之恨!”图斯呼跪拜谢恩,领取监斩的令箭,领安都、帕拉古岱二人,将扎木哈推到刑场,在他身上披上刑衣,把他头发绑在头顶,用写满他罪过的令箭扎在背上。此时,安都、帕拉古岱二人从旁边的帐篷内取来赫王的衣冠,放在案上,烧香祭拜,杀了扎木哈。

铁木真叫来乃蛮的达达顿嘎、伊德尔道布、敏干丹、曲士礼等人,说道:“听说你们的幼主在他的叔父宝劳王那里卧病不起。如今你们的国已亡,曲屈礼都敢杀自己的叔父,一定不会把王位让给阿拉坦沙嘎,说不定反而加害于他。与杀父之人在一起,不如来归顺我。如果归顺,一来能祭祖坟,二来能报杀父之仇,三来能保证自身安全。索隆高娃也在我这里,你们前去告诉他我的想法。如果真心归顺,我把乃蛮国土的一半分给他。”

随后铁木真领兵去征伊拉德希河边的麦勒吉部落首领陶都。麦勒吉部落的人听到这个消息十分惊恐,聚在一起商议道:“这陶都本不是我们的首领。他是杀我们旧主的仇人。大军一到,一定势如驼踩蚁巢。我们不能为了一个人,眼看着自己的部落灭亡。不如我们合伙杀了陶都,将他首级送到勃特国归顺,可免去此劫。”陶都近亲达利索努苏克其听到此言非常惊慌,连忙跑出去,把消息告诉陶都。陶都听后脸色变得煞白,忙问如何是好。

达利索努苏克其说:“主公可带几名随从去宝劳王那里暂时避难。我趁机将女儿希丽宝鲁尔献给勃特国主,好让他撤去人马。勃特国撤军之后我们再将主公请来。这样主公可免此一难,也不至于国家灭亡!”陶都想来想去也别无他法,只能照办,连夜带着几个骑手去宝劳王那里避难。

达利索努苏克其装作若无其事,与部落里的其他人商议,来捉陶都。

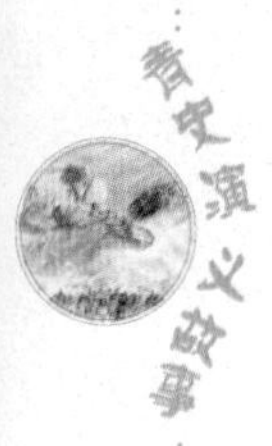

随从皆说陶都逃跑已有三日。众人束手无策，但又不能明说要投勃特国。达利索努苏克其把大家聚集到一起，说道："我有一计。我的女儿希丽宝鲁尔天生丽质，才貌过人，今年十七岁。如果将她献给勃特国主，我们便可以不牺牲一兵一卒避过此难。"众人听后非常高兴，推举达利索努苏克其为麦勒吉部首领。

达利索努苏克其带黄金一百两，珠宝一盘，五百匹良马，去国界迎勃特人马，说投降一事。军师毛浩来将此事禀报铁木真。铁木真说道："用美色来诱惑我，实在气人！带兵前去，将他们彻底摧毁！"毛浩来劝道："如今主公已知道他们是用美色换取主公欢心，为何不将计就计，将美女赏赐给为您立下汗马功劳的人？这样可避免别人的闲言碎语，得到赏赐之人也会拼尽全力，孝敬主公！"铁木真听后非常高兴，说道："我怎么就没想到此计。"

第二天，铁木真接见达利索努苏克其，说道："如果日后食言，必遭大祸！"说完接受其献来的礼物，班师回朝，将那些金银财宝分发给众将，将希丽宝鲁尔许给弟弟比勒古岱，让她做了正室。比勒古岱敬佩兄长宽厚的胸怀，众臣也无不佩服。

陶都之弟伊勒听说此事，到乃蛮国，说如果能借得数百人马，就威逼本国百姓，让他们来归降乃蛮国。他从乃蛮国借来两千名援兵，又从自己的国度征兵。达利索努苏克其多次劝阻，伊勒根本不听。探马已将此事报告给了勃特国。

毛浩来听后知道不是达利索努苏克其的错，将此事详细说给铁木真听，命哲别、帕拉古岱领三万人马，去征麦勒吉部落。哲别、帕拉古岱二人将人马分为两队，从麦勒吉部落的前后夹击，平定了麦勒吉部。陶都之胞弟在此次战乱中被杀害，陶都左肩被刺，独自逃去投靠宝劳王，成了他的家奴。

又过了一年，到了乙丑(1205)年夏季。阿拉坦沙嘎在几个月内重病缠身，险些送命。宝劳王想夺取他的皇位，几次下毒，试图将其毒死。幸好有伊德尔道布精心照料，才保住了他的性命。阿拉坦沙嘎身体稍稍好转之后，乌能其格图带自己的主公去赫利特国界内的深山老林，从自己的亲属那里借来食物,供养十几人,服侍主公。阿拉坦沙嘎听说父亲是曲屈礼所杀,勃特国厚葬了父亲等消息之后身体又稍稍好转了一些。阿拉坦沙嘎问左右,得知在深山老林藏身的缘由,不由得仰天长叹。突然,二十几个骑马之人逆河流而来,到阿拉坦沙嘎帐前纷纷下了马。原来乌能其格图去觅食,遇见了达达顿嘎、伊德尔道布、敏干丹、曲士礼等人,将他们引到了这里。阿拉坦沙嘎连忙跑出帐外,四人抱住主公的双膝,失声痛哭。阿拉坦沙嘎也抱住四位大臣的肩膀痛哭,他的随从也都流下热泪。

众人痛哭之后细述两军事由。曲士礼、伊德尔道布、敏干丹等人细细叙述了宝劳王父子被困之时如何杀害太阳罕,勃特国主如何厚葬太阳罕,勃特国占领乃蛮之后没有欺侮家眷,将他们带回国内,他们去找宝劳王未能找到阿拉坦沙嘎,寻觅半个月之后今日相见等诸多事情。

阿拉坦沙嘎听后再次晕厥,醒来之后说道:“我父亲虽不是勃特国人所杀,但也都因勃特国与我交战。我与他们有杀父之仇啊!”

伊德尔道布、达达顿嘎等人一起说道:“是我国先给勃特国下了战书,不是勃特国先来犯我们。”阿拉坦沙嘎一听言之有理,便不再言语。他也别无去处,说道:“归降勃特国,他们却杀了我的父亲;想投靠亲戚,却遇上了这么一个无情无义的亲戚。我的前路已绝,只有死路一条!”说着拔剑准备自刎。人们慌忙过去夺走了他手中的剑。

达达顿嘎告诉他不能死去的三个理由,他说:“首先,如果你死了,就不能再统治乃蛮国,到时候祖坟荒芜,你会成为不肖子孙;其次,幼主如果现在就死,你的生母定会伤心欲绝,你的胞弟蒙根图雅、妹妹哈斯托娅永远成为勃特国的奴才。这样你不仅不孝,又不能报杀父之仇。再者,如果归降,生者得安,失者复归。有此三者,你为何寻短见?”

阿拉坦沙嘎说道:“可勃特国与我们有深仇大恨,我怎能归顺?”

达达顿嘎给阿拉坦沙嘎讲述了秦国时霸王并没有杀了杀害其叔父的章邯,让他归降,直到国家灭亡,章邯都没有背叛,战死沙场之事。达达顿嘎又说:“归降于勃特国,得到父亲失去的半壁江山,对先祖有功,为何说是罪过?”阿拉坦沙嘎虽点头,但连连说无颜见父亲在天之灵。

达达顿嘎思索一番，说道："此事不难。我看勃特国主大有圣人之风。如果向他说起此事，他定会派人来请，这样对双方都有利。"说完他带着阿拉坦沙嘎到契丹界首下营。

达达顿嘎亲自回来面见铁木真，将此事一一报给他听，说可派一使臣前去好言相劝，使其来降。

铁木真大喜，说道："我知此人天生聪慧，明白是非。"随后吩咐二子察汗台："你顺路去见留守乃蛮的兄长珠奇，你们二人将阿拉坦沙嘎请来。俗话说，'千军易得，一将难求'。虽说征伐乃蛮国错不在我们。但灭他国，又让他归降实属不易，你要好生认错，将他领来。"察汗台领命，让达达顿嘎先去，自己领五六十人到乃蛮国，给珠奇传父命，一同去乃蛮界首见阿拉坦沙嘎，向他认错。阿拉坦沙嘎别无他法，挥刀割发，失声痛哭，随珠奇、察汗台去勃特国。旧乃蛮部的宝劳王，其子曲屈律听到这个消息，连忙领兵前来，准备杀了阿拉坦沙嘎。此时阿拉坦沙嘎已走远，他们父子二人到乃蛮境内遇到珠奇的守兵，这才领兵回国。

阿拉坦沙嘎来降铁木真，铁木真大喜，封他为左翼将军，让他统领乃蛮国的半壁江山，将其母、其弟和家眷还给他，又答应将索隆高娃许配给他。阿拉坦沙嘎不迎娶索隆高娃为妻，说道："等父皇的葬期结束后成亲也不晚。"索隆高娃应允，推迟了婚期。

阿拉坦沙嘎带着母亲和弟弟回国，祭拜父亲的仙灵，心里更加感激铁木真。乃蛮国复得失去的江山，母子、君臣相见，均失声痛哭。阿拉坦沙嘎听说叔父宝劳王曾带兵追杀，觉得归降勃特国是上策，心中充满感恩，与珠奇一起治理乃蛮。

铁木真与毛浩来、布古尔吉商议，帮助赫利特部的图斯呼报杀父之仇，杀了扎木哈。赫利特众人无不感激。铁木真命赫利特皇室家眷回国。图斯呼、索隆高娃带众人跪拜，一次次失声痛哭，认铁木真为义父。铁木真非常高兴，赏赐厚礼，命图斯呼统领赫利特半壁江山，另一半交给哈布图哈斯尔治理。

赫利特众人流泪跪拜，回国后祭拜先祖，祭拜山神，尽心竭力替铁木真狩猎出征，胜过以前归降的部落。

贺利耶和博格尔山口纳仁汗被捉

勃特国疆土统一，没有战事，人们安居乐业，不觉又过了一年，到了壬戌年的春天。一日，铁木真与布尔特格勒金夫人闲居宫中，正在商议从四员大将、六部九卿的诸公子中选女婿，替未婚的公子选媳，拟报窝格伦夫人。突然一声炮响，请铁木真登殿听事。铁木真连忙整理衣冠，走进狮头大帐。众臣将领早已聚在帐中，分左右而立。等众臣请安之后索隆古特部的布哈查干汗移步出班，跪拜道："今春四月，与我们接壤的东固尔勒斯的纳仁汗出动二十万大军来袭，尽夺了我原有的三个部落和明主为我们夺回的两个部落，还口出狂言要夺取勃特国。他们将原本属于我的人马重新整编，加上他们的二十万大军，人数已达三十万。"

铁木真大惊，问众臣："你们看应该如何敌对？"

毛浩来出班，在袖中抱拳，让双拳着地，说道："禀报明主，这些都因与索隆古特接壤的旺楚格、伊拉固松失职，未能照料邻国所致。微臣愿领精兵前去，先惩罚他们，再去抵挡纳仁汗。明主可领旺固布、乃蛮、赫利特的大队人马随后赶到。"

布哈查干汗问道："此事与旺楚格、伊拉固松二人何干？我在国内都未来得及交战，更何况他们二人在我境外。"

毛浩来说道："不知道敌人来突袭情有可原，两军交战时不去援助，乃是他们的过失。邻国遭殃，他们却无动于衷，这不是他们有他心的证据吗？此二人非军法处置不可！"说着用双拳捶地。

铁木真悟出了毛浩来的计策，下令道："军师所言极是，杀了旺楚格、伊拉固松二人以正军法！"

军师毛浩来接令，散朝后擂动大鼓，调集众将。他坐在军师帐内，抽出令箭，挥动令旗，给哈斯尔、比勒古岱二人各准备一封密信，嘱咐道："明主的两位胞弟各领百名骑士，路上拆开我的信，仔细阅读，抓伊拉固松、旺楚格回来见我！"唤来布古尔吉、布古拉尔、楚伦，各给密书一封，嘱咐道："布古尔吉兄可领乃蛮国阿拉坦沙嘎的人马，在索隆古特南边迎接主公。布古拉尔兄你也领五十名骑士，领旺固布德钦呼尔洛的全部人马，抄南路而行，到大江边上迎接明主。楚伦弟你领五十名骑士，带赫利特的图斯呼、索隆高娃的领兵，与他们一同去迎接明主。"唤来太斯钦之弟敖其尔斯钦、恩胡德部落的都特呼图尔更、白彦胡特部落的乌勒吉，各给一封密书，吩咐道："你们三人带着书信跟随哈斯尔去，拆开书信，依照书中所言行事。"唤来扎勒玛、哲别、希热呼图克、哈尔海如、乌优图斯钦、赛汉苏尔塔拉图、阿鲁哈、苏和、宝图、乌楞查尔比十人，吩咐道："你们十人领主公的两万名御林军守在主公左右，谨防主公一气之下杀出阵去。"又唤来五员虎将，吩咐道："你们五人领一万精兵，分成五队，跟随我来。我先去大破纳仁汗的三十万大军！"唤来陶尔根希拉，吩咐道："你要统领主公的十员大将，跟随主公身边保护！"下令完毕，自己拿着一封黄金信封的密书，进帐递给铁木真，领兵出发。

哈斯尔、比勒古岱在途中拆开信封一看，信中写道："你们二人看到书信之后佯称是来捕捉伊拉固松、旺楚格二人，逼他们造反去投纳仁汗。旺固布、乃蛮、赫利特三个部落的大军到达后引他们到固尔勒斯境内，布古尔吉会趁机混进固尔勒斯，你们跟随他的号旗，去捉纳仁汗。"

布古尔吉、布古拉尔、楚伦在途中拆信看，信中写道："你们三人向三面散去。纳仁汗定会领兵前来，届时乃蛮、旺固布、赫利特三个部落的首领假装投纳仁汗，称要报旧仇，重建部落。你们三人扮作普通兵卒，双方的檄文一到，便夹击固尔勒斯人马。”洪格尔特的敖其尔斯钦等人拿过书信，跟随哈斯尔前去，明了自己的任务，便依计而别。

铁木真回宫，拆开毛浩来的书信，大赞毛浩来。十天后领二十万人马，让布哈查干汗领路，号炮一响，浩浩荡荡地向索隆古特出发。走了不到一天，哈斯尔、比勒古岱的士兵来报：“我们捉了旺楚格、伊拉固松二人，走了不到半日，突然有几千人马压来。势力悬殊，我们只能将他释放。他们二人回国后带着家眷去投了纳仁汗。”勃特国的众人听后无不惊讶。铁木真也佯装生气，布哈查干汗吓得面如白纸。大军抵达赫利特边境，索隆高娃、图斯呼姐弟二人领兵迎接。又走了十余天，到了位于索隆古特边境的乌能河以西三十里处，布古尔吉、布古拉尔二人与旺固布、乃蛮两个部落的首领领兵来见。此时，铁木真的兵力不足十万人，布哈查干汗担心兵力不足，又不知毛浩来的去处，整日提心吊胆。铁木真却并不在乎，逆流而上，分四队安营扎寨，等待作战。

辛酉年(1201)，勃特国领兵夺回索隆古特的两个部落，彼时固尔勒斯的纳仁汗完全没有防备，又无人马，因此未敢轻易作战。勃特国撤军之后他们日渐壮大，这才来征索隆古特。冒顿乌哼、浩冒热、瓦尔那、宝尔毛吉、都尔本呼和德、查干乌尔、胡布其、温都尔吉勒八位大将来劝阻，纳仁汗本是英勇之人，所以非常生气，将他们押进大牢，亲领大军，在半月之内轻而易举夺取了索隆古特的五个部落。

他差人将大牢中的八位将军带过来，命他们观看索隆古特的五个部落。此时，布顿部的伊拉固松、扎鲁特部的旺楚格二人领着自己的人马前来归降。

纳仁汗非常高兴，问道：“听说你们已归顺于勃特国，如今为何又来投我？”

伊拉固松说：“每个人都怕死。不想死又力不足。力不足则只能死。”

旺楚格说：“他们占领我们的国土，杀了我本想联姻和好的女儿。我原本怕死，听说皇上领三十万大军前来，心中稍稍安稳了一些，特意带着家眷来归降。赫利特、乃蛮、旺固布也想摆脱勃特国的统治，只是力不足

而已。来归降,怕明主不同意,特派我们打探。”

纳仁汗听后说道:“两军交战在即,应严禁这样的叛离。可转念一想,你们这些被勃特国收服的小国自有苦衷。如果你们归顺于我,家眷怎么办?”

伊拉固松说:“如果明主愿意接受,先将家眷送来,再想办法逃出来。”

纳仁汗表示同意,约定日期,派人送信。

信使派人回来,说道:“赫利特部的图斯呼、索隆高娃居家老小已来归降。旺固布整个部落和阿拉坦沙嘎的部落已派人去接家眷。过几天,等他们从南路入境,再报讯息。后天双方交战,那时我军佯装兵败,撤退逃跑,以便他们来降。”

纳仁汗问铁木真有多少人马,那人答道:“勃特国自己的人马不超过两万,皆是他国人马。”纳仁汗听后非常高兴,与伊拉固松约定来降之日。乃蛮、赫利特、旺固布三个部落首领均答道:“两军开战便去相见。我们渡河之时如果勃特人也来渡浩布勒河,他们没有退路也没有粮草,定会拼死一战。明主应当连夜乘船渡河,趁机压勃特军营,届时我们助您一臂之力,以一敌十。”纳仁汗觉得这是妙计,掌灯时分便用夺来的百余条小船让自己的人马渡河。日出时分,所有的人马都已渡河。后军由其妻赛汉胡丽率领,全军渡过大河,立下营寨,船只都停泊在河边。

到了第二天辰时,两国大军来到河边。午时刚到,纳仁汗领兵出阵,叫勃特国主出来听罪。铁木真帅旗一挥,旗门大开,十员大将分左右而站,红旗一动,铁木真走出阵前。纳仁汗定睛一瞧,铁木真骑着雪白龙驹,面如夏天的太阳,眼神如电,长须五绺,宽眉如蚕,仪表非凡。纳仁汗暗暗佩服铁木真的外表,说道:“我们二人来厮杀一场看看,叫兵士不要放冷箭。”纳仁汗骑着他的枣红马,直奔铁木真而来。铁木真手持钢矛,与他战了二十回合。纳仁汗暗暗佩服铁木真是一条好汉,勒马回营。铁木真也转身回营,纳仁汗追了上来。勃特人马大喊助威,铁木真佯作不知,等纳仁汗靠近时突然转身,一枪刺去。纳仁汗右腿受伤,疼痛难忍,只好调转马头逃跑,铁木真乘胜挥鞭,领兵掩杀过去。

正当固尔勒斯人马败阵逃跑之际,有一员闭月羞花,大约十七八岁的女将身穿金色盔甲,头插雉尾,颈戴狐尾,手持银枪,横路而立。这时铁木真引兵南下,恰巧遇到了阿拉坦沙嘎所领人马。赛汉胡丽在阿拉坦沙嘎面前站定。阿拉坦沙嘎猜到此人是纳仁汗的爱妃,直接迎战。此时乃蛮的曲士礼、伊德尔道布等人领大军前来,夹击赛汉胡丽。她寡不敌众,放弃阿拉坦沙嘎逃跑。

固尔勒斯人马以为乃蛮、赫利特、旺固布三个部落人马皆已归降,突然听到勃特人马接二连三地放号炮,三个部落的人马突然叛变,将固尔勒斯人马分为两截,堵住了他们的来路。纳仁汗匆忙逃向自己的军营,到达河边时放在那里的船只早已被佯装归降的伊拉固松、旺楚格二人挪到了河的对岸。纳仁汗大声喊道:"上当了!"沿河边向北边逃跑。此时,又闪出一队人马,拦住了他们的路。原来是乃蛮国布腾、乌楞查尔比所领人马。他们冲上来,拦截纳仁汗。正当纳仁汗所领人马惊慌失措之际,勃特军中纷纷传出"乃蛮人马捉住了赛汉胡丽夫人"的呐喊声。纳仁汗兵分五路,自己卷起旌旗,带着几百名随从悄悄渡河,其余人马皆留在河的对岸。

纳仁汗刚刚逃出,楚伦领一队人马前来迎战。纳仁汗身无盔甲,无心作战,混入军中保命,逃回自己的国度。此时,阿拉坦沙嘎、索隆高娃、伊德尔道布、曲士礼等人聚到一起,将赛汉胡丽夫人拉下马去,捆了个结结实实。固尔勒斯二十万大军分不清首尾,被河水所困,试图渡河溺水而死者已有几百人。其余人马不敢渡河,拼死交战,不肯投降。扎勒玛命人绑了赛汉胡丽夫人,让她站在车上,喊道:"你主在河对岸已被我军所杀。你们的夫人在此,你们还不快快投降,等待何时?"众人看后心惊胆寒,纷纷放下兵器投降。

铁木真命三个部落的人马收缴固尔勒斯人马的盔甲,命旺固布部落的人马去找纳仁汗,其首领德钦呼尔洛、萨拉布父子二人乘船渡河,去寻找纳仁汗。纳仁汗领军逃跑,遇到布古尔吉的伏兵,无心作战,调转马头,向东北逃去。此时他的随从只剩二百余人。他遇到自己的几个兵卒,忙问战况。士兵们答道:"主公领兵出去没几日,勃特国军师毛浩来

便领五路人马来压城，夺取我们的都城，城中兵卒甚少，没有丝毫反抗。”纳仁汗听后大喊一声，晕倒摔下马去，兵士们连忙喷水叫醒他。此时，布古尔吉、楚伦、德钦呼尔洛等人的追兵也已杀来。众人将主公扶上马，行了半天路，到达一个名为贺利耶和博格尔的山口，那里的山口已被木桩和石头堵死。

纳仁汗走投无路，哈斯尔的伏兵从两边冲出来将他活捉。下山时布古拉尔的追兵也已到这里。惠拉德尔赶在毛浩来之前，把已夺取固尔勒斯的消息报奏给铁木真，叩请铁木真起驾进城。铁木真率大军渡河，哈斯尔、敖其尔斯钦、都特呼图尔更、乌勒吉等人推来纳仁汗献上。阿拉坦沙嘎、索隆高娃、帕拉古岱、伊德尔道布等人推来纳仁汗的夫人赛汉胡丽。扎勒玛报奏了人马花名册。布古尔吉、楚伦二人报奏了渡河的人数和收缴的盔甲。虎将惠拉德尔献上毛浩来攻下固尔勒斯都城的书信，请铁木真起驾。

铁木真问纳仁汗：“你我有何冤仇？”

纳仁汗皱眉说道：“我对你有什么不好？”

铁木真笑道：“你抢占了索隆古特的五个部落，我才来与你交战。”

纳仁汗哈哈大笑道：“是你夺了我的两个部落，我才来夺取。”

铁木真说：“索隆古特是你的属地吗？”

纳仁汗说：“那是你的国家吗？”

“他们已归顺于我，不是我的国，是谁的？”

“之前我拥有它的两个部落，应该也属于我。”

铁木真微笑道：“不用再争辩，那里是布哈查干汗的属地。”

纳仁汗说道：“你收服的国家之前都各有其主，你为何还要收服？”

铁木真说：“那都是男子好汉的能耐。”

纳仁汗说道：“我也拿出男子好汉的能耐收复了索隆古特。”

铁木真听后笑道：“听你的口气，你似乎无愧于索隆古特。可是你手下没有良将，所以领兵才会大乱，丢了自己的国家。”

“我已把大将都囚禁起来了。纵然有千军万马，也只听一人指挥，需要那么多人做什么？”

“那你为何被我捉了？”

“我是在交战中被捉的。”

铁木真问道：“你觉得我该如何处置你？”

“释放我最好。”

“我若释放，你会叛离吗？”

纳仁汗冷笑道：“既然你释放了我，我为何不叛离？无需多言，快快斩首！”

大将布古尔吉说道：“我们为何听你一人之言，杀了你，让你快活！”

正当铁木真考虑如何处置纳仁汗时，留在此处的惠拉德尔走上台阶，将一小包东西献给铁木真。铁木真打开一看，纸上画有沙地、套马杆、马绊。铁木真立刻会意，将纳仁汗关进囚车，由哈斯尔看守，送回勃特国。

铁木真君臣一起入都城，宫殿之精细虽不及陶格玛克，但楼高城固，人口众多，粮仓满满。铁木真问毛浩来夺城经过。毛浩来答道：“这不是下臣的功劳，是因纳仁汗的一时之误。”说完将大牢中的八位将军提出来见铁木真。铁木真一看，那八人皆痛哭。铁木真看了一眼毛浩来，毛浩来悄悄使了一个眼色。铁木真大喜，称赞那八人道：“我让你们成为我四位弟弟，四员大将手下的副将！”八人含泪归降。此时，布哈查干汗方才如梦初醒，心中钦佩勃特国君臣的明断。

固尔勒斯的其他城市交给恩呼德部的都特呼图尔更、巴彦胡德部的乌勒吉二人守护，都城交给布哈查干汗，命纳仁汗的幼子照顾他的一家老小。

铁木真在固尔勒斯度过夏天，于秋末班师回国。铁木真问众臣如何处置纳仁汗。陶尔根希拉、毛浩来、布古尔吉等人共同商议，将纳仁汗名为莲花、满达日娃的两个女儿分别许给布古拉尔之子布都朗、乌汗图二人，将布古尔吉的独女莫尔更高娃许给纳仁汗的独子，饶恕纳仁汗之罪，让他镇守位于西南的哈尔黑古勒一带。铁木真准奏，派纳仁汗去那里。

巧捉阿尔斯朗

癸亥年春，铁木真召集大臣子女，窝格伦母后协同布尔特格勒金夫人，为珠奇、察汗台、窝阔台、拖雷四位幼主及弟弟们选妻，又为铁木真独女斯钦斯其格里格及弟弟的女儿们选婿，摆下盛宴。席间，军师毛浩来、布古尔吉等人点视外域降国，详细核查，指定爵次，商议征南伐东之事。

铁木真说道："我也早有此意，只是今年兵马略显疲惫，我才没有提及。依众臣看来，我北方是否已大安？"

陶尔根希拉、扎尔其古岱、布古尔吉、布古拉尔四人说道："如今天下大安，不是因为明主的威势，而是全仗您以德服人。所以，北方不会发生其他变乱。"

毛浩来说道："此话不妥。国家安危，刻不容缓。若有丝毫闪失，必酿成大患。西南一带，有哈尔力古德部首领阿尔斯朗汗；东南一带，有宝劳王及其子曲屈礼；东北一带，麦勒吉部虽已归降，但其主陶都依然是个隐患。这三人是我们在北方的眼中钉，肉中刺。"

铁木真听后非常高兴，决定于八月十五日分别众部，商定爵次。

不久，到了八月十五仲秋之日。铁木真在都胡楞河平原的温都尔岭下，坐在银顶狮帐内。众臣如云朵般聚集在一起，外域各部落首领站在冈下。毛浩来将分封官爵的册子递交给铁木真。铁木真交给赛汗苏尔塔拉图大声宣读。

赛汗苏尔塔拉图大声宣读道:“顺知天时,自愿来降的大小国家和部落有:洪格尔特、莫尔格德、芒努克图、珠赉、乌勒呼、固尔鲁松、三个陶尔古德、哈特亨、其木德、伊吉勒其、其吉勒吉、扎赉特、哈拉哈、察哈尔、昂格里格、卫拉特、乌格勒德、萨木、乌审、哈尔策里格、萨勒楚德、乌列扬罕、比梯古德、海鲁格德、米嘎斯、奥充嘎、乌拉特、苏尼特、都尔勃特、朝拉旦、洪根、土默特、乌准哈、惠其、俄德、子伊、卓德、哈萨克、敖罕、巴苏德、比尔拉斯、巴林、旺固布、布顿、布鲁特、乌乃德、贺楚德、乌加德、珠亨、昭斯敏干、喆尔格陶高沁、浩利、玉拉特、居勒亨、哈达亥、萨勒楚克、敖拉胡努特、芒古德等六十一个部落和国家。除此之外,用兵征服的部落和国家有:塔塔尔、岱其古德、拉海德、哈尔勒岱、塔尔格岱、麦勒吉、固尔勒斯、固尔鲁特、萨勒吉古德、萨勒古岱、萨楚嘎、图吉、洪吉勒、赫利特、女真、比勒古德、伊木、索隆古特、萨尔拉格、陶克玛克、恩胡德、哈尔利格、扎鲁特、乃蛮等二十四个部落和国家。”宣读完毕,铁木真下令,将自降的编作上队,说降的编作中队,伐降的编作下队,首领死亡或无首领的部落分给弟弟或大将们统领。

铁木真将毛浩来、布古尔吉、布古拉尔、楚伦四人派往四角,设下四个大营,从汇集的人群中选拔能贤力士。将扎勒玛、乌优图斯钦、乌云格瓦、赛汗苏尔塔拉图等人派往四方,在每一个部落建立学堂,选拔其中机灵的学习畏吾尔文。当时参加文武会试的人有三万之多。不久,又有狗头国、北俄罗斯国、独脚国、畏吾尔国、西北女人国来送礼纳贡。接着唐古特部落的希都尔古汗也派道尔顿为使,送来五百驮厚礼。

却说毛浩来清点人马,原来国内有四十万人马,加上来归降的各部落八十余万人马,精兵人数已达一百二十万。毛浩来到奏事大殿,奏道:“我国人马好坏加在一起共有二百余万,精兵有一百二十万,从中百里挑一,选作亲兵者也有五万三千人余人。依臣看来,我北方兵士虽不像南方兵士那样,可一旦动兵,就需粮草。我国人马之所以强大,是因为我们的粮草比其他部落多出五倍。如果吃穿之物这样发下去,天长日久后我

们必定会国力不足,士气必落。依臣看来,兵在于精,不在于多。若从现在起精简兵马,则国基牢固,今后不管主公征途多远,于国无害。一则可以国家富强,二则可以兵力日增。大军远征,于国不利,想吞并于本国,耗费太大。"铁木真听后非常高兴,命太斯钦、乌尔鲁克斯钦、陶尔根希拉、利德尔斯钦等人审核定夺。

且说六位上卿,齐到议事大帐,派扎勒玛、钦达嘎那斯钦、胡达嘎那布和、乌优图斯钦、乌云格瓦、赛汗苏尔塔拉图、斯钦布和、巴音等人去四方诸国,询问士兵心愿,按照他们的心愿精简。五虎将陶克敦固、苏布格岱、海鲁更、珠勒格岱、惠拉德尔操练五万精兵,增添给养。

唐古特的使臣道尔顿起程返回,途中被哈尔力古德细作抓住,详细叙述了归降勃特国,送礼纳贡一事。哈尔力古德部落的阿尔斯朗[1]汗听后大怒,说道:"你主公希都尔固真是个奴才,听信妖女之言,谁强大就巴结谁!"随后唤来查斯乌拉、哈斯木仁、扎干浩热、阿拉坦玛尔勒四位大臣,吩咐道:"近几年来勃特国主铁木真四处征战,灭亡了同我们相等的十几个国家。古语说:'士者生死,应在荒野。'我要征伐勃特国,让远近之人都知道我的英勇。我有五十万大军,还怕勃特国二十万人马不成?"

首臣查斯乌拉说道:"我劝主公取消此次出兵。俗话说:'老虎不离深山。'老虎一旦离开了深山老林,会被野鼠野兔耻笑。"

阿尔斯朗汗说道:"就算我们不去征伐,他们也不会放过我们,终有一日必定来犯。"查斯乌拉还想劝主几句,第二大臣哈斯木仁说道:"首臣为何总长别人士气,灭自己威风?如果主公领兵前去,战胜了该如何?"

查斯乌拉笑道:"这容易。把我们一家人都关进大牢,让我去充军。如果旗开得胜,将我在军营内杀了,祭我军旗。"

阿尔斯朗汗听后非常生气,将查斯乌拉一家人关进囚车,等凯旋归来之后再做处置。

---

① 阿尔斯朗:蒙古语,狮子。

阿尔斯朗清点人马，总数为五十八万，又征兵两万，凑成六十万大军，让查斯乌拉的囚车跟在大军后面，命哈斯木仁替查斯乌拉的官职，让希拉郭勒代替哈斯木仁一职，兵分五队，率领人马，于甲子年春节后去征勃特国。

大军走了半个月，抵达勃特国边界哈尔黑古勒。此时，勃特国人马早已来迎战，挖下了深坑战壕。勃特国是如何知晓阿尔斯朗汗举兵来犯的？毛浩来知道这哈尔力古德国的阿尔斯朗汗曾杀了旧主麦德尔，抢了其皇位，又知此人生性傲慢，两年前就已派兵守护边界。毛浩来还送去厚礼，收买哈尔利古德国几位大臣，派纳仁汗守在哈尔黑古勒，放了几名细作在哈尔力古德。听说哈尔力古德国捉了唐古德的来使，勃特国细作正在打探消息，有人说已将他们释放，便前去了解了事情的缘由，连忙报到军师毛浩来那里。军师毛浩来与陶尔根希拉、太斯钦、布古尔吉等人到铁木真的大殿，奏报此事。

铁木真微微一笑，说道："狮子虽有神鬼般的力气，然而却不能智戏绣球。不是一旦发怒，就想一口吞掉日月，来回跳跃，葬身于山岩吗？如今有一个大事，时逢六甲之首甲子年，我已四十三岁。印度在天地的中央，古时释迦牟尼和其他皇帝皆出生于此，登基为皇，成就大业。我想借此出征之际，杀开一条血路，路过唐古特、西藏，再到印度看看。一则看看西域诸国之意；二则亲自到印度，审时度势，以随众人之大愿[1]。"

听到此话，毛浩来非常高兴，召集众将，在哈斯尔、比勒古岱、布古拉尔、楚伦等十员大将手下配宝鲁、乌楞查尔比、瓦其尔、阿拉玛斯、苏尔图、帕拉古岱、哈都特木尔、都拉嘎特木尔等副将，与外域归降十个部落的首领们各领一万兵丁，让他们本月内出发。又命塔塔尔、岱其古德、拉海德等十个部落带领人马紧随其后，等待哈尔力古德的人马。

正月伊始，勃特国人马都已准备停当，毛浩来命人放号炮。一声炮响，众士兵拆掉帐篷，收拾行李准备出发。二声炮响，众士兵左手握住缰绳或马鬃，右手拿着马鞭，左脚蹬着马镫，做好了准备。毛浩来在主公帐

---

① 这里指让铁木真登基为皇。（改编者注）

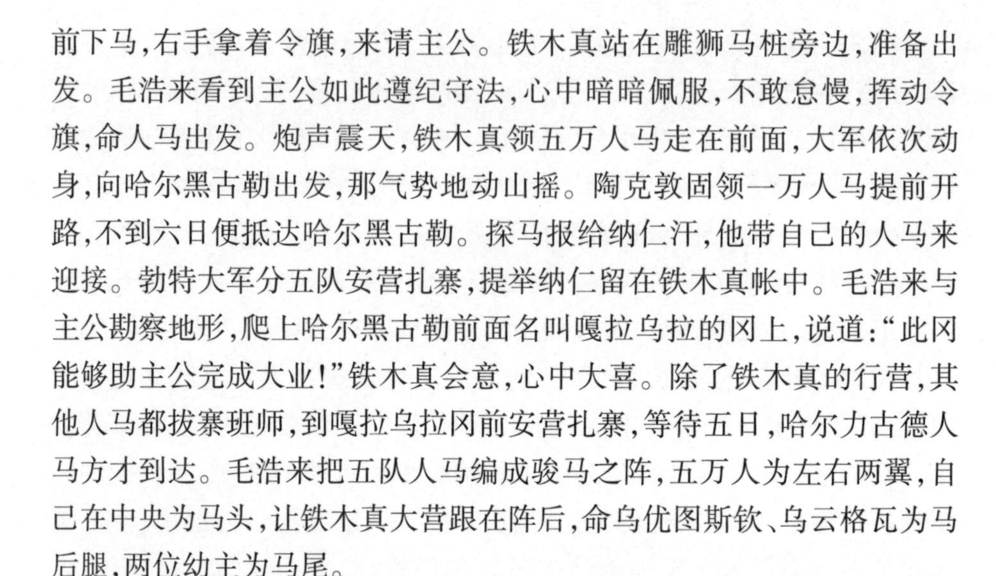

前下马，右手拿着令旗，来请主公。铁木真站在雕狮马桩旁边，准备出发。毛浩来看到主公如此遵纪守法，心中暗暗佩服，不敢怠慢，挥动令旗，命人马出发。炮声震天，铁木真领五万人马走在前面，大军依次动身，向哈尔黑古勒出发，那气势地动山摇。陶克敦固领一万人马提前开路，不到六日便抵达哈尔黑古勒。探马报给纳仁汗，他带自己的人马来迎接。勃特大军分五队安营扎寨，提举纳仁留在铁木真帐中。毛浩来与主公勘察地形，爬上哈尔黑古勒前面名叫嘎拉乌拉的冈上，说道："此冈能够助主公完成大业！"铁木真会意，心中大喜。除了铁木真的行营，其他人马都拔寨班师，到嘎拉乌拉冈前安营扎寨，等待五日，哈尔力古德人马方才到达。毛浩来把五队人马编成骏马之阵，五万人为左右两翼，自己在中央为马头，让铁木真大营跟在阵后，命乌优图斯钦、乌云格瓦为马后腿，两位幼主为马尾。

哈尔力古德人马抵达哈尔黑古勒，选取四十里宽，六十里长的地方安营扎寨。阿尔斯朗汗把查斯乌拉从囚车释放，说道："去给铁木真下战书，好好羞辱他一番。他不会杀你的！"随后将一封写满羞辱言语的战书交给他。查斯乌拉早就猜透阿尔斯朗是想借勃特之手杀他，微微一笑，带着书信到勃特军营。铁木真亲自迎接，让座于他，查斯乌拉泪流满面，递给他战书，面向自己的军营磕头六次，夺过兵卒手中的剑，想要刎颈自杀。众士兵连忙夺过他手中的剑，将他押到铁木真面前。铁木真问其缘由，查斯乌拉默不作声。毛浩来猜出大概，说道："此事大概和乃蛮国曲薛吾逼迫伊德尔道布一样！"说完修一封回信，让查斯乌拉回去。查斯乌拉回到自己的军营，递交回书，等待阿尔斯朗汗发落。阿尔斯朗汗说道："你这是在故意羞辱我，我为何无故杀人？"说着将查斯乌拉关进囚车。

次日，阿尔斯朗汗带着他的四员大将出阵交战，两军人马在哈尔黑古勒平原摆开阵势。

阿尔斯朗汗命人高举皇旗，头顶华盖，走到军前，高声喊道："我早就听说铁木真是天子。你也是凡人一个，为何称自己为天子？我所向无敌，在杀你之前看看你的人，探个虚实。"勃特军阵前挥动红旗，奏响欢乐，号炮三响，铁木真现身军前。只见他：头戴嵌宝金盔，身着镶宝狮甲，下跨高头白色龙驹，蚕眉锁万邦，锐眼顾万民。三绺美髯，耳垂双肩。两只巨掌握住国柄，胸中藏着世界。阿尔斯朗方才还在耻笑勃特军阵，看到铁木真如此威风，大声说道："我未曾上天，所以也不知道天子是如何长相。我只知道你容貌超群，统领自己的国家，称天子已是幸事，为何还要讨伐众部落和国家？"

铁木真也大声说道："我从未侵犯其他部落。只是人来犯我，又兵败于我。如今你举兵来犯，我为何要闪躲？"

阿尔斯朗汗问道："我听说勃特国在北方世代为皇，你祖父哈布拉汗也做过皇帝，你为何迟迟不肯称帝？"

铁木真答道："只有适合称皇的人才能做皇帝，并非人人都能称皇。做你这样的皇帝易如反掌，只是你无法用皇德治理国家。"

阿尔斯朗问："何为皇德？"

铁木真答道："所谓皇德，是做事不假，句句是真话。"

阿尔斯朗问："那你现在所言句句是假？"

铁木真答道："虽不是如此，我也不敢保证句句是真。我日日自省，常常后悔，因此还不能称帝。"

阿尔斯朗问："那你的属民如何称呼你？"

铁木真答道："他们只叫我铁木真。"

阿尔斯朗问："你为何无辜杀掉众多部落的首领？"

铁木真答道："北方众汗举旗，胡作非为，生灵涂炭，战乱不断，平民百姓如砂砾，到处流浪。为了北方的安宁我才这样。"

阿尔斯朗汗又胡诌一阵，说道："你若是好汉，上前来，我们二人决一雌雄。"

勃特国虎将惠拉德尔上前迎战，二人战了三十余回合，哈尔力古德部落的哈斯木仁上前去助战，勃特国的朱勒格岱巴特尔出阵迎战。哈尔力古德军中扎格冒都拍马来战，勃特国虎将海鲁更迎战。哈尔力古德的蒙格萨仁驱马来战，勃特国的苏布格岱巴特尔出阵迎战。军师毛浩来定睛一瞧，惠拉德尔与阿尔斯朗汗交战时只有防御，没有进攻，便派虎将陶克敦固助阵。哈尔力古德军中的希拉郭勒来战，正合陶克敦固之意，高举大刀与希拉郭勒交战几个回合，转身向惠拉德尔说道："先锋你与他交战，我来和阿尔斯朗汗决一雌雄。"惠拉德尔找空抽身，与希拉郭勒交战。五对大将在哈尔黑古勒平原混战，犹如龙争虎斗，战了八十回合不分上下，已到申时，双方鸣金收兵。

阿尔斯朗汗回到军营，与四位大臣商议道："我看勃特国大将很多，但兵卒很少。今晚我们将三队的六十万人马以二十万为一组，连续三夜轮换围攻勃特军营，不过十日可大获全胜。"随后兵分三组，准备连夜压营。

是夜，毛浩来到主公帐中，问道："主公，可曾识破哈尔力古德人马的气势?"

铁木真说："我看这哈尔力古德人马士气方刚，黑气密布，杀气冲天。我们虽是精兵，但双方人数悬殊，他们的人马有蛮力，人数又多。我的帅旗黑色大纛的穗子，今天突然迎风而立，今晚定有人来压营，把人马分为两组，轮流巡察为好。"

毛浩来说道："明主所言正合我意。我们的人马五万，他们六十万。如果日久，他们定会失利。我们的粮草足够几个月之用，我们先死守兵营，再用计。我们的十队人马不久就到。我们届时再议。"随后把二十九位大将分为四队，将五万人马分为五队，一万人负责保护主公的安危，其余四万人白天两万人，夜晚两万人守住军营四门。他命兵士双耳塞棉，嘴里衔枚，十日之内装聋作哑，不要轻易回应，等敌军到沟边时加紧射击。

不久之后，从西北方向狂风大作，号炮一响，哈尔力古德二十万人马前来迎战。勃特人马装聋作哑，只有几百人喊着口号，巡察兵营。哈尔力古德人马搬来沙子，填满深沟，刚要靠近兵营的栅栏，突然号炮大作，勃特国的五队人马齐敲号棒，从暗处向明处射击。哈尔力古德损兵折将，叫苦连天，连忙往回跑。后面战鼓连连，士兵却不敢向前，阿尔斯朗汗问清缘由，撤兵回营。他们日日来战，勃特人日日迎敌，过了六日，无论哈尔力古德人如何叫骂，勃特人都纹丝不动，死守自己的军营。

是夜，五虎将到毛浩来的军师帐内，说道："军中已无箭。"毛浩来思索一番，说："今夜五更时来取箭。"众将不知所措，纷纷退出帐外。毛浩来命士兵一人取草人一个，立在深沟的那边，叫他们第一次放号炮时大喊大叫，听到第二次号炮往回撤，听到第三次号炮时关紧大门。晚上北风大作，飞沙走石，没有月光，漆黑一片。士兵们不知其中奥妙，只能按令行事。毛浩来巡察一遍，人马已到，便命人放号炮。士兵们大喊冲过去，大擂战鼓。哈尔力古德人马围攻六日，不见勃特人马动静，意志松懈，正昏昏欲睡，突然听到勃特人马的叫喊声。阿尔斯朗汗命人放箭。此时，隐隐约约又听到勃特人马已撤，命人加紧射击，仍不见勃特国撤军。他不知缘由，刚刚命士兵停止射击，叫喊声又起，一声高过一声，已逼近军营。他命士兵速速放箭。不到半个小时，勃特军营又响号炮一声，众士兵不再呐喊，恢复了此前的安静。

阿尔斯朗汗感到奇怪，催士兵前来交战。毛浩来站在高处大喊："多谢傻瓜皇帝赐箭！"他清点草人上的箭，比他们原有的箭多出五倍，质地良好。毛浩来非常高兴，将箭分发给各队。从铁木真到众将，无不惊讶。阿尔斯朗汗知道上当之后恼羞成怒，合并三队人马，誓要踏平勃特国军营。毛浩来命人擂鼓三次，让守住四门的兵甲撤回本营，做好交战的准备。哈尔力古德人马靠近，毛浩来便命士兵射箭，箭无虚发。哈尔力古德人马冲上来三次，都未成功。阿尔斯朗汗下令，裹足不前者格杀勿论，士兵们这才拼死抗争，来到沟边。毛浩来早已料到，命人吹号，停止射击。哈尔力古德人心中生疑，不再靠近。阿尔斯朗汗屡次擂鼓，兵士们依然不前。他忙问缘由，疑心四起，鸣金收兵。

这些都是毛浩来的计策，让敌人心中生疑。这样对峙了半个月，探马来报，勃特国十万大军已在路上。这一天，突然刮起南风，午后下起大雪。毛浩来非常高兴，到主公帐内，献上马鞭。铁木真会意，下令道："如同草人借箭一样，我们这次要弃营逃跑，到哈尔黑古勒的嘎拉乌拉冈下安营。把行李和兵器都扔在这里，向八方逃散，到一处集合。"毛浩来把纳仁汗佯装成铁木真的模样，分给他一万红甲兵，让他穿过阿尔斯朗汗的军营。他亲自带着希热呼图克、钦拜达尔罕、斯钦布和、雅布嘎等人，佯装成护卫铁木真的大将。毛浩来又唤来两位幼主、女婿其其格等十员

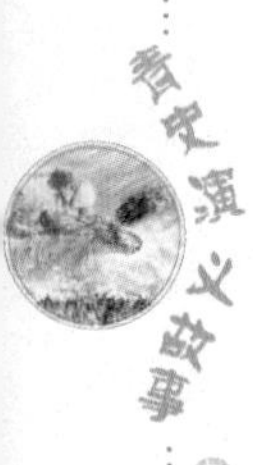

小将,吩咐道:“你们从东边突围;四员虎将护送主公突围,去嘎拉乌拉冈下的大营;先锋惠拉德尔领五千人马,在西门纵火,假装突围,让哈尔力古德的兵力集中在那里。此时其他三队人马向三面突围,突围出去一队人马,放号炮一声。”

是夜,众士兵又大声呐喊接近哈尔力古德兵营。哈尔力古德人不再迎击,等人马靠近再射。勃特军营号炮一响,便不见了动静。哈尔力古德士兵笑道:“如此小计,用一次还可以,还能用第二次吗?”话未说完,勃特军中火光大亮,从四面八方冲了过来。哈尔力古德士兵猜测勃特人马一定会回营,不曾想西门火光冲天,铁木真的华盖旗幡也出现在那里。士兵们慌忙向西门方向添加兵力。此时,勃特国三队人马从三面突围。阿尔斯朗汗见下雪心中忧虑,酩酊大醉后酣然入睡。有人来报,毛浩来护送铁木真想从西门突围。阿尔斯朗让众将前去捉拿,自己穿好盔甲,领一队人马追来,遇到希热呼图克,大战五十回合,希热呼图克趁机逃跑。阿尔斯朗汗大怒,喊道:“如果留下铁木真,可饶你们不死!”追出大约十里,追上他们,毛浩来领几千兵马向北逃去。阿尔斯朗汗紧追不舍。此时,铁木真带着四员大将早已突出重围,杀出一条血路,向北走远。幼主和十四位将军身强体壮,被围困半月,心中聚集怨恨,杀出了一条血路。

察汗台一箭射中哈尔力古德大将希拉郭勒的喉咙,士兵们砍下其首级献上。察汗台将他的首级挂在战马的缨穗上,继续拼杀。哈尔力古德兵士看到自己的大将已亡,无心恋战,四处逃散。先锋惠拉德尔从东门突出重围,遇到在北门兵败,逃向东门的蒙根萨仁。惠拉德尔紧贴马鞍一旁,靠近他,突然拿出套索,套住蒙根萨仁的脖颈,将他活捉。他以蒙根萨仁挡箭,从重重包围中冲出来。他紧随铁木真,抵达嘎拉乌拉冈北边。此时,阿尔斯朗汗带着他的几千人马,一路追随毛浩来等人到了那里。“铁木真”领一队人马,爬上嘎拉乌拉冈,阿尔斯朗汗紧追不舍。到半山腰时北边突然号炮大作,毛浩来、希热呼图克等人拦截了去路。回头一看,去路已断,“铁木真”正站在冈上观战。阿尔斯朗心中大怒,大喊一声,策马向冈上奔去。雅布嘎迎战,被他一枪刺下山沟。钦拜达尔罕连忙向山上逃去，阿尔斯朗汗一枪刺中了他的右腿，哈尔力古德兵士跑过来将其活捉。希热呼图克、斯钦布和二将迎战，皆不是他的对手，向两面山坡逃去。

此时太阳已升起，大雪飞扬，大军遮天蔽日从东边压了过来。阿尔斯朗认为他的援兵已到，大喊一声："捉住铁木真！"向冈顶爬去。冈顶突然号炮大作，铁木真手持宝枪，直奔阿尔斯朗而来。毛浩来像滚石一样从东山腰上飞奔而来，勒马不住，阿尔斯朗汗躲闪不及，毛浩来的铁棒落在他头上，脑浆迸裂，连人带马滚下山去。毛浩来见马很难停下，连忙用双手按住马鞍，从马镫抽出双脚，翻身下马。那匹马直奔下山，越过一条大沟，方才停下。毛浩来砍下阿尔斯朗汗首级，挂在旗杆，带"主公"下山，解开钦拜达尔罕的绳索，命希热呼图克、斯钦布和、雅布嘎三人清点人马，仔细观察援兵，原来那是勃特国的十队援军。

铁木真、毛浩来等人非常高兴，以纳仁汗的人马为先锋，冲下山去。他们将蒙根萨仁捆在前面，将希拉郭勒人头挂在旗杆上。哈尔力古德人看到自己主公的首级，到自己的大营，向哈斯木仁、扎格冒都二人禀报主公已死的消息，告诉他们铁木真已亲自领兵追来。哈斯木仁惊慌失措，大哭一阵，与扎格冒都一起重新整编人马，准备迎战。勃特人马大胜，士气大振。纳仁汗想到自己曾经也是一国之主，想让他人看到自己的英雄，孤身打入哈尔力古德军中，与哈斯木仁厮杀。战了不到五个回合，扎格冒都从背后刺伤了他的肩胛。纳仁汗大怒，用宝枪一挥，刺透了哈斯木仁脸部。扎格冒都趁机一枪刺中纳仁汗脖颈，将他挑于马下。十四员大将把扎格冒都围在中间，扎格冒都英勇无比，一时难以取胜。其其格命人布网，绊倒其坐骑，趁他来不及起身，将他捆绑。哈尔力古德人马见已无主将，连忙弃营逃跑。毛浩来命新来的十队人马追击，好言降服众人。不到五日，五十万人马皆已归降。毛浩来命人医治他们的伤痛，命十队人马前去哈尔力古德国，不动一兵一卒就将他们的城郭纳入自己的版图。

兵士们从哈尔力古德军营找到查斯乌拉，将他推到铁木真面前。铁木真忙问缘由，查斯乌拉如实相告。毛浩来说道："他是哈尔力古德的忠

臣啊!”随后报奏主公,将他释放。铁木真劝说多次,查斯乌拉才决定归降。他带着主公的骨灰,紧随十队人马回国,讲明情况,带十二个城郭,二十个府来降。铁木真领大军到哈尔力古德巡察,阿尔斯朗膝下无子,便让旧主麦德尔之子继位,开启仓库,犒赏众军。

铁木真登基

铁木真在哈尔力古德避暑过夏，休整人马，于秋天率领大军出征吐蕃。毛浩来命珠奇、察汗台领十万人马留守哈尔力古德，修书给德钦呼尔洛、伊拉固松二人，让他们协助察汗台防范夏国。毛浩来带着五员大将先行入吐蕃，铁木真领十员大将紧随其后。途中，唐古特的希都尔古带众臣来迎接铁木真，归降于勃特国。

铁木真出征西南，听过勃特国大名的地域、大小部落，如随风摇曳的小草，纷纷来纳贡。到达回回国霍林城前，回回首领巴巴普统领二十万大军，拦路迎接，问其缘由。

毛浩来走出阵前，说道："我主要去位于吐蕃南边的印度，去观赏那里的阳光和水流，一路尽收纳贡归降者，若不归降，我们也不征战，但若要征战，我们定会一战到底。"

巴巴普说道："如果你们不加害于我，我们不但不阻击，还会迎送，相赠粮草。若你主赏脸，让我们见识见识，若果真有天子风范，我们便即刻归降纳贡！"

毛浩来听后非常高兴，在原地安营扎寨，并将此事报给铁木真。铁木真定于次日见巴巴普。次日，两军摆开阵势，铁木真的九道仪仗依次出发，九层门旗，逐次展开，金旗一举，铁木真走到阵前。巴巴普一看，铁木真身高九尺,美髯三绺,面有日月之光,身有参天的吉祥。巴巴普高声说道:“看起来果真像个天子,不过我也要看看你的真本事!”说完命人从军中推出一块青石放在百步之外,上面插上五色小旗,说道:“铁木真你若能在百步之外射来一箭,将它射破,我就当你是真命天子!”铁木真大声说道:“我有上苍依靠,不怕青石不开!”说着从宝撒袋里取出神弓神箭,左手握弓,右手拉箭,一箭射去。宝箭射中青石,火星四溅,青石已分作几块,两军人马上前一看,那不是石块,而是青铁。所见之人,无不称奇,皆说勃特国主是天子。毛浩来拾起主公射出的箭,插在城前,以作留念,又命两军人马每人在碎去的青铁上加三筐土,那里顿时隆起一座大山,铁木真将其命名为“出铁山”。

回回国首领巴巴普将铁木真请进城内,让他休整半月,带着自己的五万人马,与铁木真一同出征吐蕃。途中,大小部落如落叶般纷纷来降。当时西吐蕃细作亲眼看到铁木真一箭射碎青铁之事,连忙奔去向他们的贡勒格道尔吉汗禀报。贡勒格道尔吉汗与众臣商议,决定归降,命三百人护送三千驮金银珠宝,派万户长吉鲁为使臣,在吐蕃边界名为柴达木的地方迎接铁木真,献上厚礼。随后,贡勒格道尔吉汗亲自送来一万驮粮草,跪拜铁木真,甘愿称臣。铁木真进城,在吐蕃度夏。毛浩来派使臣去巴拉布国,其首领瓦尔纳西献一千驮厚礼归降。随后,铁木真又收服莫格赉三部,西吐蕃八十八万人马,从中选取了一万精兵。

初秋,铁木真从吐蕃向西南出发。走了半个月,到达印度边界的楚德嘎壤岭,在那里安营扎寨。第二天,准备翻越楚德嘎壤岭时,一只浑身金毛,名为角瑞的野兽飞奔而来,跪在铁木真马前,所有人无不称奇。毛浩来大怒,说道:“我们的天主,亲自举兵平定天下,你这怪物为何来此阻挠?”说完拔出宝剑,想要砍死它。铁木真连忙阻止,说道:“或许这是上苍让我撤军。”随后面向野兽说道:“角瑞你一定是带着苍天的旨意来劝阻我。好吧,我就不再出征印度。你跟在我军前后,是吉是凶,出示征兆!”那野兽起身跪拜,向东南跑去。铁木真班师回朝,途中差回回国的巴巴普,让他去说降白衣回回,又派哈尔力古德的查斯乌拉,让他去向萨尔达格沁的安巴盖汗那里请安祝福。

铁木真在吐蕃过冬,第二年春天回北方。巴巴普来报,白衣回回国首领顾拉哈、罗玛国主桑楚布等人已各带一千驮细软之物来降铁木真,并答应每年缴纳贡物。路过萨尔达格沁西南边,八十八万吐蕃人送到边界,并送来了今年的纳贡之物。

查斯乌拉见了萨尔达格沁部落首领安巴盖汗,献上铁木真赠送的厚礼,细说铁木真的恩德。安巴盖汗大怒,冷笑道:"这铁木真收服异国上了瘾,如今还想占有我国土,才差人来此。若想侵犯我安巴盖的国土,叫他回家等着!"查斯乌拉只好回去。途中说服了敖楚嘎国和齐国(音译),让他们每年向勃特国纳贡,然后启程去追铁木真人马。

铁木真于(1206)年四月初十左右回国。他大摆宴席,与出征人员和留守家国的人员一同赴宴。归降和残留的部落首领也纷纷到来,参加盛宴。毛浩来、太斯钦、陶尔根希拉、乌日鲁格利德尔、布古尔吉、布古拉尔与四位幼主商议,让远近众部落和国家到鄂嫩河边聚会,如有违背,军法处置。

毛浩来到铁木真身边奏道:"主公明鉴,布尔罕嘎拉顿更适合作为夏营地。南边鄂嫩河的上游,原蒙国河口,地势平坦,山清水秀,南有宝盔之顶,北有金斗三山,东有鄂嫩河湾,中有巍峨高岭。那里适合主公常居,冷热均匀,我们的祖祖辈辈也曾在那里称帝。在主公还幼小,尚且有难时窝格伦国母觉得这里地势广阔才搬迁到这里。如今国大业巨,牛马繁衍,已无法容纳我们。再说几位幼主都到了完婚年龄,又增四个亲家,此处更显得拥挤,请主三思。"此话正合铁木真之意,说道:"将这里留给幼子拖雷吧!"说完准备搬家。此时,查斯乌拉赶到,禀报安巴盖汗的一言一行,又引来新归降的敖楚嘎、齐两个国家的国主玛哈巴拉、巴拉仁布二人。

前年,旺固布部落的首领德钦呼尔洛、布顿部落的伊拉固松二人收到毛浩来的密信,奉旨查办筑城盖殿的事,聚集落思城、力吉力寨的七万百姓,共备二十座寨院。他们砍伐巨树,运到腾格里沙漠以南楚鲁图山阳面,兴建厅殿,通使会堂,检武校场,其余客舍皆傍庭殿高冈。大殿四周修造二十八处庭院,皆用黄土筑造。虽不似南方那样精细,其高大也

堪称北方之最。重新修建了二十寨内的八千个屋,分为三层,其余楼阁挂幔张皮,工艺精湛,非常别致。在高处筑造仓库,低处筑造客舍,比起砖瓦城镇别有风韵。砖瓦一成,铁石五成,泥沙十成,良木间用,毡绸搭配,气势宏伟,浑然一体。城寨方圆三十里,军营四周有三道深池,外观宏伟。坚固美观。帐篷、大殿颇有北国特色,上嵌各色宝石,光芒耀眼,让人心动。人演武艺,马练跑,气势不凡。北方近年虽有丰足的金银和绸缎布匹,但也从未有过如此恢弘的寨子和宫殿,人人称奇。

众多异域部落的人看到这些建筑巧夺天工,拆迁容易,每个人都赞不绝口。德钦呼尔洛等人又到鄂嫩河边,将河上的神桥加宽八庹。此时,四面八方的庶民都按照旨意聚集在鄂嫩河边,在五百里长,三百里宽的广阔平原上安营扎寨,漫山遍野,夜晚灯火通明。聚集在这里的人们口口相传铁木真在回回国一箭射碎青铁之事,勃特国百姓皆以手加额,祈天喝彩。

军师毛浩来先行查看,看到比原先设计的好出很多,大加赞赏,请乃蛮的达达顿嘎,教他按照九宫八卦,五行四时之别,画一张大坛之图,又新制旗幡宝盖,方才回国。回国后,毛浩来召集六部九卿,四弟、四位幼主、五员虎将,商议让铁木真登基之事。众人皆怕铁木真不会同意。窝阔台说道:“我想到一计,如今窝格伦国太年过七旬,不如以此为借口,让国太老人家发话做主,四位叔父,六部九卿各位大臣鼎力相助,大事可成。”毛浩来听后非常高兴,称赞道:“天子果真不凡,我就没想到此计。让国太开口是关键!”想到这样一个让铁木真登基的方法,众人皆高兴。诸位大臣问达达顿嘎,南方皇帝登基有何礼仪。达达顿嘎说道:“我观天象,礼仪乐器,大体俱全。只有一件至关重要,天子登基,需百兽之王大象。此乃瑞兽,可奉天子之旨,可验众臣之意。可惜未从吐蕃带来,俄国太远,东方无此物,如何是好?”此时,恰逢巴拉布国用十头大象驮纳贡之物来到勃特国。达达顿嘎拍手叫道:“我主果然是天子啊!”随后将那十头大象送到鄂嫩河边的大帐,命德钦呼尔洛看管,后又派太斯钦、利德尔斯钦、乌尔鲁格诺彦、瓦其尔斯钦等人前去,与达达顿嘎一起商议天子登基的礼仪。

铁木真正与夫人商议为四员大将、六部九卿、百位大臣的子女选婿，上报窝格伦国母，突然听到外面三声炮响，钟鼓齐鸣，奏起请铁木真上朝的乐器，吹响百官朝拜的箫笛。铁木真知朝中有要事，连忙身穿龙袍，腰戴玉带，头戴金冠，脚登红靴，移步上朝。大殿右翼站着以陶尔根希拉、钦达嘎斯钦为首的文职大臣，左翼站着毛浩来、布古尔吉为首的武职大臣。铁木真升殿，坐于大殿中央绣龙红垫宝座，文武百官一起朝拜。陶尔根希拉、毛浩来二人移步上前，奏道："我主实为天子，三十年来不辞辛劳，南征北战，平定北国，戡乱锄奸，使勃特国国运昌盛，百姓安居乐业。现有三件大事需要主公办理：第一，窝格伦国母少年寡居，养育幼主非常辛苦，她见主公领兵征战，朝夕不安，深为忧虑。正值国母七十大寿，当报国母四十年之恩，宽慰她仁慈之心。第二，主公的金枝玉叶，我四位幼主已经到了订亲婚嫁的年龄。第三，主公借此百万臣民聚会之机，亲眼过目，挑选将才。我勃特人马已有三十余万，庶民百姓七百多万，然而各官管辖的臣民数目不一，有多有少，应举国聚会，定夺人员。再者，当日论功行赏平定北方的各路将才，适逢战乱四起，难免有遗漏不周之处，借此机会，仔细核实，以便我军将士日后效劳。因有如此三件大事，我等叩请主公，号令全国，所有臣民都到蒙国河附近，克尔隆河源头的辽阔平原举行盛大集会。主公行帐也移到了鄂嫩河边。四月春暖，草嫩水清，风和日丽，主公应借此季节聚会此处，商议国事。"

铁木真听到头一件大事是宽慰窝格伦国母，心中大喜，当即吩咐道："听众臣今日所言，我如梦初醒。所言敬孝、施仁、行赏这三件大事正合我意。如今你等便可取我的令箭，布令全国，聚会此处。你等以为今日是吉日，便从今天起，收拾我的行帐，往那里出发。勃特国十岁以上的孩子，都要赴会，不得遗漏！"众臣领旨，叩首谢恩。

众人从军师的行帐中取出令箭，发往四面八方。告示像雪片雨点似的飞向各部各邦。那告示中说道："勃特国首臣陶尔根希拉、毛浩来等今日奉主公之命，通告勃特国军民，望审慎从命！如今适逢窝格伦国母七十大寿，命全体军民，务必于四月初一之前，聚集于鄂嫩河源头归蒙国河平原，共贺窝格伦国母大寿之喜。并借此时机，论功大小，封赏文武百

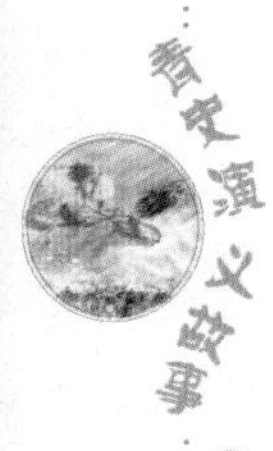

官。还为我幼主选媳,为主公长女选婿,举行文武比试。因此,凡十岁以上二十岁以下的子女,务必到会。事关国家存亡,大家务必尽力。如果有人胆敢嫌路远,怕麻烦,故意躲避不来,一经查出,便以负主之恩,违命之罪,处以重刑。因此,望众人谨慎听命。"

勃特国全体军民拥向鄂嫩河源头,聚集在那里,大小部落和国家无一落下。军师毛浩来最先到达,与德钦呼尔洛、伊拉固松一同带五千人马准备铁木真的行帐。窝格伦国母、布尔特格勒金夫人的帐外,给铁木真设下九座行帐。行帐以北二里之外,于检阅兵士的高冈上,搭起一座祭坛,上修三层坛阶,离地面高十八庹。中央支起一座供铁木真居住,具有二十二个哈那[①]的银柱大帐,高一庹,宽十八庹,帐上竖立两庹左右的金顶。帐身用绣有八十一条金龙的毡子围住,周围挂着九庹宽的九色帷幕,账后竖起北斗大纛,左右两面竖起日月大纛,外面插满七星旌旗和二十星旗幡,空间分类插上五行彩色小旗,八角上竖起八卦旌旗。高台四周按九种颜色,九九之别,插上九宫之旗。行帐的正南方,立起九庹的鼎足高杆,杆上悬挂嵌着九种宝物的金顶白旗,用九色的绸缎做缨络,垂于地面。又取九面缨络白旗,分别插在这杆白旗的前后,在蓝、红、白、黑四顶宝盖前插了一样的红色宝盖,挨着宝盖立起一排九色旌旗。

帐内正中,分三层设有案座,上面铺着金黄龙缎,大帐内壁也用绣着八十一条金龙的缎子罩住,三层案座上首依旧置以九龙黄垫宝座,后面扎起九排九条金龙、系着十道飘穗的黄色灯笼。宝座的前面依旧放着铺有金龙黄缎的大案,正中案子后面又放一张高案,上面依旧铺黄缎,案上供着白帝神灵,前面九个金碗燃着九盏佛灯。第二层祭坛环绕着核心祭坛,东西两面有蓝、红、白、黑四色军帐,周围插着四色大纛,四色旌旗,四色旗幡。祭坛前面有四座一样飘着红色旗幡的军帐。第三层祭坛上,是悬挂九宫九色九种旗幡的营帐,周围插着九九八十一面小旗,九色九排连着第三祭坛。第四处高冈依旧插着九色九种旌旗,旌旗下面立着穿甲戴盔的九百九十九人,一排一色,共有兵卒九千九百九十九名,皆面坛而

① 哈那:蒙古包毡壁的支架。蒙古包常以哈那论大小。

站。祭坛西北、东北半里之外，筑起三层小祭坛，围着黄龙宝盖下的行帐，又给众多部落筑好九百九十九个营寨，一切准备就绪。

九员上卿和各部落首领都到布尔罕嘎拉顿山的大寨，禀报铁木真一切已准备就绪。铁木真携窝格伦母后，带着妻儿，号炮三响，举国上下，一起向鄂嫩河边出发。毛浩来和九员大臣先行开路，路上留人，准备九程迎接。毛浩来身在第八程迎接，派陶尔根希拉站在坛下。三十六个大国，七十二个小部落，按照次序在三部九营之外立营，仍然按照九色标志。每一组都准备好琴弦笛箫，等待接驾炮声后演奏。这些国家和部落的人铺天盖地，连营二十余里。

铁木真率领全体人马从布尔罕嘎拉顿出发，浩浩荡荡，延续近千里。抵达鄂嫩河源头时连鸣三声接驾的号炮，鼓乐齐奏，成为第一程迎接。走了百里，号炮再响，朝莫尔更出来迎接铁木真。第三程为扎勒玛，第四程为希热呼图克，第五程为楚伦，第六程为布古拉尔，第七程为布古尔吉，第八程为毛浩来。铁木真举目一看，那三层祭坛犹如云彩层叠，百国聚集，九色缤纷，犹如海浪翻滚，旌旗蔽日。铁木真见后心中想着建造这样的高坛，不知要做什么。到了九座白色营帐外面，陶尔根希拉跪拜迎接。左右两边鼓乐齐鸣。铁木真下马，进入营帐。不久，窝格伦母后携人抵达，铁木真和众臣跪拜迎接，在位于中央的营帐内献奶茶和哈达，祝福连连，请国母入帐歇息。

众臣跪拜后，铁木真问眼前的三座高坛作何用，毛浩来、布古尔吉二人答道："要封赏诸位大臣，应先祭拜天地。"铁木真听后点头称是。次日便是四月初一。众臣聚集到一起，请铁木真登上高坛，为国母祈福。铁木真身着节日盛装，腰戴玉带，骑马到中央大坛，哲别在坛下手持乳汁和哈达在等候。铁木真漱口洗脸，用佛香净身，手持哈达，在哲别的扶持下登上三层高坛一看，皆是天子的装饰，后面供着白帝之灵。

铁木真猜到众臣之意，心生一计。他领众人烧香磕头，为母后窝格伦祈延年益寿之福。铁木真正准备转身下坛，坛下的日月旗下钟鼓齐鸣，八卦九宫旌旗之下奏起九乐，重复三次。铁木真在帐前面向南边站立，四色旌旗下站着四位胞弟，四种红色宝盖下站着四位儿子，九色旌旗下站着九卿大臣，下阶上站着诸国和部落的首领，冈上的九种九色旌旗下站着九千九百九十九名兵卒，第三声号炮，第三次奏乐之后一起下跪。此时，万籁俱寂，陶尔根希拉从怀里拿出一张黄色的表，朗读如下：

当年国母有孕，幸得主公时，一道白光，罩于卧榻，化作白帝，托梦国母即将生主公。更有祥瑞，主公诞生之辰，有一道白光升自特力贡宝勒德格山，鄂嫩河水清澈三天。出生之时，手握凝血，也速该巴特尔当日讨平塔塔尔，招降特默沁。主公从十三岁起，大举义兵，报先主之仇，四面出征，历经跋涉之苦，虎豹之难，遭受饥饿之患，饱尝人间辛酸，备受欺凌之祸，受尽千难万苦，冒着百刃之林，渡血水之海，避千死之险，闯万死之关，方到四十五岁。整整奋战三十二年，才荡平万里，降服若干强国。如今南边虽有金、宋两国，然而皆是骄奢淫逸之邦，不日即为主公臣民。在此四十五年中，别人皆得安闲，惟有国母片刻未闲。主公虽是天神转世，然而下凡红尘投胎国母。主公若念国母生子，至今四十五年，时刻忧虑之恩，也当与今日继承先祖之志，登天子之位。上应天神父母，兄弟子女，属国附邦之愿，下顺文武百官，三军兵卒，黎民百姓之心。昔日，臣等几次劝进此事，主公终未允诺。因此，百万臣民脸上害羞，心中遗憾，日夜忧虑。如今臣等无奈，上报天神之意，次顾国母之心，下则难以违拗众多部落臣民之愿，便与众人商量，早已准备停妥，今日得报主公。祈告主公，将国母忧心四十五年之恩，当作天母之德，以便报答！为此，不分远近，举国上下一心一意请求主公登基为皇。

宣读完毕，众人叩首。

铁木真说道："各位大臣你们不知我心啊。这皇帝不比普通官职。只有真诚之人，才能称皇，并不是人人都可以。真正的皇帝，就算他不做皇帝，众人心中也是皇帝，这才是真正的皇帝。虽不为皇，却有皇帝的德行，此是高人。虽身为皇帝，却无皇德，岂不让人耻笑？这是我本意。如今我还没有皇者的德行，怎能称帝？"

此时，陶尔根希拉脱帽跪拜，百万兵卒，男女老少皆跪拜，鄂嫩河畔的平原上，皆是跪拜之人，众人齐喊："请万岁开恩，可怜百万军民一片赤诚之心！"喊得地动山摇。原来众人已商议，由陶尔根希拉带头脱帽跪拜，逼铁木真称皇。

铁木真知军民的赤诚，说道："既然大家一片赤心，我且登基为皇。但有三件事需要商议。皇帝应为天子，我要占卜九次，如果次次灵验，便可登基。"听到铁木真开口，众人非常开心，说道："如果主公同意，别说是三件事，就是三十件也依您。"

铁木真占卜九次，果然次次灵验：第一次，一炷香烧了两天；第二次，上苍洒下甘霖，滋润万物；第三次，白雾弥漫，花开芬芳；第四次，铁木真祈祷后云雾散开，转为晴天；第五次，离群的九匹良马自己归来；第六次，大风卷走积沙，巨石露出；第七次，无色羽毛巨鸟连啼三声"成吉思，成吉思，成吉思"；第八次，巨石自碎；第九次，一团白气升腾，化为淡红花雨。

十二月初一甲时，陶尔根希拉命人放三声号炮，来自四面八方的人们齐奏祥乐，太斯钦、陶尔根希拉、毛浩来、布古尔吉四人到铁木真帐前，禀报道："四亲五戚，六部九卿，远亲近邻，文臣武将，军民百姓，下等奴仆云集一处。上苍向主公降下九种征兆。如今您的宝殿依然白光冲天。明主快快登基，以应军民百姓之心。俗话说：'顺天者昌，逆天者亡。'望我诞降白光的明主，上应苍天之意，下顺万民之心。"

铁木真听后只好净身沐浴，身穿金龙衮服，腰系玉带，头戴九龙珠冠，耳戴镶宝金环，项挂九宝围脖，脚登山水马靴，徐步走出帐来。

众人一看，铁木真有日月之辉，雷电的圣威。众人立刻变得鸦雀无声。三层祭坛上奏起的祥乐响彻云端。铁木真来到位于中央的天子行帐，祭拜天地，祭拜祖先，向母后窝格伦跪拜，洗手漱口，轻掸衣服，熏以芳香，在陶尔根希拉、太斯钦两位大臣的扶持下登上三层的天子龙案，面朝正南坐在天子龙椅。

众臣三叩九拜，奏起音乐，三层祭坛，方圆二十里的营帐内传出"万岁"的呼喊，地动山摇。此时，一道碗口大小的白光照在铁木真面前的龙案上。铁木真携众臣一看，光环照着玉碗，玉碗内有水。铁木真端起碗一看，那水清澈如泉，香味芬芳，尝一口，甘甜无比，不同凡酿。

铁木真取杯，盛其德吉，便尝余下的水。此时哈斯尔、比勒古岱二人从两旁看见，求道："也让我们尝尝。"铁木真将剩下的半碗水递给他们，叫他们分享。他们二人谁也喝不到。他们把碗递给铁木真,碗底又冒出泉水。铁木真又喝一口,还有剩余,便唤来四个儿子,用金勺喂,只有窝阔台一人喝到了此水。

铁木真会意点头,向众臣道:"我勃特国长期在北方,如今已有二十多个异国来降,应该新取他名。请国丈太斯钦、掌玺大臣达达顿嘎、钦达嘎那斯钦、胡达嘎那布和、扎勒玛、乌云格瓦、乌优图斯钦、赛汗苏尔塔拉图、德钦呼尔洛、伊拉固松商议后来禀报。"众人正商议时,东方发白,一只五色羽毛的神鸟飞过来,落在大帐顶上,鸣啼九次"成吉思",然后飞离。

众人商定,太斯钦进入铁木真帐内禀奏道:"如今圣主登基,上苍连降九兆,飞来神鸟,几番呼叫'成吉思'!我主已为'承天启运圣武皇帝'。因此,圣主当为人杰,可称成吉思汗。三十二年来圣主所到之处,无不推尊,异国之主前来归降。今日我们勃特国百万人聚集在古代蒙古部落所居的蒙国河畔,国号可称'上青蒙古国'。"

铁木真将圣水献给太后窝格伦品尝,又给布尔特格勒金皇后品尝,这些无人知晓。铁木真携众臣,将窝格伦太后请上位于西北边的祭坛上,鼓乐齐奏,铁木真带头跪拜。

窝格伦太后握住儿子的手,说道:"皇儿你要像爱护你的儿子一样爱护你的臣民,像疼爱骨肉一样疼爱黎民百姓。老母我四十五年没有白白辛苦,你今日称皇,报答了我的恩情!"说着落下喜泪,品尝了圣水。

成吉思汗下令,将父亲也速该巴特尔追封为"列祖神元皇帝",将母亲窝格伦封为"宣懿太后",将布尔特格勒金封为"光献皇后",将东西两宫的吉斯图、吉斯力格、郭勒萨仁夫人封为"贵妃",封哈斯尔、比勒古岱、敖其格、嘎楚格四位弟弟为亲王,封珠奇、察汗台、窝阔台、拖雷四个儿子为"太子王"。

成吉思汗将太斯钦、陶尔根希拉二人封为文官之首,总管南北诸国的大臣;封毛浩来、布古尔吉为军师和元帅,支配左右两翼两万人马的主将;封布古拉尔、楚伦、希热呼图克、扎勒玛、哲别五人为五虎将。除此之外,还有三十六员武臣,七十二员猛将皆被封职。此时国内有四十万兵卒，八百万百姓。成吉思汗命诸国打开仓库，大飨天下。又命蒙古各地官府，除十恶不赦之外，其余罪犯，一律免罪一等，提前放回各家。还把落思城、力吉里七万名百姓送回原籍。全国臣民在布尔罕嘎拉顿山修建祖庙，作为祭祀之地。

大宴期间，风和日丽，百鸟争鸣，飞禽走兽都为宴会增光添彩。成吉思汗与四位弟弟，四位太子，四杰五亲，六部九卿，七十二位大将开宴。席间，铁木真对军师毛浩来、元帅布古尔吉说道："小时候，我常说比勒古岱的神力，哈斯尔的神射足以定天下。因有你们四人的辅佐，我今日才得以登上皇位。你们二人功劳不比我两位弟弟少。我们虽非同一父母生，但情同兄弟。你们似我双肩，如我江山社稷的栋梁。我的至亲四弟，臣中的四杰，你们四人是我的四肢，国丈上卿是我的肝肺。你们二人是我的双手，十位大臣是我的十指。文武百官是我的眉毛胡须，江山社稷是我的躯体。众臣你们不要忘记从前，依旧效力于江山！"众臣听后皆呼三声："万岁！"

次日，成吉思汗与毛浩来、布古尔吉商议道："我本无能，众人却推举我坐上皇位。我应当论功封赏各位臣子。从谁开始分封合适？"

布古尔吉等人说："老话说，'用人无落宗祖，举人无漏嫡亲，任臣无致穷愿，封相无使至尊'。应当让嫡亲走在前面，众人心中不会嫉妒。文武百官如果一次让他们拿到理想的官位，他们便不会再向前。"成吉思汗点头称是，在年末三天大摆筵席，分封自己的亲族。第一天，封陶克敦固、占布拉为宗氏太保，将他们的孩子封为上太傅。第二天，封敖拉呼努特的乌尔鲁格诺彦、利德尔斯钦、洪格尔特的太斯钦、索勒德的陶尔根希拉、索隆古德的查干汗为太师，为朝廷首臣。封布古尔吉之父拉胡巴彦、扎勒玛之父扎尔其古岱，驸马宝图之父敖利雅查盖、其表弟雅布查岱、唐图人赛汗苏尔塔拉图、朝楚勒等年过八旬的人为朝廷长侯。第三天，封毛浩来、布古尔吉二人为左右翼大元帅及太保，其余六人皆和朝莫尔更一样，封为上太傅和太傅。

出征夏国

蒙古国成吉思汗二年，丁卯年秋初，镇守力吉里的董俊，镇守落思城的刘福、刘仲路派人呈表。掌玺大臣德钦呼尔洛、伊拉固松、达达顿嘎、赛汗苏尔塔拉图拆开信一看，原来是夏国国主李全安领五万人马向蒙古国复仇，要夺取落思城、力吉里等地。三位守将得知消息后呈表求援兵。这董俊、刘福、刘仲路本是金国镇守北疆的将军，被迫来投铁木真。军师元帅毛浩来、左翼元帅布古尔吉等人于次日上朝后向成吉思汗禀报此事。

成吉思汗说道："夏国虽可与金国相提并论，可他们常常勾结周围小国，向我的敌国发援军，于我有仇。因此，我才夺取了他们落思城、力吉里等地。如今他们不但不知悔改，反而屡次举兵来犯，不得不征。你们来禀报战策，寡人亲自领兵出征。"退朝后，军师毛浩来命太傅布古拉尔、太保安敦、太傅扎勒玛、太傅赛汗苏尔塔拉图四人各领一百名骑士，让他们去位于夏国西南的乞勒吉氏部，位于其西的伊迪纳尔部，其西北方向的阿拉格德勒图部，详细吩咐其中的利害，叫他们不要给夏国派援兵。命左翼元帅太保布古尔吉、太保楚伦二人领苏布格岱、惠拉德尔两员大将，手下配宝鲁、乌楞查尔比等六位将军，叫他们领两万人马，先行去落思城和力吉里把守，提防夏国人马来袭。毛浩来又传令说，不久后成吉思汗将要率领人马出征夏国。五天后，布古尔吉、楚伦等人领兵出发。随后，毛浩来击鼓召集人马，上朝递呈奏折。成吉思汗看到出征夏国的人马已分为四队，用人恰到好处，留守边疆的人马充足。他下令要于八月初一出征夏国。是日，黄金宝盖缓缓移动，亮出白旗，成吉思汗洒酒祈祷，一时金玉铿锵，鼓乐齐鸣。号炮三响，蒙古国十万大军向西南方向的夏国出征，排山倒海，威风十足。

布古尔吉、楚伦等人领兵抵达离力吉里、落思城二里之外的地方，得知夏国元帅李永领五万人马围攻这里已有两天，两地守将拼死抗争，无奈实力悬殊，正准备投降。布古尔吉兵分两路，楚伦连夜带兵去力吉里解围。城内将军董俊知援兵已到，从城内领兵杀出来，夏军大乱。楚伦突然收兵，夏国人马才夺路而去，走了五里，陷入楚伦备下的深坑，损失严重。蒙古国军队合力拼杀，收获旌旗兵器八百余车。夏军知自己没有退路，纷纷跪下投降。布古尔吉、楚伦等人命自己的人马换上夏军的衣服和盔甲，前往落思城。

路遇落思城守将刘仲路、刘福二人。他们兵败，领自己的三千人马逃至此处。布古尔吉让他们穿上夏国的盔甲，将两万人马分为三路，佯装成夏国败兵，连夜到落思城南门、东门和西门，称他们与布古尔吉交战败兵。夏国李永夺下城，正在探听围攻力吉里人马的消息，探马来报："我军险些夺下力吉里，蒙古国布古尔吉、楚伦等人领援兵前来，我军战败。"此时，城门下来了众多败兵，皆喊后有蒙古国追兵，叫人速速打开城门。

李永说道："打灯看仔细之后再让他们进来。去围攻力吉里的大将周钦，其号箭何在？"城外众人皆说："我军上将已掉入蒙古国备下的深坑丧命，其号箭在此。"说着命人将号箭系在绳索上，递过去。李永一看，果然是自己的人马，连忙开门让他们进来。一开城门，众士兵拥进城内，皆喊后有蒙古国追兵。李永把新来的逃兵分为两组守城。突然号炮大作，进城的士兵开始杀李永的人马。布古尔吉与刘仲路、刘福二人爬上城楼，恰逢下来的李永，布古尔吉将他砍死，杀散护兵。此时，苏布格岱、惠拉德尔两位先锋把守东西两个城门，城内宝鲁、乌楞查尔比等八位将军

领兵砍杀夏军。布古尔吉、楚伦下令告知李永已死,叫人不要再杀其人马。布古尔吉、楚伦走进衙门,修书一封,详细叙述夺城经过,命宝鲁、乌楞查尔比领刘仲路、刘福二人,去迎接成吉思汗所领大军。

成吉思汗率领大军刚刚进入夏国边界,探马来报,力吉里险些被夺,我军将兵马分组,积极迎敌,落思城险些被夺,布古尔吉领兵去援助。不久,宝鲁、乌楞查尔比等人来迎接,呈上表章。成吉思汗看后大喜,对前来请罪的刘仲路、刘福二人说道:“不到一万的人马怎能抵挡五万敌军?错不在你们。”说完命毛浩来前来,恢复他们的原职。二人无比佩服,不停跪拜。

成吉思汗路过力吉里,到达落思城,那里的百姓准备香案,沿路跪拜。送来食物、茶水的人不在少数。成吉思汗将这些赏给兵卒,称赞道:“看这百姓,不忘我们的前恩啊!”

李永兵败,布古尔吉、楚伦等人领兵追来,夏国国主李全安很是慌张,召集大臣商议如何抵挡。首臣嵬明令公说道:“此乃粗野之邦。虽有新锐朝气,只要我们略施一计,可让他们闻风丧胆!”

高令公说道:“此话正合我意。近几年,我们听到蒙古大军就惊慌失措。若用别人,他们定会推诿。如今李永、周钦两位将军被杀,更灭了我军士气。若主公能给我十万人马,再命太傅西壁石为副将,我就算不能叫那些蒙古人断子绝孙,也可以让他们永无来犯之心。”夏国国主李全安犹豫不决,太傅刘伯林主张死守本土。

高令公大怒,说道:“仁兄为何只考虑自己的安危,不思国家的荣辱?我们夏国成立至今已一百余年。与金国有六七十年的交情,与乞勒吉氏、伊迪纳尔、阿拉格德勒图三国也有深厚的交情。如今力吉里、落思城几度被他占有,是因我们不拼死交战。我们可派使臣去金国、乞勒吉氏、伊德纳尔、阿拉格德勒图四国,说明事情缘由,向他们求援兵。我们本部人马有三十万。可派其中一半去乌拉盖一带死守。这样不比沦落为别人奴才强吗?”刘伯林再未回话。

李全安心意已决,派四个使臣向四个国家求援兵,令高令公率十万人马,去乌拉盖一带与蒙古大军交战。刘伯林冷笑一声,上奏四五次,告老还乡，带家眷到深山生活。

高令公领十万人马，与西壁石到乌拉盖，询问蒙古大军的行踪。探马来报："蒙古大军以布古尔吉、楚伦、苏布格岱、海鲁更四员大将，八位小将为先锋，已到这里。"高令公领十万人马，敲锣打鼓，到乌拉盖平原安营扎寨。他们刚刚安营扎寨，蒙古大军中突然大擂战鼓，大放号炮，兵分两路，从四面八方杀了过来。夏国人马虽多，但来不及分队，聚集在一处，施展不开。蒙古国四员大将到达军前，砍倒兵营大门，势如猛虎，奋力拼杀。高令公、西壁石二人背对背，与蒙古国四员大将交战。蒙古一位大将手持长枪，刺穿了高令公右胯。高令公疼痛难忍，弃营逃跑，留下西壁石一人抵挡。四员大将紧追不舍，布古尔吉、楚伦等人追杀夏国人马至乌拉盖城。

此时，成吉思汗的大军也已到达。毛浩来想趁机攻城。成吉思汗说道："稍等。此城后有高山，我们去山顶查看城中的士气如何？"他们爬上山顶一看，城中军民正在奏乐享受。成吉思汗问毛浩来："这城如何攻下？"毛浩来答道："用力强攻，此城必破。"

毛浩来命人做三十六个云梯，选取八十八名勇士，让兵卒只攻南门，其他地方的人马均已撤出。日落后，蒙古人马更加奋力战斗，高令公开始慌张，调其他地方的兵马支援南门。此时毛浩来命人点燃号火，鸣放号炮，在城东、城北、城西各立十二个云梯，勇士爬上梯，砍倒了守城的兵士。蒙古人马犹如蚂蚁上树，纷纷爬上云梯，进入城内。夏国人马看到蒙古人马已进城，心惊胆寒，四处逃散。进城的人马杀了守门人，引南门人马进城。高令公与西壁石领一队人马从北门逃出，逃往忠信府。

毛浩来命兵士一夜守城，第二天安抚城中百姓，再请成吉思汗入城。城内非常富裕，有百姓六万余户。他们开启仓库，将粮食分给城中百姓。

高令公、西壁石等人逃到忠信府，跪拜请罪。夏国国主李全安说道："胜败乃兵家常事，爱卿也不是诚心败阵。如今派往四国的使臣未借到一兵一卒，如何是好？"

嵬明令公说要亲自前往。李全安说道："我心已决。这次敌人突袭，我军虽有三十万，注定兵败。不如使用软计，再休养几年！"李全安请来刘伯林,修归降书一封,说甘愿纳贡。

刘伯林带书信到乌拉盖城中,面见军师毛浩来,递上降书。毛浩来禀报成吉思汗。成吉思汗说道:“此话当真?过了几年,事情定会大变,他们是想休养几年而已。”

毛浩来说道:“的确如此。不过可以先宽其心,如若叛离,再来严惩。届时他们将无话可说。将计就计,才是良计!”成吉思汗微笑称是。

成吉思汗面见刘伯林,说道:“我看你是忠厚之人。只是,你主将会食言,让你难以做人。”说完接受其纳贡之物,让刘伯林留守乌拉盖城。

蒙古大军凯旋回朝。乞勒吉氏国国主查干、伊德纳尔国国主阿希格图、阿拉格德勒图国国主耐日拉等人,不但不给夏国发援兵,还修好降书,命他们的首臣为使臣,与布古尔吉、扎勒玛、安敦、赛汗苏尔塔拉图等人一同前来。毛浩来非常高兴,引他们上朝,拜见成吉思汗,让他们递呈降书和纳贡之物。成吉思汗将纳贡之物摆在殿前,祭祀日月,七日之后,纳入国库。伊德纳尔、阿拉格德勒图两国山林居多,献上名鹰。成吉思汗欣然接受,并送他们同样厚重的回礼。

杭盖山斩曲屈律

大蒙古成吉思汗三年,戊辰(1208)年夏,阿拉坦沙嘎书写奏章,呈于成吉思汗。奏章写道:"我堂兄曲屈律自封玉皇,与陶都勾结,又派使臣去他的亲属契丹国,从那里借来三万人马,在伊勒德希河边操练,声称先攻下我,然后再攻下您的大蒙古国。"铁木真决定讨伐陶都,在回信中写道:"如今我领兵去伊勒德希河边讨伐曲屈律,那里又有契丹的援兵。我令我的太子珠奇、察汗台和其其格驸马、左元帅毛浩来和你一同前去,固守你的家园。"到初秋之后,他们领人马出发。

且说,太阳罕被杀害后,旧乃蛮国主宝劳王侵占新乃蛮,并自称太阳罕。为了与金国对峙,他自封为玉皇,将儿子曲屈律封为亲王。宝劳王几次想要举兵来犯勃特国,但防守严密,没有给他可乘之机。前年,成吉思汗征讨西藏之时,他与麦勒吉部落首领陶都为伍,举兵来犯,在乌尔勒图山被活捉。成吉思汗并没有杀他,派他去东疆镇守,提防金国来袭。宝劳在杭盖山遇乃蛮国的伊德尔道布,伊德尔道布复仇心切,一刀将他砍下马去。其子曲屈律自封为玉皇,从契丹国借来三万人马,为报杀父之仇,封陶都为大元帅,封瓦伊拉部落首领胡比图华为丞相,收集瓦伊拉部落和麦勒吉部落残余人马,共五万人。曲屈律命胡比图华镇守自己的国土,提防蒙古大军来袭,自己与陶都一同前往位于伊勒德希河西边的

回回国伊犁城中,请求援兵。回回国当时为西域国所辖,西域国没有恩准。曲屈律回国后东奔西走,想凑齐十万人马,举兵来征蒙古国。

到了秋初,毛浩来清点人马,沿用征夏国时的阵容。七月十五日,以陶克敦固为先锋,成吉思汗领兵向西北出发。出发前命布古尔吉、布古拉尔二人留守国土。阿拉坦沙嘎带索隆高娃、赛汉胡丽两位夫人,领众将镇守契丹国界,断了伊勒德希与契丹的相互来往。

蒙古大军在自己的国土内缓慢行进,出了国界才快速前进,于八月进入瓦伊拉部落边界。曲屈律、陶都等人早已得到消息,命瓦伊拉部落首领胡比图华带两万人马严防死守。胡比图华召集大臣商量对策。布拉嘎斯钦、道尔拜莫尔更两位大臣夸赞成吉思汗的宽宏大量,说道:"如果主公安分守己,不参与此事,一则自身安逸,二则众军幸免于灾难,三则常乐有望。"这一席话正合胡比图华的心意,派布拉嘎斯钦为使臣,带五百驮纳贡之物,前去迎接蒙古大军。

布拉嘎斯钦迎接蒙古大军,面见成吉思汗,递上降书。那书中写道:"瓦伊拉部落首领胡比图华我,虽然早闻天子之威,然而深恨自己只能等天暖,因而推迟到今天。今闻天子陛下取道我境,开往伊勒德希河,征伐曲屈律、陶都等人。正当此时,下臣梦见一条蛟龙攫取黑熊。第二天,便得闻陛下天威,恰与下臣所梦相符。因此,臣我与众臣商量,皆说'归投日月,前程无量'。因此,实心来归。陛下如若开恩,不追究罪臣执迷不悟,迟迟不拜陛下龙颜之罪,罪臣情缘匍匐界首,深感陛下不杀之恩,立赴伊勒德希河,充当先锋。因此,特派布拉嘎斯钦为使臣,以表忠心。"

成吉思汗读完降书,对布拉嘎斯钦说道:"你主素来与我无仇,如今又要归降于我,何罪之有,只有功劳!"

布拉嘎斯钦说道:"请至高无上的成吉思汗明鉴,俗话说,没有不透风的墙。早先,我主跟随乃蛮人马去侵犯贵国,看到皇上的龙威,连夜赶回国内。那次,乃蛮国主死于战场。此前,曲屈律、陶都等人与我为伍,如若我们不应,唯恐他们与我为敌,勉强答应。如今皇上的天兵已到,不得不降,细诉前罪,如若宽恕,我等将拼命效劳!"

成吉思汗笑道:"事已过去。就是那些和我们作对的国家,败亡之后,我们也会好心安抚。如今你们诚意来降,更有何罪?只要今后尽心效力就好了!”布拉嘎斯钦听后连连磕头,连夜回国。

蒙古大军走了几日,到达瓦伊拉部落境内,胡比图华领众臣跪在路边迎接。成吉思汗与他并肩同行,相谈甚欢。瓦伊拉君臣心中感慨,潸然泪下,皆说:“今日终于见到别人所说的天子,今生粉身碎骨,也要冲锋陷阵。”

成吉思汗说道:“这有什么。人们举我为皇,我只能努力尽皇德。没有什么特别之处。”胡比图华把成吉思汗领进城内,打开仓库,重赏蒙古大军,让大军歇息几日,亲自为先锋,向伊勒德西河边出发。

曲屈律听说胡比图华已归降蒙古国,恨道:“听说蒙古大军有十万人。我们没有城郭,应当如何抵挡?”

陶都说道:“生死只在这一战,兵来将挡,为何要逃匿?我领自己的人马先去夺下伊犁城,刻不容缓!”说完将自己的人马以五六十人为一组,佯装成农民和商人,将兵器藏于车上,进入城内。伊犁城的守将巴布早已派细作混入伊勒德希军内,将那些进城的人马逐一杀戮。伊勒德希兵卒知计已泄露,慌忙逃出。陶都整编人马,与伊犁人马交战几次,不分上下。此时,蒙古大军已到,曲屈律、陶都人马被重重包围,瓦伊拉部落的人马首先冲进去,陶克敦固巴特尔领两万人马压了过来。随后,成吉思汗所领大军也已抵达,毛浩来勘察地形,安营扎寨。

驻守伊犁城的西域国大臣巴布到蒙古国军营,跪拜成吉思汗,说道:“远邦野民,与尊贵的皇帝相见恨晚。我愿归降,每年纳贡,望您助我大获全胜。”成吉思汗听后非常高兴,设宴款待。宴席上,巴布与军师毛浩来耳语几句,喝酒之时突然拌嘴,声音越来越高,拿出随身携带的武器,交战几回,匆忙逃回城内。

第二天,蒙古大军将伊犁城层层包围。巴布连夜派人到陶都、曲屈律军营,商议共同守城之事。陶都也怕失利,立即答应。巴布登上城墙,对勃特人说道:“我本想归降你们,谁知你们的军师将我当成恶人,心中生疑,想要杀了我,我才逃回城内。如果你们真想让我们归降,你们速速撤兵,给我三天时间。我们商议之后给你们打开城门。”毛浩来立即下令撤兵。第二天夜里，巴布打开城门，请曲屈律、陶都进城，陶都率先从北门进入。陶都人马刚进去一半，突然号炮响起，人马开始往回跑。曲屈律知已中计，领一半人马往回走，此时蒙古大军早已杀来。曲屈律心中慌张，突出重围，回头一望，看到一队人马跟随而来，细看是巴布人马，这才放心，向东南方向逃去。他领一万人马回到自己的军营。大营已被蒙古人马夺去，他逃到呼布其山下，被蒙古四员大将包围。曲屈律脱下盔甲，佯装成普通兵卒，领一千人马突出重围，逃向契丹国。原来这是巴布献的计策。他故意与毛浩来拌嘴逃出，是为了取得曲屈律、陶都等人的信任。围城之时陶克敦固领阿鲁哈、苏和两员大将，领三百人马进入城内埋伏，随后引陶都、曲屈律人马进城。陶都人马进城过半时蒙古大军与西域国人马一同迎敌。陶都等人听到号炮声惊慌失措，陶克敦固与陶都相遇，挥刀砍下了他的首级。

麦勒吉人马知自己无法逃脱，纷纷扔下手中的兵器逃跑。曲屈律在大军后面，没有进城。后面的人马被拦截成三队，乱作一团。毛浩来人马、西域国人马一同前来围杀，曲屈律人马更是大乱，一小半人马归降。

在呼布其山下，蒙古国大将宝鲁、乌楞策尔比、胡德尔布斯、胡尔勒布斯的伏兵杀出来，用乱箭射击。曲屈律人马喊道："我主已逃，我们归降，饶命啊！"毛浩来下令，收缴了他们的兵器，共有两万六千人马，四万多件兵器。

毛浩来下令，命苏布格岱、珠勒格岱、海鲁更、惠拉德尔四人领四千钢铁战士，去追曲屈律。大军安营扎寨，整编归降人马，尽收伊勒德希部落大小细软之物。大军收复瓦伊拉、麦勒吉两个部落，休整几日，于仲秋十日，班师回朝。

曲屈律日夜奔向契丹国，七千人马的干粮已尽，人困马乏，几百为伍，掠夺百姓之物。走了近十日，到契丹国附近清点人马，所剩人马不足两千，曲屈律捶胸顿足，后悔莫及。他只好休整几日，继续掠夺附近的百姓度日。探马将此消息报给阿拉坦沙嘎。阿拉坦沙嘎将人马分为三队，自己领两千人马守住曲屈律的逃路，命伊德尔道布领两千人马守住左路，命索隆高娃、赛汗胡丽领两千人马守住右路，又派人将此消息报给毛浩来。

见蒙古国四员大将追来，曲屈律心中恐惧，日夜拼命，向契丹国逃去。遇一条大河，刚刚渡河，迎面号炮响起，一队人马拦路。曲屈律抬头一看，所用皆是红色旗幡，内有两面黄旗，上书“察汗台亲王”。希热呼图克、哈尔海如两位太保各领四员小将，挡住了他的去路。曲屈律害怕至极，夺路向东南逃去。蒙古大军追杀三十里，曲屈律大半人马皆被追杀。逃出去的人马趁着夜色，躲进山谷中，杀马吃肉，苦不堪言。

夜里，曲屈律刚刚合眼，便梦见太阳罕头上流血，瞪着双眼，披头散发地举刀向他砍来。曲屈律大喊一声，从梦中惊醒。他眼中依然若隐若现太阳罕的身影，便举刀砍去，却砍伤了自己的脚趾，血流不止。他听到远处有追兵，连忙叫醒士兵，骑马逃跑。此时太阳罕又出现在眼前，曲屈律大喊：“大胆死魂，你来吓唬谁？”举刀砍去，砍掉了坐骑的耳朵，马一惊，曲屈律被摔在马下。

阿拉坦沙嘎得知曲屈律在不远处，给左右两路大将消息，三路人马约定，五里响一炮为号。次日，曲屈律与阿拉坦沙嘎相遇。阿拉坦沙嘎见到杀父之人，咬紧牙，直奔而去。曲屈律心中害怕，从左路逃去。号炮一响，左右两路人马皆汇聚于此。曲屈律刚刚翻过楚鲁图冈，索隆高娃、赛汗胡丽的两千人马将他重重包围。此时曲屈律人马已不足五百。曲屈律暗暗叫苦，被索隆高娃、赛汗胡丽二人夹击。赛汗胡丽一枪刺穿了他的右肩，曲屈律手中的兵器落地。索隆高娃追来砍了几次皆落空，策马前来，抱住曲屈律，与阿拉坦沙嘎相遇，命人捆住曲屈律，两队人马回到军营。阿拉坦沙嘎命人严管曲屈律，抵达国境，与领一万人马前来的布古尔吉相遇。二人非常高兴，到城内休息，迎成吉思汗来上朝。阿拉坦沙嘎推来曲屈律，让他跪下。

成吉思汗说道：“你真是一个可恶之人。你与我交战，是因为我举兵征伐。你叔父太阳罕与你无仇，你为何将他杀害？”

曲屈律此时已无法隐瞒，说道：“那时布古尔吉、布古拉尔的五千人马将我们围困在落阳冈，叔父主张归降。如果这样，我们只有死路一条。所以我杀了他，自己趁机逃出。”

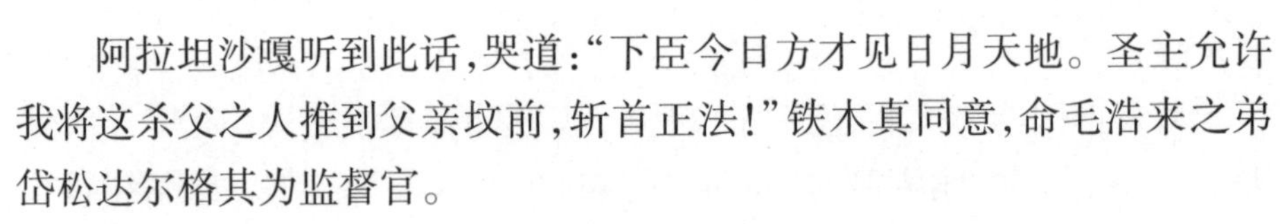
阿拉坦沙嘎听到此话，哭道："下臣今日方才见日月天地。圣主允许我将这杀父之人推到父亲坟前，斩首正法！"铁木真同意，命毛浩来之弟岱松达尔格其为监督官。

岱松达尔格其领三百人到落阳冈，让曲屈律面向太阳罕跪下，将其斩首。伊德尔道布见曲屈律人头落地，用其鲜血祭拜太阳罕。阿拉坦沙嘎居家老小，人人流泪。

曲屈律膝下无子，宝劳一族从此绝后。

安巴盖汗之死

前年，蒙古大军征伐时夏国国主李安全没有来得及准备，派刘伯林为使臣，诈降蒙古国。之后，他派高令公为使臣，从附近的国家借援兵。那些国家有的已归降蒙古国，有的自谋生路，不愿意派援兵。高令公心中恼火，到位于唐古特北边的萨尔达格沁国，与其国主安巴盖汗商议讨伐蒙古国之事。安巴盖汗大喜，说道："那年，蒙古国国主铁木真小子收复唐古特、回回国和吐蕃，派人来叫我归降，我将他们的来使羞辱一番，如今他一定怀恨在心。我定要与他决一雌雄。"高令公犹如得到天兵天将，奏报国主李安全，请来安巴盖汗，在高山上大鸣号炮，与其结为兄弟。安巴盖汗称弟，回国操练兵马，人马达到十万后派人报给李安全。

李安全将兵权交给高令公和西壁石，举国征兵，共征集四十万人马，加上安巴盖汗的人马，人数已达五十万。

他们修战书给蒙古，高令公、西壁石领十万大军去夺乌拉盖。守城大将刘仲路听到此消息，向成吉思汗禀报，将落思城刘福、力吉里寨董俊二人的人马调来，聚集于此，收好城中的细软之物，将城中百姓迁到落思城，自己领军守空城。夏国人马突然来袭，无奈兵力悬殊，交战三日后趁夏国人马休息，刘仲路打开南门，自己从北门逃出，直奔落思城。夏国人

马攻城之后没有再追赶。不久,安巴盖汗也已抵达,高令公非常高兴,派他去夺落思城。

刘仲路的使臣路遇成吉思汗大军,进入帐中,献上书信。毛浩来看完书信称赞刘仲路之计策,铁木真免去他失城之罪。使臣回去传达了成吉思汗的旨意,三人齐心协力,守住落思城。

安巴盖汗急于攻城,到达落思城时探马来报:“蒙古大军已抵达河对岸,看样子不超过十五万人。”安巴盖汗放弃落思城,命人马到贝加尔湖地面。蒙古人马安营扎寨,准备迎战。

第二天,先锋将军惠拉德尔摆下军阵,安巴盖汗走上前来,喊道:“大蒙古国主成吉思汗亲自来迎战,其他人不配与我交战!”

惠拉德尔大怒,喊道:“你是何人,口出狂言要与我圣主交战?”说罢举起狼牙棒。二人难分胜负,各回兵营。安巴盖汗换乘一匹马,指名与惠拉德尔交战。珠勒格岱巴特尔说:“这安巴盖汗果然是英雄,小将愿去会会他。”毛浩来同意,大擂战鼓,珠勒格岱手持钢鞭前去交战。

安巴盖汗问道:“昨天那小子怎么了?”珠勒格岱说道:“那样的将军在我国数不胜数。如果今日你与我大战二百回合,你也会想念我。”安巴盖汗大怒,大喊一声,与其交战。他们一口气交战一百五十回合,安巴盖汗毫无疲惫之意。毛浩来、成吉思汗从远处观战,称赞安巴盖汗的骁勇。

成吉思汗说道:“元帅可曾看出安巴盖汗的破绽?他手中的兵器过于笨重,来回之时给人留下了可乘之机。”毛浩来暗暗佩服成吉思汗的军事才能。毛浩来命人鸣金收兵,安巴盖汗百般叫骂,硬要再战。毛浩来派海鲁更巴特尔前去迎战。

两位将军混战在一起,犹如龙虎相争。他们一口气交战二百回合,天色已晚,双方鸣金收兵。安巴盖汗回去之时竖起拇指称赞道:“蒙古国并非徒有虚名,竟有三个毛贼能与我交战。可怜那三员大将,怎么就成了铁木真的奴隶?”

是夜,成吉思汗对毛浩来、布古尔吉说道:“这安巴盖汗果然英勇,如何能让他归顺于我?我率兵交战三十年,从未见过如此英勇之人。”

毛浩来说道:“下臣意欲如此。此人有勇无谋,非居于人下之徒。我看他定死于此战。”

第二天,天刚放亮,安巴盖便摆下军阵,大声叫喊让那三个毛头小子来战。毛浩来命苏布格岱迎战。安巴盖见苏布格岱人高马大,说道:“看你这小子人高马大,也想耍几招吧?”说完前来迎战,二人交战二百回合,两军鸣金收兵。两位将军再次出阵,又战八十回合。毛浩来鸣金收兵,说要换将。安巴盖回头喊道:“愚昧的蒙古人,为何像绵羊一样处处呻吟?快让铁木真出阵!”毛浩来命陶克敦固前去迎战。

安巴盖汗看到陶克敦固身材魁梧,脸面通红,胡须飘逸,说道:“你们蒙古真是大有人物,前来交战的人越来越漂亮!”说着举斧来战。陶克敦固不慌不忙,手持大刀迎战。二人大战三百回合,不分上下,天色已晚,两军鸣金收兵。安巴盖汗竖起拇指说道:“自从习武以来,今日交战才叫人心中爽快。蒙古的这五位小子,我会开恩包容他们。我大破蒙古之后将他们收为义子。”两军人马均笑出了声。

夜里,成吉思汗召集五位将军,点上灯烛,问起战况。五人皆说安巴盖汗是一位盖世无双的英雄。成吉思汗商议如何能让他归降。布古尔吉说道:“若不挫他锐气,他心中定会不服。如果用计,他更会不服。他如此骄傲,如果诈降,反而有害于我们。”成吉思汗点头称是。

第二天,安巴盖又来交战,笑道:“把我的孩子们都放出来吧,让我与他们大战几回散散心。”毛浩来也不禁失笑,命五位虎将,太傅布古尔吉前去迎战,随后亲自迎战。成吉思汗吩咐道:“这次,你们最多只能交战二十回合。人一骄傲,必然会失去警惕。失去警惕,定会大败。你们要小心行事,我让他心服口服,归降于我。”

战鼓响动,先锋惠拉德尔前去交战。安巴盖汗大喊一声:“我的长子来也!”随后前去交战。战了二十回合,珠勒格岱从左侧迎战。安巴盖大喊一声:“我四子来也!”与珠勒格岱交战,惠拉德尔退回军中。交战了二十回合,海鲁更巴特尔从右侧来战。安巴盖汗大声笑道:“我三子来也!”前去迎战,珠勒格岱回到军中。五员虎将如此轮流作战,最后布古尔吉出战。安巴盖汗大笑,喊道:“你们为何如此轮流作战?”与布古尔吉交战时陶克敦固回到军中。

与布古尔吉交战了二十回合,安巴盖汗说道:“这儿子比其他五个孩子更有异术。”此时毛浩来前去迎战。安巴盖汗大笑道:“我看你们还有几个人!”布古尔吉回到军中。如此连番交战,安巴盖汗仍不大喘,手脚不乱。此时毛浩来也已回到军中。安巴盖汗喊道:“这算什么英雄,刚刚有点意思,你们便回到军中,难道我是来和你们玩耍的吗?”

此时军中号炮隆隆,金鼓声声,成吉思汗从军中飞奔而来。安巴盖汗定睛一瞧,此人身穿金龙盔甲,玉凤之带,手持钢矛,骑着龙驹。安巴盖汗认出此人便是成吉思汗,说道:“你敢与我交战吗?”

成吉思汗道:“安巴盖你莫要口出狂言,蛮力不足以称雄。我十分钦佩你的神力,想让你归降于我,你可愿意?”

安巴盖汗哈哈大笑道:“你莫要如此猖狂。快快前来与我交战。”成吉思汗大怒,大喝一声,前去交战。安巴盖汗说了一声:“我这皇子身手不凡。”话未说完,成吉思汗的长矛已将他刺透。安巴盖汗被刺中骨骼,手中的兵器落地,摔下马去。蒙古八位大将前去,将他捆起来。成吉思汗挥旗掩杀,萨尔达格沁将士见主公被俘,无一人逃跑,全部投降。

成吉思汗回营后给安巴盖汗赐座,好言相劝。安巴盖汗摇头道:“我没想到你有如此神力。如今我身受重伤,无法给你效力!”成吉思汗亲自为他涂药,因其腰骨受损,药力无效,当夜死亡。成吉思汗命贴身大臣希塔尔收好安巴盖汗尸骨,赐封“无敌英雄”。

蒙古大军趁势渡过贝加尔湖,抵达落思城,请成吉思汗入城,共同商议夺取乌拉盖的战策。毛浩来说道:“刘仲路弃城时与那里的三十多位财主商定,一旦看见四门起火,听到炮声,便叫守兵打开城门,所以夺城易如反掌。”成吉思汗赞赏刘仲路,封他为都统。

夏国国主之子李遵顼,听说蒙古大军已抵达边境,路过乌拉盖城,命高令公带五万人马守城,将剩余的五万人马编入自己的队伍,来迎接蒙古大军。成吉思汗率领大军走了两天,到乌拉盖平原与夏国人马相遇,两军在二十里外安营扎寨。

成吉思汗与诸臣商议战策。毛浩来、布古尔吉二人说道:“如今有一个机会。萨尔达格沁有一支大军。听说安巴盖汗之子来布查也很英武。我们把萨尔达格沁的十万大军交给安巴盖汗的贴身大臣希拉,让他领兵回国。这样他们定会感激我们。我们命他们混进夏国军营内,听到我们的号炮后里应外合,收服夏国就不是什么难事。”

成吉思汗点头称好。毛浩来引萨尔达格沁大将希拉与成吉思汗见面。成吉思汗说道:“我想把十万大军尽数还给你,让你们每年纳一点贡,别无所求。”

希拉连连磕头,说道:“圣主如此宽宏大量,我们不忍心就这样白白回去。我们攻下夏国,以报您隆恩。”

布古尔吉说道:“如果你们真有此心,我有一事相求:你佯装叛离,逃到夏国军营,听到号炮后里应外合,捉住夏国首将,你将会立下大功。”希拉受命,叩谢而出。

希拉回到帐中,遵照蒙古国指令,深夜燃火把交战。毛浩来早已准备停当,从后面追杀,萨尔达格沁人马向夏国大营逃去。他们到大营前,求道:“我们趁机逃了出来,后有蒙古追兵,希望你们帮我们一把。”高令

公领兵前来，蒙古军中号炮一响，逃过来的萨尔达格沁人开始追杀高令公人马。夏国人马前后受敌，正要回大营，萨尔达格沁大将希拉拦住了去路。高令公刚要逃跑，被蒙古国大将布古尔吉一把抱住，他手中的兵器落地，被兵卒捆绑。夏国人马不战自乱，太子遵项领兵逃跑。毛浩来命人擂动军鼓，以老鹰之阵追杀，萨尔达格沁人马为鹰嘴。追杀了两日，夏国人马尸体遍野，血流成河。蒙古大军追到乌拉盖城下，夏国将军西壁石连忙整编人马。蒙古军中号炮一响，城内的四面城楼喊声大作，城中财主带其子弟，杀了守城门的士兵，打开了四面城门。布古尔吉和五员大将冲进城去，发布军令："错杀无辜百姓者，以命抵命！"夏国兵士听到，扔下手中的兵器，卸下盔甲，成了城中百姓。太傅西壁石带太子逃去，正遇布古尔吉。西壁石交战几回，匆忙逃跑，布古尔吉一枪刺透其右肩，叫人捆绑。此时，夏国人马护送遵项，逃出城去，逃往忠信府。

次日，蒙古大军平定乌拉盖城，追击夏军。萨尔达格沁人马冲在前面，势如风火。蒙古大军加上萨尔达格沁十万大军，再加之夏国降军，人数已达三十万，追到夏国防御蒙古的长城大夷门之下。守门的大元帅嵬明令公迎进太子遵项，让十万人马在城外扎营等待蒙古大军。蒙古大军先锋大将布古尔吉一到，他便布阵，两军对立。布古尔吉命人擂鼓，走出阵前，夏国大元帅嵬明令公出阵迎战，交战不到二十回合，布古尔吉突然翻身，伸出右手，腋下夹住嵬明令公的大刀，右手打在他的脸上，掐其脖颈，拉下马来，回到军中。布古尔吉命人捆绑嵬明令公，用刀架在他脖颈上，叫他们开门。守门的兵卒打开城门，匆匆逃去。

此时成吉思汗率领大军也已到达，日夜兼程又走了两天，到达夏国都城兴庆府前。攻城半个月，仍未攻破。毛浩来骑马观察都城四周，看到从都城西南向东流去的浪河，想到用水淹城，命五万大军深挖陷坑，用沙袋堵住了河流。不久，浪河之水逼近都城，蒙古国人马却在水边悠闲散步。

都城失守已成定局，夏国国主李安全听从太傅刘伯林之言，决定归降，将降书绑在飞箭上，射进蒙古国军营。成吉思汗心中大喜，命哈尔海如的两个儿子乌都、苏都送去回信。李安全命人打开城门，派刘伯林请进成吉思汗，备下香案，身穿罪人之服，绑了儿子李遵顼，带着独女李索英和三百位宫女，带着一百车金银首饰，绫罗绸缎前来归降。

成吉思汗责备李安全献年仅十八岁的公主，以求和好的想法，李安全连忙解释，加之百官求情，方才同意将她许给次子察汗台为夫人。李安全喜出望外，连忙跪拜，说道："这真是九天派来的圣主！"成吉思汗命察汗台将他扶起。

夏国国主李安全将力吉里寨、落思城、乌拉盖三地献给蒙古，每年缴纳一千车米、一万匹布、一千匹绸、一万两银、五千匹马。成吉思汗保留了夏国国主的国号，命他们三年纳贡一次，严防与金国接壤之处，又将高令公、嵬明令公、西壁石三位大臣还给他们。

成吉思汗把夏国被捕兵士留在那里，命萨尔达格沁人马回国。萨尔达格沁大将希拉一路想起成吉思汗的一言一行，带所有家眷来降。至此，夏国和萨尔达格沁归降人马已逾两万。安巴盖汗之子从希拉那里听到成吉思汗所为，举国来降。

秋末，成吉思汗路经夏国，班师回朝。

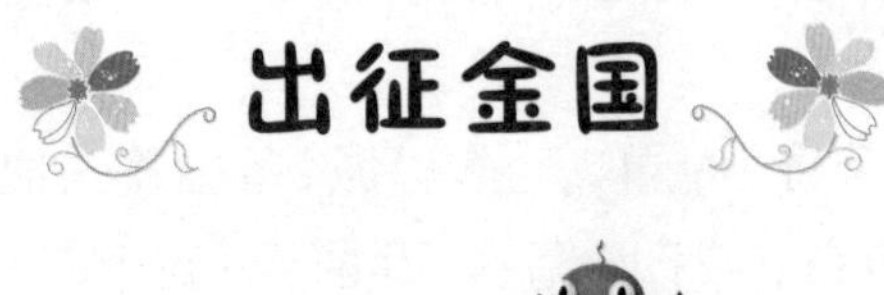

出征金国

成吉思汗收服夏国、萨尔达格沁国和畏吾儿，班师回朝后的庚午年春节，太后窝格伦下旨道："直至今年年底，我儿成吉思汗切勿亲自出征，更忌领众狩猎。"因此，这一年没有大事。

正月十五日，成吉思汗设盛大宴会，祭拜日月，祭奠先祖，宴赏百官。上至五位国老、五位太师、诸位太傅太保、三等太傅，下至军民，一一犒赏，分封一批万户之长、千户之长、百户之长、十户之长。宴会上，成吉思汗只字未提布古尔吉。毛浩来想提醒主公，又觉得成吉思汗另有安排，未作言语。众太师觉得成吉思汗不会忘记布古尔吉，也未作声。小臣虽然心中知晓，但大臣都未进言，他们也就不再言语。直至深夜，众人散去，布古尔吉也未曾责怪成吉思汗，饮酒更多，烂醉如泥。成吉思汗让贴身侍卫芒金扶他回府歇息。

成吉思汗回内宫，光献皇后出来迎接，备家宴庆祝。皇上皇后二人对视而坐，三位贵妃携众嫔美人叩拜皇主。成吉思汗喝了奶酒，品了黄油，四位太子携众儿媳敬酒庆贺。家宴结束后，光献皇后奏道：

布古尔吉是最先跟随皇主的大臣，
当您困顿时他替您尽心竭力，

当您受凌时为您挺身而出，
当您遇险时他不顾性命冲锋陷阵，
当您讨夏时他一连活捉了三员将军。
可皇主今日因何在宴赏文武百官时，
却偏偏把战功累累的布古尔吉给遗忘？
如今朝廷内外都在议论着这件事情！

成吉思汗说道："皇后有所不知。我怎么可能把他给忘了。我是想通过今日的宴会，告诉大家布古尔吉有多忠诚。布古尔吉对此事一定满不在乎，回家还在说我的好话。我让贴身侍卫芒金扶送他回家。芒金回来之后你可以听一听他怎么说。"说完就寝。

芒金将太保布古尔吉扶送回家，在仓房内吃饭。他听见布古尔吉的夫人特古斯高娃迎接布古尔吉，献上奶茶之后说道："听说今天皇主犒赏众臣了。你被封为什么官职？人们都在议论，说皇主今天把你给遗忘了。你有何脸面见到那些文武百官？"

布古尔吉笑道："古话说，'勿要贪吃，常思尽忠；勿要贪赏，为国效力。'你们妇道人家，心胸狭窄。如果皇主的生命长久，皇主打下的江山社稷固若金汤，我总有一天会得到分赏。如今我身有要职，能够参加今天的盛宴，不都是我之前努力的结果吗？还有什么赏赐比这个更重要？"芒金听到此话，回去如实汇报给成吉思汗。成吉思汗对皇后说："怎么样？我说得没错吧？"皇后佩服之极。

第二天清晨，文武百官叩拜之后成吉思汗说道："昨日分封百官时我唯独忘了布古尔吉。散席之后我回到内宫，皇后提醒我，我后悔莫及。昨天扶送布古尔吉的贴身侍卫听到了布古尔吉和夫人的对话，让我们来听一听吧。"随后叫来芒金，让他把对话说给大家听。芒金如实向文武百官汇报了布古尔吉与夫人的对话。文武百官听后赞不绝口，皆说皇主的大臣表里如一，忠于江山社稷。成吉思汗将布古尔吉唤到跟前，脱下自己的龙袍玉带赏给他，说道："九路上卿，谁也比不上我的布古尔吉。他始终表里如一，朝夕尽力。如此忠臣，不可不举。日后尽忠的人士以此为表率。日后，布古尔吉太保在朝时掌管国事，守护社稷；在外时，统领我五方属国，掌管我右翼九州。”说完将他封为九州大诺彦，将其夫人特古斯高娃封为“宝扬图福晋[①]”。

分封完毕后，成吉思汗对文武百官说道：“我受上苍的旨意，收服十二位皇帝，抚平七十五个小部落。寡人我的本意是平定北方，治理沙漠。如今我心愿已达成。寡人也已年近五十，想要休养生息。如今虽有旧宋、金国，而我子孙可以替我出征；辽国、陈国皆是小国，与我无碍。”

毛浩来等四人跪拜道：“皇主此令，大大不妥。若行此令，违背天意，铸成大错，难以挽回。若您有此意，国中的有用之士还怎能安心效力？继承您大业的子子孙孙如何努力？皇主您之前的指令一向英明，这次指令确有不妥。五十年来，皇主身临枪林箭雨，皆是为了江山社稷，而非为了自己。时至今日，您不可布下此令。”

成吉思汗回内宫后唤来毛浩来，问道：“今日我无意说出了此话，该如何挽救？”

毛浩来答道：“皇主应该封赏今日进言的诸臣，这样进良言者会日渐增多。”成吉思汗大喜，第二天设下大宴，封赏进言之臣，名为“皇主识过之会”。宴会上，用三个国家的纳贡之物封赏太师、太保及平民百姓。

次日早朝，连呈三表。其一为金国如今有冒犯蒙古国之意，在北界修筑乌沙堡。金国为何要修筑乌沙堡？原来，金国的永济少年时出任金国使臣，带诏书到勃特国，封勃特国主铁木真为“招讨使”，受辱而回，从此与蒙古国结下了仇恨。后来，蒙古国讨伐夏国，将一半的战利品送给金国皇帝完颜璟，以修前好。完颜璟派永济到江州城去迎接成吉思汗，设宴款待，接收战利品。成吉思汗看到永济目中无人，只以接待一般使臣的礼仪接待，让他站着汇报几句，没有赐座。永济恼羞成怒，回国后禀奏皇帝，要讨伐勃特国。完颜璟恐惧勃特国之强大，未采纳永济的意见。永济怀恨在心，用药毒死了金国皇帝完颜璟。完颜璟死前下令：“范妃有娠，会在正月生下孩子；贾妃也于十一月生下孩子，选其一继承皇位。”

---

① 宝扬图福晋：宝扬图，蒙古语，有福气的。

金章宗的元妃李氏与完颜匡、胡沙虎、仆散端等人密谋，让永济继承了皇位。永济登基后改国号为大安，准备出征蒙古。诸臣再三劝阻，永济不听，派阿那米、仆散癸两位大臣修筑乌沙堡，积屯征伐蒙古国的粮草。

蒙古国哲别、扎勒玛二人领五员虎将到乌沙堡，杀散阿那米、仆散癸人马，收缴了他们管辖的众多人马，筑造城郭所用的工具、仓库、帐篷等，凯旋。阿那米、仆散癸二人只带几名随从逃了出去。此时，毛浩来、太子察汗台领八位小将，与夏国国主李安全一道，包围了位于金国西北界首的端州府。金国守城之将李云逃跑，宝鲁、乌楞查尔比两位将军奋力追杀，犹如冲进羊群的狼。金国人马一则出其不意，二则兵少力寡，三则主将已逃，担惊受怕，纷纷逃散。蒙古大军士气大增，追杀了百余里。李云的坐骑被绊倒，他被战马踩伤，晕厥不醒，被宝鲁、乌楞查尔比活捉。太子察汗台非常高兴，想要夺城，元帅毛浩来劝道："太子当年攻占落思城，尽收城民而归，曾受圣主指责。如今，我们若开启仓库，将粮食分给城中百姓，他们定会自愿归降。此乃用金国粮食收取金国民心之计。如果留守城之将在城内，他们定会蛮横无理，失去民心，这样再得民心，恐怕很难。"察汗台同意，留下张、李、鲁三位财主守城，将城内的盔甲、兵器、布匹、绸缎、银元装上车，三分之一分给夏国，其余的运回国内。他们打开仓库，分粮食给城中百姓，大军回朝。

察汗台率领人马抵达蒙古国南边界首，见成吉思汗亲率人马巡视边境，将李云献给他。

成吉思汗问道："你们身处内地，饱读经书，谙熟伦理，你新主永济为了毒死叔父，让叔母堕胎，让完颜璟断子绝孙，又杀了先主元妃李氏？"李云觉得这是一次逃命的机会，将所有的罪过加在主公身上，加油添醋胡说了一番。

成吉思汗微微一笑，说道："你在金国享有高官厚禄，外人来袭时为何不顾黎民百姓，弃城而逃？如今在我面前又深责自己的主公？快快把这个老奸巨猾的小人推出去斩首！"身边手持刀斧的人走过来，将李云推出帐外，斩首示众。

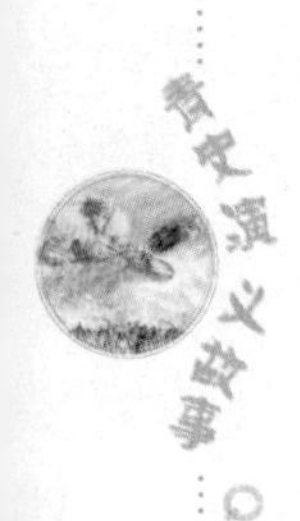

成吉思汗回到城中，召集文武百官，商议讨伐金国计策。大元帅毛浩来说道："此次出征，非比寻常。此次不管老少，只要计策有用，皆可采纳。因此，应该请三路太傅也参与其中。"随后将上至太师国老，上中下三路太傅全部召集到一起，商议三天，德钦呼尔洛、伊拉固松、达达顿嘎、扎勒玛、赛汗苏尔塔拉图等人和四员上卿共同商议，定下出征夏国的奏表。

次日早朝，将表呈到成吉思汗的龙案前。成吉思汗心中大喜，命人高声朗读。表中写道："今有太斯钦、陶尔根希拉等文武百官，从长计议，定下一计。中原金国侵占宋辽属地，锐气方盛。再见其民富庶，贤臣良将众多，不可轻易用兵。虽然其国极富，然而其皇淫乱，昏庸荒怠，足知其灭日可待。如今我若举兵，戒者有三，勤者也有三。何谓三戒？一戒兵数之众；二戒攻占城镇，少留我兵；三戒军卒淫乱。何谓三勤？一是临战之时，不顾死活；二是攻打城镇，务重计谋；三是广发物畜，以收金民之心。守此三勤，三年为期。三年内知金国军民习俗意愿，收得其心，以图长远之计。虽说骤然去南方，有些水土不服，然而为期三年，来往不停，岂有不应之理？夺得一城，以死固守，本是攻城略地之大计，可惜我们蒙古人不善固守所得城镇。一说守城，便为所欲为，失去民心，不知顺应金国边城百姓之愿，因而一旦交兵，便会困难重重。有鉴于此，期限三年，将金国边城收藏物品夺于手中，赈济百姓，先收民心，不再变乱。那时突然攻进，金国百姓便会归附于我，金国君臣因而势单力薄。此乃长久之计。"

成吉思汗听后龙颜大悦，辛未年正月点兵出征。此时，赛音布和汗之子占布拉跪在皇主前面说道："如今我终于可以重见天日。小臣愿意走在前面，为大军开路。"成吉思汗大加赞赏，封他为哲别副手，走在大军前面，命他去探金国讯息，寻找捷径。成吉思汗在克鲁伦河边操练大军，从百万大军中选取英勇之人，用大刀和硬弓选取他们，在克鲁伦河边的高山下操练。占布拉、德钦呼尔洛对元帅毛浩来说道："南方的山岭不比我们北方，马蹄之下必须包有良铁。白天好好操练战马，夜晚用大刀砍断干草喂养，让马牙适应坚硬的草料。每日不卸马鞍，在山坡来回奔跑，吃养分充足的草料，才能适应南方的地势和天气，日夜兼程，不会疲倦。我军将士自备皮囊，带一些奶酪、干肉、牛羊之筋，吃汉人食物时掺入其中，便可去其毒汁，少生疾病。到了紧急时刻，冲一捏儿牛肉粉喝上，几天不饿。”又说南方兵卒不求人多，只求善战，所以可将剩余兵马分为四组，轮流作战。若能这样，就算连年作战，我军也不会疲惫。毛浩来听后大加赞赏，如实禀报给铁木真。

毛浩来将人马分为两队，留守国土的一队又分为两组，派布古尔吉、希热呼图克在贺德尔山操练兵马；派布古拉尔、哈尔海如在乌尔勒图山操练二十万人马。把四面八方的部落和国家分为四组，分三组轮流操练兵马，让他们与成吉思汗一起出征。毛浩来说道：“金国如今特意戒备我们。我们只能在防备松懈的春夏举兵。因此，皇主的第一队二十万人马应于四月初一向南方出发。”

成吉思汗命人在二十万战马蹄下钉好良铁，在山下操练。周围宋、金、辽、陈等大国听后无不恐惧。且说位于西北有一个名为哈拉哈的大国，那里的兵强马壮，非常了得。国主为阿希兰汗，与陕西省几个名贤有交。他看出天时地利，带着一千驼驮细软之物来见成吉思汗，希望可以在出征金国时带几千名勇猛之师为先锋。成吉思汗知他心诚，让他在贺德尔山下操练兵马。到了仲春二月，南畏吾儿国主格日勒也带五百驼驮厚礼来归降，愿献五千人马。成吉思汗应允，命他与阿希兰汗一起操练兵马。

成吉思汗派赛音布和汗之子占布拉为使臣，去金国问罪。金国国主请他进去，看到罪状，内心变得不安，问当初勃特国为何如此羞辱他。

占布拉答道：“我国自古以来从不属于南方某一个国家，你们的书信带着侮辱性言语，所以只能如此。”

永济问道：“你们是怎么听说我们要诱你主前来，将他杀害的？”

占布拉答道：“贵国臣恨主，民恨臣。你们商议之事即刻可以传遍世界。是夏国国主李安全告诉我们的。”

永济说道：“我的使臣口出狂言是他的不是，我立即将他斩首。修筑乌沙堡，是我北部首臣阿那米所为，与我无关。”

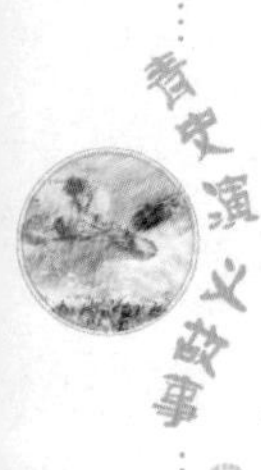

占布拉喊道："背主败国的无耻之徒，金国早晚将毁于你手！"殿外诸臣连忙将二人拉开。

占布拉回到下榻之处，即刻骑马回国。

阿那米来拜见皇上，永济问道："你为何惹是生非？"

阿那米连忙答道："蒙古人马去年来犯我乌沙堡、端州等地。今年，夏、畏吾儿、哈拉哈等邻国都助蒙古国起兵。如今他们三国都在休整人马，选拔吐蕃、唐古特好汉，他们在原野放马，增加旗幡和兵器，在贺德尔山下操练四十万人。这不是要来侵犯我们吗？"

永济佯装大怒，说道："你这奴仆，不知错在自己，竟与寡人如此胡说！"随后将阿那米关入大牢，命人看守其家眷。

察汗台亲王与宝鲁、乌楞查尔比等人率领自己的五万精兵和夏国的三万人马，共八万人马抵达金国端州，金国百姓献上茶食，打开城门迎接他们。夏国国主李安全身患重病，其义子李遵顼带领人马，冲在察汗台前面进城。夏国人谙熟金国，他们速速进城，随后去攻金国重镇九原。成吉思汗、毛浩来与五员虎将、哲别、扎勒玛等人领十万大军，从南向北杀进大水泺。永济十分惊恐，饶阿那米无罪，封他为镇守西北的"招讨使"。金人仰仗居庸关天险，一边化铅冶铁，加固城门；一边派兵出关，在方圆百里撒下铁蒺藜。

金国大将邓薛带着北部的所有五十万人马，在野虎岭以北安营，提防蒙古大军。成吉思汗领哈斯尔、比勒古岱两位亲王，窝阔台、拖雷两位太子，元帅毛浩来、哲别、扎勒玛、楚伦等人，领二十万大军，向金国出发。成吉思汗命赛汗苏尔塔拉图打探金国消息。赛汗苏尔塔拉图佯装成金人，与商人一起混入金国军营，探听消息。金国人马皆说蒙古大军野蛮有力。赛汗苏尔塔拉图回去禀报道："金国人马虽多，但从大将邓薛到普通兵卒皆畏惧我们。至于汉兵，更是军心不安，人人害怕。"

毛浩来听后商议破敌之策。成吉思汗说道："我们人少，金国人多。我们只有拼命厮杀，才能破金。如果我们稍有大意，导致兵败，蒙古将会一蹶不振，很难再起。"毛浩来向成吉思汗禀报几句，将人马分为三队六组，第一队由成吉思汗、毛浩来率领，第二队由哈拉哈国的阿希兰、畏吾儿的格日勒率领，第三队由哲别、扎勒玛率领，队与队之间首尾呼应。战鼓一擂，全部人马一起杀出，冲锋陷阵者立功，滞留者罪加一等，诛灭三代。他命全军奋力交战，众人皆喊“嗻”，地动山摇。次日，留一万人马给窝阔台、拖雷两位太子，让他们掩杀金国溃军。

毛浩来找来一位气度不凡的畏吾儿兵士，扮作成吉思汗，走在军前。鼓声震天，号炮一响，蒙古军队便杀入金国军阵。金国人马以为蒙古人马歇息几日方能作战，看到如此迅猛，不要说作战，战马都来不及骑，丢下盔甲慌忙逃散。交战一个时辰，蒙古人马穿过金国军阵，回头再杀。金国人马刚要逃跑，成吉思汗带着两位太子风驰电掣般杀了过来。他们心惊胆寒，向西南逃去。成吉思汗策马追赶，金国人马逃入自己埋下铁蒺藜的小路，邓薛发号施令也无人再听。他靠近成吉思汗时，赛音布和之子想到杀父之仇，策马追赶，砍掉他的右臂，将其活捉。

此时，金国人马受自己埋下的铁蒺藜之害，战马纷纷倒下，其余的皆被蒙古人活捉。蒙古军队追杀出一百余里。金国人马无法与蒙古人马抗衡，逃出五里之外，方知无法脱身。蒙古人乘胜追击，犹如奔走在空地上。蒙古大军攻入大水泺，轻而易举攻下了丰、利二城。金兵纷纷溃散，城中民商等人出城迎接。金国国主永济大为恼火，让贴身大臣独吉、思忠、仆散癸领京城五万人马，领蒋稼、邓薛人马，共六十万人到乌沙堡附近，坚壁清野，派人打探蒙古大军消息。毛浩来、哲别、扎勒玛等人连夜攻打金国军营，金国士兵惊慌失措，已无战心，弃二将逃散。毛浩来命人奋力追杀，活捉独吉、思忠二将。仆散癸身负重伤逃走。金国皇叔高宝玉领一队人马前来支援，仆散癸怪他来迟，心中大怒，要将他绳之军法，众将求情，才饶他一命，重打四十大板，命他领一万人前去迎战。高宝玉心中大恨，领兵归降蒙古。毛浩来引他来见成吉思汗。成吉思汗看出他是刚直不阿的硬汉，说道：“你们中原小人称皇，黎民百姓在水深火热中挣扎，生灵涂炭。你本是中原人，谙熟这里，所以才让你归降。如何能推翻你国昏君，让黎民百姓安详快乐？”

郭宝玉听后口吐真情，说道：“中原实力不可藐视。只是君昏臣奸，无法治理。金国南部有无数英雄，圣主如果讨伐那里，京城就是一座空

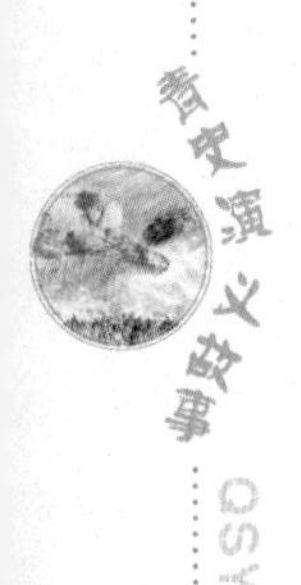

城，再攻打京城，成就您的大业，将会易如反掌。”

八月，夏国国主李安全病逝，察汗台命其义子李遵顼继位。丧期结束后，察汗台率领人马与其会合，攻打金国西京。永济着急，派家奴完颜、胡沙虎二人镇守西京。他们还没抵达那里，蒙古人马已占领乌沙堡和乌月营，趁势破勃登钦城，围攻金国西京。双方交战七天，镇守西京的胡沙虎吓得魂飞胆丧，带着自己的属军弃城而逃。毛浩来命楚伦、安敦二人领三千人马追杀至翠屏山，夺取西京，占据了贺府州。

成吉思汗给珠奇、察汗台、窝阔台三位太子各拨一队人马，向东攻打云胜州、武州、朔州、凤州、净州等地；亲自领毛浩来等人路过金国德兴、弘州、昌平、怀来、金山、丰润、密云、抚宁、集宁等地，城中市民皆来跪降。他们东过平滦，南至清仓，途经林黄，渡过辽河，直奔位于西南的忻、岱二州。到了九月，成吉思汗已攻下抚州，稍事休整人马，准备继续南下。

金国国主永济再次下令，命招讨使完颜九斤率领人马，后又增加完颜帆敖人马，对外称四十万大军，命胡沙虎为后军主帅。成吉思汗与毛浩来商议，整顿人马，乘胜追击。完颜九斤虽下军令，众军见蒙古大旗便逃跑，蒙古大军追出百余里。胡沙虎所领人马也毫无战心，一路逃跑。蒙古大军在浍河堡赶上金兵，在河桥之上杀了一阵金兵。胡沙虎领兵逃至宣德府城，毛浩来领兵夺取了该城附近的地方。胡沙虎逃出城去，毛浩来一路追击，到了居庸关前。

成吉思汗与占布拉商议夺取此关的计策。占布拉说道：“我之前在这里镇守时常从山林的小径进入。若不出声，一夜便可抵达，金国人马也不会生疑。”成吉思汗亲自领兵，派哲别、扎勒玛跟随前后，连夜走小路翻过山岭，次日日出前均已到南边山谷。蒙古人马一声呐喊，金鼓齐鸣，貌似从天而降。金国守关之将完颜福寿匆忙骑马逃走，众士兵一半逃散，另一半归降。

人们打开城门，将成吉思汗大军迎进城内。哲别、扎勒玛二人紧追不舍，追赶金国将军完颜福寿。时隔不久，成吉思汗率兵赶来，入于金都中东门内。金国国主永济放声大哭，急急忙忙领众嫔妃逃亡汴梁城。蒙古大将哲别、扎勒玛奋力追杀，浍河守军拼死抵抗，救出其主。毛浩来层层包围了金国中都。成吉思汗说道:“如今号令一发,金民将会灭绝!金朝大势已去,其社稷不为我所有。只要金主死心塌地做我臣民,我们何苦断其子孙?”说完,命令全军撤到金都后城之外过冬。是年冬天,金国总督刘伯林、长哥二人被总督完颜胡沙所逼,携家眷,降于蒙古。

破沐梁

金国生怕辽国百姓归降蒙古，从全国调集百姓，每一户辽国百姓家中派住一户金国百姓。辽国百姓万般煎熬，叫苦连天。辽国旧主后代耶律留哥是正直刚毅之人，无法忍受金国的耻辱，召集几十位略懂文武之人，征集人马，不久手下就有了几百人。他杀了金国守将，带着几日内聚集到他手下的几千人，公开反叛。他在隆南、韩州一带举兵，安营扎寨。金国镇守韩州的守将吴石领城中人马去捕耶律留哥。耶律留哥拼死作战，吴石兵败。耶律留哥走在前面，趁势攻占了韩州。他与名唤耶迪的好汉兵合一处，招兵买马，广积粮草，杀富救贫，几个月内收服了旧辽国的民众，人马已达十万。耶律留哥封自己为大元帅，封耶迪为副帅。

布古尔吉将此消息送到成吉思汗那里。成吉思汗派阿吉尼莫尔更、胡达尔嘎巴特尔，给他们四千人马，配有胡德尔布斯、胡尔勒布斯、宝古图华、阿拉格陶古拉四位副将，讨伐耶律留哥。兵到辽东，耶律留哥前来归降。耶律留哥在大金山顶搭建祭坛，宰杀白马黑牛，歃血为盟。宴会结束时阿吉尼握住元帅耶律留哥的手，说道："我回去后，向皇主禀报你平定辽东，安抚百姓的消息。"

金主永济听到辽东已归顺蒙古，派亲族完颜胡沙，领六十万人马，讨伐耶律留哥。耶律留哥修书一封,向成吉思汗借援兵。成吉思汗派阿吉尼为元帅,胡达尔嘎巴特尔为副帅,手下配给八员小将,十一万精兵,前去支援。阿吉乃元帅率领大军到辽东名唤迪吉诺尔的地方,在金军对面下营。耶律留哥率自己的十万人马,加之蒙古援军共二十一万人。双方大军交战三天,金国六十万人剩余已不到二十万。完颜胡沙身负重伤,领其败兵,逃往山海关。耶律留哥心中大喜,摆下大宴,犒赏蒙古大军,呈表给成吉思汗,表中写道:"平定自己的疆土之后,耶律留哥定会前去叩拜天子万岁。但若即刻便去,金人定会来犯,深谢皇主将我一家老小从水深火热之中救出。"随后含泪送别。阿吉尼莫尔更凯旋复命。

成吉思汗与毛浩来领兵南下,金国人马闻风丧胆,不战自退。蒙古大军如入无人之地,夺下了青、抚二州。他们围攻官州三天,希热呼图克两个儿子苏布岱、安达用沙袋当阶,攀入城中。守城兵士知无法抵挡,逃至完颜九斤大营中。完颜九斤唤来石抹明安商议道:"之前,皇主常派你为使臣,前往蒙古。此次,你前去蒙古军营,问他们为何屡次强攻?"这石抹明安与完颜九斤不和,知道派他去的皆是苦差事,便将家眷移至他处,前来归降蒙古。

成吉思汗问道:"你独自来降,不怕家眷遭难吗?"石抹明安答道:"奴才我来降之前,已将家眷移至他处。圣主能想到这些,真是仁慈之极。"说完砍伤右臂,表示决心。成吉思汗大加赞赏,封他为都统,分给他两万人马,命他去平定云中地区。

石抹明安领宝鲁、赛汗苏尔塔拉图、乌楞查尔比、帕拉古岱四员大将,领两万人马去攻打云中,金国丞相澳顿亲自领兵,来支援州郡。此时成吉思汗南下,已攻占宣德府,正在大兴府交战。他们用沙袋做台阶攻城,城中的滚石颇多,乱箭难当。成吉思汗下令道:"如果这样的小城都攻不下,还如何攻下世界上其他千万座城郭?手持盾牌,速速攻城!"毛浩来和众将无不失色,忙擂战鼓,兵士们冲向城去。不时,蒙古大军冲进城内,城中大乱。策其格、拖雷等人开门进城,将大兴府守兵杀了八成。毛浩来连忙向成吉思汗禀报,此时守兵已被全部杀掉。蒙古大军收服大兴府属地,抄北路向西攻打。

五月，金国元帅吴顿江领兵前来，在谷口作战，吴顿江大败，领残余兵马逃亡西京，其三万人归降蒙古。金国派人镇守西京，成吉思汗命五员大将领三万人马攻打那里。

不久，石抹明安平定云中地区凯旋。金国派使臣，请求蒙古将空城西京还给他们。成吉思汗派使臣，同样赠予厚礼，直到秋末，金国都没有放走使臣。蒙古大元帅毛浩来派五员虎将、哈斯尔亲王，与赛汉苏尔塔拉图、洪格尔珠拉等人攻打金国奉圣府。又命窝阔台、拖雷两位太子领哲别、扎勒玛，带五万人马，于冬末攻打金国汴梁城。

哈斯尔亲王问赛汗苏尔塔拉图道："奉圣府为要地。如何攻下？"赛汗苏尔塔拉图答道："必须智取。城中百姓富足，我们修书系在箭上，书中写若不归降，五日后奉圣府会与大兴府同命，他们定会打开城门。"窝阔台、拖雷点头称是，命人修书射进城内。城中大乱，打开四个城门来降。蒙古众将布令，不可侵犯城中百姓。金国兵卒卸甲弃刃，逃出城去。城中财主要捉守城之将福赫，献给蒙古大军。福赫气愤难平，活活气死。

已至冬末，成吉思汗来到奉圣府，在那里过年。

窝阔台、拖雷二人命哲别为先锋，二人则不慌不忙跟在其后。哲别先到汴梁城下交战。这汴梁乃是大城，城中粮草足够维持三十年，兵刃富余，马肥人壮。他们深知蒙古大军神威，不敢出城交战。哲别一面攻城，一面夺走城外北街的仓库，突然撤军。守城大将完颜胡沙听后懊悔莫及，捶胸顿足道："蒙古人马原本不多，趁我们防备，夺走了城外的仓库，早知如此，应该早早交战才是！"随后打开城门，让人们随意进出。第二天城门一开，蒙古大军便拥入城内。原来哲别故意撤军，趁夜来到了城下。

见哲别领一万人马拥进城内，完颜胡沙身着僧服，藏身于庙内，深夜逃走。城中兵士纷纷缴械投降，汴梁城被攻破。随后窝阔台、拖雷二人进城，传信给铁木真。他们打开城中仓库，细软之物堆积成山。

成吉思汗领兵入城。他登上皇宫内的龙案，文武百官叩拜后封赏攻城的将士。成吉思汗说道："攻下的城郭，我们若不派人镇守，金国定会派人来守。我们途经那里，还需攻城。这样反复作战，人困马乏，如何是好？"

毛浩来说道："本应攻下一处，就派人去镇守那里。只是，我们刚刚南下，不知此地的人文风俗，若留兵把守，必遭民恨。我们所到之处，金国百姓无不来降。再过一年，我们能谙熟南方，金国百姓也会更知晓我们的宽厚仁慈。此时派人驻守，方才最好。"铁木真点头称是，封赏各位将士。

胡沙虎跳城墙丧命

成吉思汗命西夏国主李遵顼领其人马攻下金国保安、庆阳等重镇,又命辽东之主耶律留哥(现已封为辽王)领其人马平定辽东附近的地域。成吉思汗亲领大军到夏国北长城外的平原安营扎寨,命人严守军营大门。

五月,夏国幼主李遵顼领其十万人马攻打位于金国西北部的保安,举着太子察汗台旗号前去。那里的守将同知索石与当地财主和文人商议,前来归降。李遵顼让人马在城外安营,自己进城与他们商议如何攻下庆阳。索石屏退左右,耳语道:“攻下此城,可这般如此。”李遵顼听后非常高兴,选二百位壮士,扮成商农,在城门附近等候。李遵顼领兵进城,下令要将城中老小皆带到夏国。城中百姓惊慌失措,从城门逃出,到庆阳城,那二百人也混进了庆阳城。

次日,李遵顼领兵前去攻打庆阳。此时,逃难的那些市民早已在庆阳城内。庆阳守将吴福得知李遵顼要来攻城,于近日巩固城墙,操练兵马。夏国人马到城外安营扎寨,夜半三更突然点起火把。此时,混进城中的二百名兵士砍死守城门的兵卒,打开了城门。夏国人马冲进城内,占领四个城门,活捉守将吴福。李遵顼命人杀了他,抚慰城中百姓,命索石前来清点城中的百姓。

夏军、辽东军、蒙军三面夹击金国，永济只能再召丢失西京的胡沙虎、祁连山二人，封他们为西路副元帅，派去镇守西北。金国丞相徒单镒说道："我看胡沙虎有谋反之心，不可重用。"永济并未采纳其意见。一路上，胡沙虎不顾军事，与其心腹完颜丑奴等人狩猎作乐。永济听后大怒，派使责问，胡沙虎领其心腹，杀入燕京，避开蒙古大军聚集到北门，从东西两门杀了进去。

胡沙虎在燕京城内横行霸道，引其心腹完颜石固等人进城，叫黄门侍郎去永济大夫人张氏那里取玉玺。张氏大骂一顿，誓死不交玉玺。胡沙虎领二十余人进宫去，将玉玺抢来，拉拢皇上心腹宦官李思忠，命他提永济人头来见，还说胡沙虎取得政权后将他封为首臣，代代享受荣华富贵。八月，李思忠领兵进宫，捉永济，将其首级用黄布包好，提着来见胡沙虎，将其尸体扔进宫内水池。李思忠提着金主首级去领赏，此时胡沙虎派另一位心腹乌古伦多喇，称李思忠为"杀主叛贼"，将其杀害。此乃胡沙虎毁灭罪行的计策。

次日，胡沙虎招来心腹，朝中大会，批评永济以往的罪状，贬为后东海君侯，将其妻子儿女关在宫内。胡沙虎召集百官商议立帝之事，文武百官皆恐，说道："请完颜珣来登基较为适合。"胡沙虎无奈，从霸州请来完颜珣立帝，改国号为贞祐元年。胡沙虎自封为大太师、尚书令，兼元帅，称自己为卫王。成吉思汗听到此消息，下定决心必除胡沙虎，率领三路人马南下，围攻郭大府五日，市民杀了守城之将，前来归顺。

成吉思汗率领人马继续南下，来到唐江府，守城之将名叫吴器，死守不战。太子拖雷、女婿策其格下令，夜里从四面攻城，在北门搭好云梯，在南门也放好两个云梯，拖雷、策其格二人亲自攀上云梯入城，打散守门的兵士，打开南门，引兵入城。成吉思汗进城，点查百姓。此时，毛浩来推来守城之将吴器，让他跪下。

成吉思汗问道："你不知道我会宽恕不战归降的人吗？为何如此反抗？"吴器连连叩首，请成吉思汗饶命。成吉思汗说道："如果今日释放，这奴才明日必反。但一个鼠辈又能有什么本事，将他释放吧！"随后放走了吴器。

金国大将完颜纲领兵到燕京，镇压丞相胡沙虎之乱，得知已立新帝，此时蒙古大军已到怀来攻打，他便与朱虎、高旗会合一处，领二十万人马，在徐关与蒙古人马相遇。毛浩来命一万人马排列成万爪龙阵杀过来，朱虎、高旗二人抵挡不住，慌忙逃走。蒙古大军日夜奋战，方圆四十里内金国士兵死尸随处可见，人马皆无法行走。毛浩来传令道："这金人实在可恨，我们一退兵，他们就重新派人守城，如今非要狠狠地教训一番不可！"随后命人敲锣，变为神马之阵，追杀朱虎、高旗。追杀至古北口，连破无数关口，抵达居庸关前。金国人马严加防守，成吉思汗给胡德尔布斯、胡尔勒布斯二将留一万人马守在此处，亲领大队人马攻破紫荆关，继续南下，在五回岭与守关大将王稷相遇。

蒙古大军在岭下安营，与王稷交战三日不分胜负。成吉思汗说道："我领兵攻打金国，第一次碰见如此顽敌。想必这王稷是金国勇将。能让其归顺于我就好了。"毛浩来说道："圣主之见，与臣不谋而合。明日小臣出阵，将王稷捉来。"

次日，五员虎将与王稷混战，毛浩来趁机风驰电掣般飞奔而去，用弓抵挡王稷长矛，从腰带抓住，拽他下马，命人捆绑。金国人马心惊胆寒，四处逃散，蒙古大军追杀到天黑，才回军营。

毛浩来将王稷推到成吉思汗面前，王稷昂首而立，神色不变。

成吉思汗笑道："我看你不断胳膊不断腿，为何今日被活活捉住？"

王稷说道："我自小受金国爱戴，如今已是大将。如今已到为国殉职之时，怎会畏惧敌人，辱没自己的名声。"

成吉思汗微微一笑，说道："我与金国交战三年，从未遇到像你这样的良将，这才命元帅将你活捉。我是想让你建功立业，名留青史。良将应择木而栖，为一个昏君而战，算什么良将？"一席话说得王稷感动至极，跪拜道："圣主若不杀我，我定会加倍努力，报答圣主之恩。"成吉思汗大喜，命人松绑，封他为都统，命他率领金蒙两军平定山西。

蒙古大军翻过五回岭，攻下溯、易二州。哲别、扎勒玛领五员虎将，从居庸关北边入关，纵火烧关，夺下此地，与胡德尔布斯、胡尔勒布斯会合一处。初冬，成吉思汗兵分三路，命珠奇、察汗台、窝阔台三位太子率领，命他们去攻打太行山以南的地区；拨给哈斯尔、比勒古岱亲王五万人马，命他们沿海向东征伐；成吉思汗领四太子拖雷，继续南下；毛浩来领点仓等人征战东南。

此时，金国新主刚刚继位，惧怕胡沙虎，将军事大权交给他。胡沙虎乘坐辇车，催军来战，遇到占图、罕达盖所领人马，蒙古兵士齐发硬箭，不到半个时辰，胡沙虎所乘辇车插满利箭。胡沙虎逃回中都，以脚疾为由，在家养病。他分拨给朱虎、高旗二人五千人马，叫他们迎敌，蒙古大军将他们追杀至中都城外。胡沙虎要以军法处置他们二人，玄宗听后连忙下令，让他们立功赎罪。胡沙虎再增加一队人马给他们二人，吩咐道："如果这次再败，定会军法处置！"朱虎、高旗二人暗想，如果被蒙古大军打败，胡沙虎必杀我们。不如我们先下手，将他杀掉，再听皇帝处置。他们命士兵回城，围攻胡府。胡沙虎见势不妙，连忙叫人搬来长梯，搭在后墙上，想越墙逃走。不料跳墙时衣服挂在树上，穿破肚皮，挂断肠子，落在地上。兵士砍下其首级献给朱虎、高旗。二人尽杀胡沙虎家眷，将胡沙虎首级献给皇帝请罪。玄宗早有除掉胡沙虎之意，见其首级非常高兴，不但没有问罪，还以消除内患为由，封二人为左路副元帅。

腊月，珠奇、察汗台、窝阔台三位太子率领人马顺太行山南下，一连攻下保州、中山营、怀州等地，直至黄河。金国军民视蒙古大军为天兵天将，每一座城镇都奏乐迎接，户户烧香，一路有人送来食物，大小官员纷纷迎接，蒙古大军如履平地。蒙古大军途经山西时那里的财主们仗着自己的势力与之抗衡，蒙古大军擂鼓攻城，平定山西金平府、太原府两地。回去时攻破万州、石州、兰州、新州等城，每攻下一地派人镇守，传下军令，若有贪赃者，一律斩首。令一发布，无人再敢抵抗。

哈斯尔、比勒古岱亲王与三位太保、侍卫太傅领五万大军，沿海东去，攻下遵化、冀州、平州、滦州等地的诸多城。成吉思汗领太师、驸马和诸位太保、太傅，从中路出发，夺下香木、常仓、泾县等地的二十六座城市。只有泽州固守不降。成吉思汗对毛浩来吩咐道："这泽州城的守城之将季思胆大妄为，自登城楼，百般辱骂，伤我几员大将，毫无畏惧之心。元帅定要攻下此城，为我开路，平我气愤，长我士气。"毛浩来领镇守中都

的五员虎将和三位小将，领攻城的四百余人，带上云梯，来到城下。他们看到城门已关，佯装撤兵，深夜突然来袭，四百精兵立起云梯火速攀上，进入城中。守城兵士醒来，分不清敌我，乱作一团。蒙古大军此时已登上城楼。毛浩来命人砍下城楼上的兵士，其弟命人放云梯攀上城墙，不久便攻入城去，放火烧了四个城门、八座城楼和城中的粮库。毛浩来领五员大将杀出一条血路，寻找太守季思。日出之前，有一位十六七岁，长相可人的女子来报："城中百姓已死光，守城大将在你身后。"毛浩来回头一看，确有一人穿黑色衣服，向他跑来。毛浩来命人将他逮捕，仔细搜身，怀中有印玺，所穿服装也是上等绸缎，便知此人是季思，再找那女子，早已不见。毛浩来猜到是神仙来阻，鸣金收兵，停止了杀戮。这一夜，伤亡的城中百姓犹如秋叶。

毛浩来命人将季思推到成吉思汗面前。成吉思汗问道："你的职责是守城，对我们百般辱骂于你有何益处？"

季思百般辩解道："我不是季思，我设法骗取了他的印玺！"

成吉思汗说道："寡人过目不忘，快快从实招来！"

季思仍辩解，动用了火刑他依然不招。成吉思汗命其亲族和家属几百人，让大家辨认。他们心中怨恨，异口同声说："此人便是季思。"

成吉思汗对毛浩来吩咐道："将这个不知天时，连累百姓的奴才推出去，挖出双目，碎其肢体，以儆效尤！"毛浩来细数季思的罪过，命人挖其双目，割其舌头，碎其肢体。成吉思汗坐高台观看，命百姓回去。此消息很快传遍，远近城郭的市民纷纷来降。石天力、肖福铁两位财主也来归降，毛浩来禀报成吉思汗，封他们为万户侯，派他们镇守喆州。

成吉思汗与毛浩来返回中都，四路人马会合一处，将人马分为三队，攻入中都。成吉思汗领兵在山东安营。看到蒙古大军来袭，金玄宗完颜珣寝食难安，反复求和，均被毛浩来拒绝。

甲戌年春，金主完颜珣又派来使臣，请求和解，他称成吉思汗为其兄长，力促双方讲和。成吉思汗微微一笑，命扎勒玛、占布拉二人送去回信。金主完颜珣拆开回信一看，只见信中写道：

蒙古皇帝制书于金国君臣。如今你们金国子害父母，臣杀其主，兄弟相斗,民叛君臣,已到无权无福无德之极。故以我之见,不如赖民赖祖,改弦更张,退位让国。昔日北有十二君主,七十五个部落,南有宋、金、夏、辽、契丹等国。四百年来,互相征讨,已致黎民百姓日夜不安。因此,我奉天命,以赤子之心,从十三岁起,起兵举事,转战四方,讨平七十五个部落,十二个大国皇帝。西平唐古特、吐蕃、巴拉布、畏吾儿、回回、白回回、黑萨尔达格沁、东狗头国、女人国等处之乱,然后登基为皇,欲过安闲之日。不料,听说我的族人赛音布和汗也被金人加害,几次派人陈述事情。然而你们不但蛮横无理,反而视我为奴,派来使臣,想将我骗去,暗中加害。即使如此,我也未曾介意,一再让步。直至你们谋害先主,残杀国母,我才迫不得已,举兵讨伐。天主公道,我军以少胜多,攻破贵国九十余城。更有东辽西夏为我效力,出兵河东,用心讨伐,贵国左右南北,皆被我攻破,唯有几处故城尚未击破。别说你一个中都,即使几十个中都,也都能攻破。虽然如此,我手下众多将士,锐气不减,一再敦促我定要灭你祖庙,让我迁都,平定天下。你若求一生路,务备厚礼,犒劳我军将士,请求他们赏你脸面。

宣读完毕,金国君臣人人失色。左丞相兼大元帅朱虎、高旗说道:"鞑靼人马连年征战,已人困马乏,我们征兵一百万,决一死战才是!"

右丞相完颜承晖说道:"不可不可。我军虽在都城,但其家眷皆在城外。蒙古大军一到,众士兵皆怕其家眷遭受不测。若调集外省人马,蒙古势必起兵来犯。如此一来,江山社稷将会不保。不如备下厚礼,派使讲和,等他们退兵之后再想计策。"金主接收书信,修降书一封,派完颜承晖为使臣,前去拜见成吉思汗。

完颜承晖带着金国永济之女,歌童舞女五百人,太监嫔妃,良马三千匹,金珠翡翠,彩缎良绸,宫用细软,军服盔甲,各种兵器五百车献给成吉思汗,呈上奏章。成吉思汗依准,收下礼金,封金主完颜珣为东海君侯,从中都撤军回国。

成吉思汗迁都赴大都

金人佯顺蒙古，便向全国布令，说蒙古人不会再来，蒙骗百姓，安定人心。金主完颜珣为躲避蒙古盛威，决定迁都汴京，不顾众人反对，留下平章政事完颜承晖和左丞相乌叁尽忠二人镇守中都，带六宫太后皇后、嫔妃等人迁都。

完颜珣抵达良乡之后突然下令，将护卫军原发战马盔甲，全部归还。兵士们心中怨恨，举事作乱，杀了元帅肃文，推金德、毕福尔、扎拉尔为帅，向成吉思汗禀报此事。完颜承晖听说途中出事，连忙领中都人马，到卢沟桥边等候。金德等人火速赶来交战，完颜承晖大败。金德等人在卢沟桥边安营，派人向成吉思汗送去奏章。使臣到达蒙古都城，进入元帅帐内呈表。次日，毛浩来上朝，禀报此事。成吉思汗批复道："命石抹明安引三万汉军，命岱松达尔格其、希热呼图克两员大将，带宝鲁、赛汗苏尔塔拉图、乌楞查尔比、帕拉古岱等人，领两万兵马，与金德合为一处，去夺汴京。命占布拉、哲别二人赴金国，问他们擅自迁都的罪过，并告诉金德等人的底细，这是证明！"

毛浩来领命出帐，逐一点拨。石抹明安领兵南下，与金德会和，围攻中都。守城兵士知蒙古大军前来，关紧城门，登上城楼观望。

蒙古使臣占布拉、哲别二人抵达汴京，呈递问罪书。金主佯装患病，迟迟不肯来见，回话道："圣主封我为东海君侯，正要动身去东海，不料金国百姓死死挽留，扬言替我备粮，不放我走。"二人又问何人守中都，金主说不知，两位使臣回国。完颜珣连忙派人将太子接回，中都大乱。

此时，成吉思汗命夏主李遵顼攻打金国。夏国与宋朝约定，要一同攻打金国的四川省，宋朝欣然接受。李遵顼领二十万大军攻打四川，宋朝食言，没有出兵。李遵顼独自攻下四川。是年九月，成吉思汗下令，命大元帅毛浩来领三十六路人马出发，问金国违背誓约之罪，夺取中都。毛浩来领三十六路人马攻打金国州郡。金国大将银昌广招人马，加之庶民，总数达到二十万，迎战毛浩来。毛浩来站在高处仔细观望，下来对众将说道："银昌这人马简直就是肥羊，无需任何计策，带上干粮，杀他个三天三夜。"第二天，金军还未起床，毛浩来亲自领兵压营，各路人马一同杀去。金国二十万人马溃散而去。蒙古大军追至花道，伤其一半人马。银昌进城不出，他的副将完颜西烈、高德修等人杀了银昌，举银大虎为帅。蒙古大元帅命石天祥为先锋，杀进城去，银大虎献城归降。毛浩来要杀这个不义之人，石天祥劝道："如今出师征讨，切记杀罚无名之人，等我们平定这里，生杀大权还不是在我们手里吗？"毛浩来点头称是，将大都北京的一切交给他，命乌耶尔为统领军马的元帅。忻州、成州、宜州、通州等地纷纷来降。何忠府守将石天英领五万人马来降，毛浩来封他为代国公。

乙亥年仲春，毛浩来命攻打通州市前来归降的仆散勤为南征一路人马先锋，命他攻入金国北京。何忠府归降，大军攻占黑柳城。春末，毛浩来领兵继续南下。成吉思汗将大军分为七十二路，进攻金国。成吉思汗祭拜天地，烧香祷告，拿出羊胛骨，占卜一次。只见五色光芒汇聚于中。成吉思汗大惊，向二百位文武官员说道："天命不可抗拒，今年定能夺取金国中都，必须迁都去那里。"又对敖伊图敖其格、乌仁嘎础格、太子窝阔台、拖雷和五位太师说道："我看今年不得不迁徙。你们听到我命令，带上太后和皇后，举家南下。故乡由九员上卿、宫廷守使轮流看守。"诸位大臣领命拜辞，四处传令，成吉思汗领人马顺中路南下。

石抹明安、岱松达尔格其等人围攻中都已久。守城之将完颜承晖命

慕湮金钟手拿令牌，严加看守。完颜承晖猜到大事不妙，修书给金主，希望派出援兵。完颜珣看过书信，命监军永喜、永山二人领真定府大军，命左路督监吴顾伦、长寿其二人领大名府一万八千人，西南骑步兵一万八千人。又命御史中成、李英二人看守粮草，配大名府兴胜、付竹路为副将，前去支援大都。李英等人领兵到大名府，迅速征兵几万，在府州县饮酒淫乐三个月。到达霸州时扬尘漫天，狂风大作，蒙古大帅毛浩来领兵前来。金国人马听后头昏脑涨，几人吐血，摔下马去。毛浩来命人擂动战鼓，三十六路人马围攻金军。李英措手不及，慌忙择路而逃。毛浩来命五员大将领五百名钢铁战士，五员虎将和毛浩来为马头和马的四蹄，变作骏马之阵杀过来。金国人马毫无阻挡之力。毛浩来到金军主将李英旗下，李英不战而逃，毛浩来追上去，将他砍成两截。五员虎将尽杀李英副将，金军大乱。蒙古人马几面夹击，金军一半战死，一半归降。李英副将长寿其、永喜二人所领人马纷纷逃散。此时，中都被围攻三层，毛浩来趁机攻下了金国其他城池。

成吉思汗领兵南下，攻打金国拒不归降的郴州与浔州，守将纷纷弃城而逃，城中百姓从百里之外迎接成吉思汗。成吉思汗分将亭贡、石天英等十位将军的人马拨给先锋元帅萧也先，命他领锦州的林海王、章京等人从左路南下。萧也先与其他十员大将设计，活捉章京，推到成吉思汗面前。成吉思汗问清事情，下令道："将他碎尸万段给周围百姓看，将他的家眷全部铲除！"随后杀了章京，给各州县守将看，亲自领兵去攻锦州。章京之弟章志得知其兄被杀，领兵去锦州，杀了锦州守臣张居士，自己霸占荆州，称自己为英皇，改国号为兴隆元年，攻下巴拉多、力翼翼、光宁等城。

阿拉格陶古拉、希热布等人挥动大军，成吉思汗随后领兵抵达同州。忽见探马手持红旗来报，毛浩来、石抹明安等人已攻下金国中都。他们又是如何攻下中都的呢？毛浩来在该城八方垒出比城墙还高的沙袋，上面站着五万精兵和神射手，宣称若谁能射中城中守兵，必有重赏。一时间，中都四面八方射来如雨般的飞箭，城中守兵抵挡不住，只能在城楼爬行。慕湮金钟命士兵站起来，飞箭射死了几位兵士。此时飞来一箭，射进慕湮金钟右肩，他滚下城墙。左右连忙跑来将他救起，给伤口敷药。幸好箭上无毒，伤不致命。慕湮金钟连忙下了城楼，准备逃跑。完颜承晖与慕湮金钟商议道："我主信任，让我们守住此城。城中有贵妃、嫔妃和皇室家族，有贵重的国宝，我们守城不力，不如以死尽忠。"慕湮金钟佯装生气，说要誓死捍卫中都。完颜承晖只好唤来左司郎中等人，商议尽忠报国之事，他们皆默不作声。完颜承晖点点头，于五月初一唤来尚书省令史师安石，修遗书一封，论尽忠报国一事，又写朱虎、高旗等人心怀奸诈，无心报国之事，缝于衣内，交给安石，吩咐道："我完颜承晖自小饱读四书五经，身体力行，直至今天。如今城破家亡，身败名裂！"说完饮下桌上的一杯毒酒。安石安顿完颜承晖家眷，将其棺材置放于庭中奔丧。

是夜，慕湮金钟打点好家中的细软和族亲，身穿厚甲，准备逃出城去。此时，皇上的嫔妃王室在东玄门追上他，责问道："为何弃我们而去？"慕湮金钟说道："你们如何能冲出这百万大军的包围？我先突围，与蒙古大军决一死战，杀出一条血路，再把你们带出城去。若不如此，我们定会被蒙古大军踏平。"王室和嫔妃们回去等他。慕湮金钟逃出城去，消失得无影无踪。蒙古大军冲进城内，四面火光冲天。他们占领了城中的九扇大门。

慕湮金钟连夜逃出，抵达汴京。安石亦趁乱逃出，将完颜承晖遗书递交给金主。完颜珣封完颜承晖为尚书令，追尊广平郡王。他不追究慕湮金钟弃城逃逸，扔下王室之罪，依旧让其任平章政事一职。

围攻中都的蒙古大军爬上城楼，城中臣民皆拥向城门。石抹明安攀上城楼高声喊道："城中百姓速速回家，关好自己的门窗，城中人马甚多，不要白白牺牲！"那些臣民各回各家，街上空无一人。石抹明安命人守住皇宫，把宫内几千名侍女和嫔妃赶在一起，说道："你们莫要自杀。我主慈悲，定不会杀你们。你们要好生活着，等我们到来，定会妥善处置。"说完清点仓库，到元帅府禀报。

次日，毛浩来给三军传令，叫他们不要侵犯百姓。他命五员虎将领五百人马，巡视城内城外，向城中百姓布令道："我军若有侵犯，你们可前来作证，我们定当军法处置。"第五日，一位汉人兵士夺去了中都平民一

匹良马，被军法处置。毛浩来命自己的人马在城外安营扎寨，严禁入城。

此时，夺取中都的红色号旗已抵达贺州，请成吉思汗入城。成吉思汗差人告诉太后、皇后，让她们于仲秋时分南下，自己率领人马赴中都。成吉思汗从正阳门入城，穿过三重大门，走进九龙宝殿，面向正南坐在龙椅上。文武百官叩见之后，一一封赏功臣。他又吩咐左右，将金国几代嫔妃、完颜氏亲王公子一一查出，差四位太子拜金国祖庙。成吉思汗下令，改中都为大都。他得知完颜承晖的死因，叹道："未能让其归降于我，实在可惜。"又差毛浩来前去，封完颜承晖为"忠义王"，城中百姓听后无不落泪。毛浩来报奏成吉思汗，开启仓库，将仓中粮食分发给处于战乱，在水深火热中挣扎的城中百姓。

城中百姓万般佩服，无人作乱。此时又引出一位豪杰：他是旧辽主后裔、称臣于金国的耶律楚材。他听说城中百姓已摆脱水深火热之苦，有了衣物和粮食，便领百万百姓，跪在路旁。成吉思汗定睛一瞧，耶律楚材身高八尺，年过三十，美髯三绺，看似有办事秉公的贤才，便问其姓名，

试探道:“辽与宋比,乃是旧国。金国后起,金主捉你为仆。我夺金国城池,乃是报你之仇。你心中可曾高兴?”

耶律楚材说道:“我祖父之辈已在金国称臣,我如何能怀恨在心?皆是小民命中注定。”

成吉思汗点头称是,暗暗佩服此人知天命,让他留在帐前。

蒙古使臣占布拉从大都出发,抵达汴京,递上蒙古皇帝的诏书及金国旧主画像,并将封赏忠臣,照顾金国嫔妃等事一一说给金主听。金主佯称生病,不来迎祖像,不设宴款待来使。占布拉痛骂一顿,方才回国。

却说驸马宝图、大将王稷二人领三千人马,攻打河间府。宝图亲自带兵,冲上城楼,砍掉十余人,占领南门,打开城门夺城。不久,又夺沧州。驸马宝图想到一计,连夜与王稷商议,见王稷犹豫不决,说道:“事后由我宝图担当恶名。”

次日清晨,宝图大怒,对城中百姓说道:“你们这些百姓,不讲义礼。一会儿归顺于我,一会儿又归顺于金。更无耻的是,归顺于金,便要杀我守将;归顺于我,又杀金国守将。如果不将你们杀光,我无法派人镇守这三座城。”随后将三座城中的百姓赶到一起,扬言不顾老少,全部杀掉。百姓听后连忙磕头求饶。王稷连忙走下来,跪在元帅宝图面前,请求饶百姓一命。宝图问道:“你能保证他们不再叛离吗?”王稷让百姓发誓,写下誓言,才让他们各回自家。

此时,毛浩来所领三十六路人马,哈斯尔、比勒古岱所领十路人马,察汗台、拖雷二位太子所领十路人马,横行于金,金国臣民纷纷归降。

八月初八日,成吉思汗迎太后等来大都,地方小吏跪在路边,察汗台、窝阔台两位太子安排九程迎接。太后自大都南门入城,走过三层大门,九层宫殿,登上大殿。成吉思汗带头,众人叩拜太后,设下大宴。太后定睛一瞧,只见雕凤玉栏盘龙柱,绣金宝帐夜明珠,百宝器皿琴纹桌,异香馥郁绕满堂,天乐仙歌响耳边。壁嵌翡翠,地铺白玉,上至皇主皇后,下至太子亲王、文武百官,手捧金杯,跪在阶下,犹如群星密布,令人眼花缭乱。宣懿太后祭拜天地,祝福道:

愿儿江山万年长，
愿媳子孙福满堂，
愿我四子据四方，
愿我独婿代代旺。

大宴结束,皇后在中宫与皇帝对坐,举杯相庆。

成吉思汗说道:“昨夜我梦见我显耀在阳光下,必有所征兆。”

皇后笑道:“臣妾梦见皇主成双显耀在阳光下,已有三日。”

此时侍女跑来跪下,报于皇主皇后:“四太子大夫人于午时产下一名男婴。”皇后说道:“这正与皇主与臣妾的梦境相符。”说完,他们闻到一股淡香。四太子拖雷之妾生有三子,大夫人其勒格仁喜刚刚有子。成吉思汗龙颜大喜,说道:“此子必是奇人。我梦见自己变为二人,他就如同我再次出生,恰巧我们刚到中原,就取名忽必烈!”随后命人用心抚养。

成吉思汗分封诸子

丙子(1216)年大年初一寅辰,成吉思汗起驾升朝。

万国聚会拜圣主,
百官捧杯跪阶下。
朝廷令箭飞四方,
诸王将相早来会。
金灯闪闪八方来,
天香缭绕沁人心。
白玉阶上蟒缎辉,
无尘仙境栋梁聚。
报时令箭五回来,
金钟玉钹齐声鸣。
大帐铜鼓远处响,
九重宝殿天乐起。
鸣鞭三响一时静,
忽从宫里百乐奏。
星光暗处龙灯亮,
圣皇徐徐起驾来。

百官肃立候发号，
指令一声皆下跪。
转身三遭施九礼，
共祝皇上万万岁。

成吉思汗驾到，祭祀五品，品尝八鲜，回宫叩拜太后，这才大摆筵席，庆贺佳节。旭日东升，国主回宫，众臣下朝，行云流水，料理家务。辰时，文武百官叩拜之后成吉思汗说道："人生在世，皆有缘分。父母如头颅，兄弟如手足，妻儿如衣着，臣民如盔甲。今日我以人伦之别，分述如下：首先，用黄金雕塑我父之像，在太庙祭祀。第二，我母后今年已七十五，年事已高。开启仓库，取黄金千两，白银万两，布匹十万，开启属我八百九十二座城中的仓库，封赏六十岁以上的老人，此乃我尽孝之心。第三，如今我已五十五岁，虽然还未平金、宋二国，世界还未统一，但过半的中原，北方大地皆属于我。凡事需三思。如果我立一位太子为皇，将其余太子关起来，或封虚职关起来，他们定会举兵反叛。如今我已打下蒙古江山，但生老病死乃天命，我又能如何能万古常在？去年得大都，看金国的水深火热，想到一事。如今，我有四弟、四子、一婿、一驸马，还有四员猛将，六部九卿。如果封他们为王，那还会有何矛盾？就算偶有战乱，皆是我族亲子弟，胜者为王。任何一人飞黄腾达，犹如我身。"又说道："我如今能称帝，皆是因为我四弟、四员大将、六部九卿协助。我已有归宿，如今该给你们找个归宿了。"随后分封如下：

封二弟亲王比勒古岱为敖麦汗，统领北方敖麦、秀僧黑二部两万户；封三弟哈布图哈斯尔亲王为科尔沁汗，统领科尔沁、劳斯钦两个部落，明安伊斯利十部两万户；封四弟敖伊图敖其格为哈拉哈汗，统领翁牛特、格格泰、巴拉楚丹、哈尔其尔格四个地域十个部落；封五弟乌仁嘎楚格为赫利特王，统领赫利特、哈拉哈、蒙河等地两万户。

成吉思汗生有七位太子。正夫人布尔特格勒金皇后生有珠奇、察汗台、窝阔台、拖雷四位太子，西宫贵妃萨仁生格勒固尔，东宫贵妃吉斯图生了六太子珠尔查，东宫次妃吉斯力格生了七太子珠尔其岱。这三位太子皆十余岁，没有加封。封大太子珠奇于北方，为陶格玛克汗；二太子察汗台亲王精通兵法，武艺高强，便封于西域，为白帽回回王；因三太子窝阔台亲王智深谋远，便封于南方，为中原皇帝；四太子拖雷亲王为人忠厚，便封于北方故土，统领四十万户，为呼和蒙古汗；封妹夫宝图驸马于伊吉勒西、米吉勒吉、策勒吉，为三部大汗；封驸马策其格于哈尔力固德、哈尔沁、蒙兀尔，为三部大汗。除此之外，五位国老，五位太师、四员大将、六位功臣、九位上卿，各封一方，为一部之王。后分封各位文武功臣为一郡之主、百户之长、千户之长或万户之长。分封完毕，召来大太子珠奇、四太子拖雷二人，说道："我分给你们二人北方大地，你们不要有其他想法。北方故土，祸少殃浅，从长远打算，还是北方比较牢靠。"百官顿首，高呼万岁。成吉思汗规劝诸位弟子，皇亲国戚，文武百官，说道：

因遣智者施计谋，
包举天下为大汗。
若晓阴阳克劲敌，
若知德义能服人。
一人有勇一代雄，
有智有谋万代杰。
世人虽众智者寡，
生者虽多贤者少。
莽兵百万也枉然，
不如识时一贤人。
男子重德勿重财，
女子重才勿重容。
山峰虽高勿灰心，
大海虽阔勿泄劲。
若遇重物设法移，
若遇轻物勿心骄。
若遇险岭多费心，

若遇大河勿心慌。
用心思索终有法,
矢志逆流开新桥。
一心男子堪称宝,
二意男子是女子。
一心女子称男子,
二意女子是鬼妖。
自身过失问他人,
心中有邪多自省。
箭头虽利须有翎,
弓木虽坚须配弦。
人虽剽悍须配兵,
男虽聪慧须教诲。
心主人身心莫乱,
一旦心乱身自毁。
君为国主君莫误,
一旦君误社稷亡。
觉主养身觉莫贪,
一旦贪觉招病魔。
乐为人望乐莫过,
一旦过乐招祸殃。
坏事死心莫要干,
好事立志定成就。
人虽聪明须教养,
马虽善跑须驯服。

成吉思汗问诸太子道:"世界上什么样的宴席最珍贵?"察汗台答道:"辞旧岁,迎新年的宴会最为珍贵。"

成吉思汗笑道:"如果自小没有名,如果母亲没有生下你,你过谁的新年,取谁的名字?因此,获得父母之爱的那次,才是人生最大的幸福。因此,可以在你出生之日摆下宴席庆贺,其中之理,难以表述。”文武百官听后无不惊叹。

成吉思汗让大臣们说有利于江山社稷的言辞。

太子察汗台说道:“大树未砍,需要利锯;大树砍下,需要木匠。大国未立,需要武将;大国已立,需要贤才。比起通晓道理不主动言说的智者,日日自省的愚者更好。比起远处的浩瀚大海,处于近处的水井更实用。比起智慧过人却不言说的智者,日日分享所见所闻的愚者更好。比起费财买官的富人,识时务的穷人更好。”

太子窝阔台说道:“人有六悔:不务学问,用时恨少;不知养身,病时自悔;为官不廉,贬时自悔;有财不乐,穷时自悔;饮酒烂醉,醒后自悔;言语甚多,吃亏自悔。我们应远离这六悔。此外还有三惜:先贵后衰可惜;先富后穷可惜;众愚独慧可惜。俗话说:‘雕雏刚飞捉老鼠,想叼地鼠被猫吃。’”

皇主微笑道:“能臣圣相,社稷之宝。贤妻良母,一家之宝。勇将猛帅,三军之宝。孝子忠儿,一户之宝。业虽微小,不举不成。子虽聪慧,不教不悟。人之卑微,在于自己。扭转乾坤,靠我双手。良马不喂,怎能肥壮?挚友不言,怎能知足?”此时,乌优图斯钦有意插话提问,大家你一言我一语说起来。成吉思汗说道:“让我也听听,以悦我心。”

乌优图斯钦说道:

举国齐乐靠皇主,
夫人欢喜靠丈夫。
百姓畅饮靠恩主,
社稷平安人欢乐。

话音刚落,乌云格瓦说道:

贪酒无度受王法,
若犯禁律为人笑。

鼠饱暗室难脱身，
反被猫捉子灭亡。

这时，赛汗苏尔塔拉图接着说道：

熊与山斗自寻毁，
民与皇争首级落。
鹬与蚌斗自投壳，
人犯皇主社稷灭。

这时，太师陶尔根希拉接过话头，说道：

狗生小崽只三五，
整天相咬不合群。
羊儿结队成千万，
朝夕相处总和谐。
为国杀敌效猎狗，
回宫守家学群羊。
保护人主如家狗，
归来守法似绵羊。

这时，太师太斯钦说道：

似狗挚友实难寻，
贫子家狗不依富。
平民家狗不附官，
英雄岂可不如狗？
十身之鱼易过日，
九首之鸟难活命。

皇主听了点头称是。

太保毛浩来袍上溅了油渍，忙用手擦，布古尔吉微笑一下，说道：“大年盛节，坛酒整羊，溅一点油污算什么！人重物轻，你为何如此心疼？”毛浩来笑道："我愿粉身碎骨，孝敬我主。我愿意衣物破烂，在所爱惜！"成吉思汗大悦，称赞两位太保。此时，太师乌尔鲁克诺彦、巴彦诺彦坐在一起，同享皇宴。成吉思汗知此二人平日情同兄弟，便说："何为兄弟之情？"二人连忙奏道：

贫寒时节相扶帮，
升迁富贵不相忘。
朝夕提醒防过失，
彼此为师补短长。

成吉思汗听后点头称是，又问国老却楚利："老者为何只听年轻人之言，自己不发言？"却楚利连忙说道：

利刀钝了不好用，
快马老了难驰骋。
壮士老了徒留名，
下臣老了让后生。

皇主点头称是，又问查干汗："太师你为何不言语几句，以教众人？"查干汗说道：

衣物之尊为盔甲，
节日盛宴不能穿。
言语之尊为告示，
朝门国宴不能贴。
主爱虽深尊皇主，
主恩虽重惧圣皇。

皇主听后说道："此乃忠臣之言。"成吉思汗问利德尔斯钦，他连忙跪下，说道：

何为无畏英杰？
何为无比忠诚？

忘身报国是英杰，
自寻过时是忠臣。

成吉思汗点头称是，对众人说道：

挚友的严词要诚心服从，
离别之后要想他的心意，
此乃作兄弟朋友的至理名言。
只要朝廷的法则刚正不邪，
举国上下都会心悦诚服。
只要像亲兄弟一样相交，
患难与共的朋友都会高兴。
只要君臣都变得聪明能干，
男女老少都会心悦诚服。
只要父子相互孝敬钟爱，
人人都会异口同声地夸赞。
只要兄弟姐妹相互爱慕，
个个都会兴高采烈地钦佩。
只要子孙儿女孝敬父母长辈，
无论远近都会竖指夸奖。
只要妻子温情善良，
同村的老少都会从心底夸赞。
只要朋友间相互信任，
别人将永远牢记不忘。

成吉思汗降旨完毕，文武百官说旧道新，畅饮一日，方才散去。